Un talent pour le crime

ANDREW WILSON

Traduit de l'anglais (Royaume-Uni)
par Benoît Domis

City
Poche

Publié en Grande-Bretagne sous le titre
A talent for murder par Simon & Schuster.
Couverture: Simon & Schuster
ISBN : 978-2-8246-1827-2
Code Hachette : 23 5844 2

Collection dirigée par Christian English & Frédéric Thibaud.
Catalogue et manuscrits : city-editions.com

Dépôt légal : Février 2021

Aux admirateurs d'Agatha Christie
dans le monde entier,
et à l'un d'eux en particulier.

Note de l'éditeur

Agatha Christie n'a jamais parlé de sa disparition à l'hiver 1926. Par conséquent, c'est resté l'un des grands mystères des temps modernes.

La première fois que je lui ai soumis l'idée de ce livre, elle a manifesté une réticence compréhensible. Néanmoins, elle a accepté de répondre à mes questions, à condition que l'ouvrage qui en résulterait soit publié, au plus tôt, quarante ans après sa mort. J'ai moi-même donné à mes avocats des instructions allant dans le même sens.

Je dois reconnaître que lire mon propre nom dans ces pages est étrange. Je n'ai joué qu'un rôle somme toute mineur dans ce récit, et je me suis efforcé de réduire mes apparitions au minimum. Cette histoire, qui est avant tout celle de Mme Christie, est donc en grande partie racontée de son point de vue, et non du mien.

En plus de Mme Christie, j'ai tenté de m'entretenir avec autant des protagonistes que possible, pour obtenir une vue d'ensemble des principaux événements. Ni moi ni Mme Christie n'avons été témoins de la totalité des faits qui vont suivre. Ainsi, plutôt que d'exclure des informations essentielles, j'ai décidé de faire appel au pouvoir de l'imagination pour recréer certaines scènes.

Je dédie ce livre à tous ceux qui n'ont pas survécu à ces onze jours sombres de décembre 1926. Qu'ils reposent en paix.

John Davison

1

Où que je tourne la tête, je pensais voir cette femme. D'aucuns, pour la décrire, n'hésitaient pas à parler de beauté saisissante. Je n'aurais jamais employé ces termes.

Bien sûr, ce n'était jamais elle, juste une autre brune, soucieuse de son apparence. Mais chacune de ces manifestations fantasmées, au rayon des gants d'un grand magasin ou à celui des parfums, laissait une cicatrice sur mon cœur. J'avais beau me répéter de ne plus penser à elle, nier jusqu'à l'existence de la situation, chaque nouvelle fausse alerte réveillait une douleur sourde dans ma poitrine ; j'en avais presque la nausée.

Quand j'étais tombée amoureuse d'Archie, j'avais comparé cette sensation à une blanche colombe qui tentait de s'échapper de mon sein. Maintenant que cette créature lui avait fait tourner la tête, j'imaginais le même oiseau qui pourrissait lentement en moi, étranglé par un collier de fil de fer barbelé.

Le son lointain d'une fanfare qui jouait des chants de Noël me dérida un moment. J'avais toujours adoré Noël ; c'était la fête, tout le monde était d'humeur joviale.

Ne serait-ce que pour Rosalind, j'avais décidé de ne rien changer à nos habitudes.

Au rayon des poupées, une rangée de visages d'une blancheur de porcelaine dardèrent leurs yeux bleus et vides sur moi. Je passai mes doigts sur la joue pâle et lisse d'un modèle aux cheveux jaune paille. Curieusement, j'avais donné à ma fille le nom de la poupée de mon enfance. J'avais pourtant peu joué avec elle, même si je l'admirais. Déjà à cette époque, j'avais préféré inventer mes propres histoires. Rosalind n'avait pas hérité de mon imagination, ce qui valait probablement mieux pour elle. Parfois, ma fantaisie, bien qu'elle ait ses avantages, me laissait vidée et presque malheureuse.

Alors que je reposais la poupée, m'apprêtant à examiner sa jumelle (cheveux noirs, yeux comme des mûres bien charnues), je sentis un picotement à la base de mon crâne. Le duvet dans ma nuque se hérissa et un frisson me parcourut. Je me retournai, certaine qu'on m'observait, mais ne croisai que les regards bienveillants de dames âgées élégamment vêtues de tweed. Je me rassurai en me disant que l'Army & Navy Stores de Victoria Street était le genre d'endroit où rien d'affreux ne pouvait se produire.

J'y venais depuis mon enfance ; grand-mère B m'y emmenait quand elle voulait acheter du ruban au mètre et des sachets de boutons. Après, elle m'offrait toujours une délicieuse glace à la fraise. Mais là, quelque chose n'allait vraiment pas du tout. Mon sentiment d'appréhension était physique. J'avais la bouche sèche ; ma gorge se serra, ma respiration avait accéléré. Je levai la main pour ouvrir le col de mon chemisier, mais cela ne suffit pas à me soulager. Je continuais d'avoir cette impression d'être observée, par quelqu'un qui me voulait du mal.

Enfant, j'avais souffert de cauchemars hantés par un personnage récurrent, un homme muni d'une arme à feu. Ce dernier, avais-je confié à ma mère et à ma sœur Madge, avait l'apparence d'un soldat français avec un mousquet. Mais ce n'était pas la vue de son fusil qui m'avait effrayée. Non, c'était davantage quelque chose dans sa nature qui m'avait perturbée. Il était l'incarnation du mal, une force que, déjà, je ne savais que trop réelle. Parfois, je rêvais que nous dînions en famille à Ashfield, notre maison de Torquay, et en levant les yeux, je découvrais que son esprit avait pris possession de ma chère maman ou de Madge. À présent, je pouvais presque sentir son haleine chaude et aigre dans ma nuque.

Rassemblant mes affaires, je me dirigeai lentement vers la sortie, tel un chat conscient d'une menace imminente. L'air froid de décembre qui me cingla le visage eut sur moi des vertus apaisantes. Je dus m'empêcher de lancer des regards nerveux autour de moi. Mes mains tremblaient, et j'avais toujours la bouche sèche.

À n'en pas douter, la sensation de danger que j'avais ressentie dans le magasin et dans la rue n'avait pas pu simplement être le fruit de mon imagination. Pourtant, je sentis mes joues rougir alors que je me rappelais l'incident du chèque. Cela s'était produit à Ashfield, quand j'avais vidé la maison après la mort de ma mère. J'y consacrais dix, onze heures par jour. Les cartons remplis de souvenirs de famille, les vêtements mangés aux mites, les robes granny qui s'empilaient, et la foule de réminiscences qui menaçaient de me replonger dans l'enfance avaient dû me distraire. On m'avait demandé de rédiger un chèque, que j'avais signé Blanche Amory, un personnage d'un roman de Thackeray, au lieu d'employer mon nom. Qu'est-ce qui m'avait pris ? M'arrivait-il quelque chose de comparable maintenant ? Perdais-je le sens des réalités ? C'était un sentiment terrifiant.

J'essayai de respirer bien fort, plusieurs fois, mais j'avais la gorge serrée. Je ne pouvais pas m'empêcher de penser qu'à tout moment, quelque chose d'épouvantable allait se produire. J'eus la tentation de trouver refuge dans le cadre rassurant du Forum, mon club de Hyde Park Corner. Mais je ne voulais pas y emmener le soldat de mes cauchemars. D'un pas délibérément lent, je m'éloignai dans Victoria Street en direction du métro. Alors que j'approchais de l'entrée de la station, la foule se mit à grossir. Bien que mes jambes me donnent l'impression de pouvoir se dérober à tout moment, la peur me poussa à avancer. Heureusement, j'arrivais à une heure d'affluence, et disparus dans la cohue. Jouant des coudes, je regardai autour de moi. J'achetai un ticket, puis descendis dans les sombres entrailles de Londres, avec la certitude d'avoir semé celui ou celle qui m'avait suivie. Alors que j'aspirais l'air chargé de suie, je me sentis soulagée et, pour un moment, de nouveau en sécurité.

À Sunningdale, certains de mes amis de la bonne société trouvaient original que j'aime prendre le métro. Mais c'était une source d'inspiration si riche : tous ces visages fascinants, ces personnages curieux, sans parler des délicieuses possibilités que cela présentait en matière d'intrigue. *L'Homme au complet marron* constituait un parfait exemple. Cette histoire, somme toute banale, avait enthousiasmé mes lecteurs, probablement à cause de son ouverture dramatique que j'avais choisi de situer sur le quai, à Hyde Park Corner.

J'avais vraiment pris plaisir à travailler sur ce roman, que j'avais d'ailleurs expédié relativement vite, contrairement à ma production indigeste actuelle. Peut-être avais-je besoin de vacances. J'espérais que notre court séjour à Beverley me ferait du bien – qu'il nous serait bénéfique à tous les deux. Je n'étais certes pas partisane de la théorie selon laquelle le malheur engendre la créativité. Je venais de connaître la pire année de ma vie, et regardez ce que j'avais écrit : *Les Quatre*, un « roman » composé de nouvelles publiées séparément, et quelques scènes ternes pour un livre, *Le Train bleu*, qui me résistait.

Un souffle d'air chaud annonça l'arrivée imminente du métro. Je saisis mon chapeau et m'approchai du bord du quai pour augmenter mes chances d'obtenir une place assise. Un pas de plus, et j'aurais facilement pu perdre l'équilibre et tomber sur la voie. Ce serait la fin de toutes les épreuves que j'avais endurées au cours de cette année. Archie serait libre de se marier, sans la honte toujours associée à un divorce, et Rosalind apprendrait à aimer sa nouvelle mère. Que m'avait dit ma fille déjà? « Je sais que papa m'aime et voudrait être avec moi. C'est toi qu'il n'aime plus. » Seule une enfant, dans toute son innocence, pouvait dire une chose pareille. Et pourtant, bien que cette description de l'état de notre mariage corresponde à la réalité, son observation m'avait fait l'effet d'un coup de poignard dans le cœur – un de plus.

Alors que la rame surgissait des ténèbres et avançait à toute vitesse vers nous, je reculai d'un pas.

Mes oreilles vibrèrent du bruit assourdissant du moteur. Juste à ce moment-là, je sentis un léger contact au bas de ma colonne vertébrale. Je me retournai pour regarder derrière moi, mais dans cette fraction de seconde, la pression dans mon dos s'accentua. Quelqu'un me poussait vers les rails. J'ouvris la bouche pour crier, mais j'eus l'impression d'avoir du papier de verre dans la gorge.

Je tendis maladroitement les mains devant moi, dans une tentative de me retenir à quelque chose, n'importe quoi, mais elles ne rencontrèrent que l'air chaud. Une chaleur dévorante se mit à m'embraser les joues et sembla aspirer tout le liquide contenu dans mes yeux. Alors que je basculais en avant, ma tête pendant comme celle de la poupée que j'avais manipulée dans le grand magasin, je sentis qu'on me tirait violemment en arrière. Un mouvement d'une force que je n'aurais pas crue possible, et qui me laissa le souffle coupé. Je m'effondrai sur le quai et perdis connaissance.

Quelqu'un me respirait dans l'oreille. D'abord, je pensai être au lit, avec Rosalind à côté de moi. Puis je perçus une aigreur, une odeur de fer désagréable qui me força à ouvrir les yeux. Je me réveillai parmi une mosaïque d'expressions déconcertées.

— Je suis médecin, écartez-vous ! Faites place, s'il vous plaît, exigea une voix.

Je tentai de parler mais n'y parvins pas. De nouveau, je sentis ce souffle fétide sur mon visage. Quelqu'un me tint délicatement la tête entre ses mains. Mais mon corps, au lieu de se détendre, réagit en se crispant. Je voulus m'asseoir, mais de longs doigts au toucher soyeux m'en empêchèrent.

— Restez encore étendue quelques instants. Vous venez d'échapper à un accident grave. Apparemment, vous vous êtes évanouie au moment où la rame approchait.

— Non, quelqu'un m'a...

— Oui, c'était moi. Je vous ai tirée en arrière. Je suis médecin.

Ces paroles auraient dû me rassurer, mais pour une raison quelconque, elles me donnèrent le frisson.

— Merci, c'est très aimable à vous. Mais je me sens déjà beaucoup mieux. Assez pour rentrer chez moi, si vous n'y voyez pas d'inconvénient.

L'attroupement créé autour de moi avait commencé à se disperser, maintenant que les badauds pensaient avoir compris la situation. Une dame s'était évanouie, et un médecin s'était comporté en héros en l'empêchant de tomber sur la voie.

— Respirez bien fort, ce sera plus prudent, suggéra-t-il avant de se pencher vers moi.

La puanteur de son haleine métallique me poussa à sortir mon mouchoir et à le plaquer contre mon nez.

— Maintenant, écoutez-moi bien, murmura-t-il. J'ai quelque chose à vous dire qui, je crois, devrait vous intéresser.

Au moment où j'écartai le mouchoir de ma bouche, il ajouta, toujours d'une voix que moi seule pouvais entendre :

— À votre place, je ne crierais pas. Sauf si vous voulez que tout le monde soit au courant à propos de votre mari et de sa maîtresse.

Je n'étais pas certaine de saisir. Que savait-il d'Archie et de cette femme ?

— Oui, je me disais bien que ça éveillerait votre intérêt. Maintenant, je suggère que vous me laissiez vous aider à vous relever ; ensuite, nous irons boire une tasse de thé.

Je sentis le contact arachnéen de ses doigts autour de mon poignet.

— Une tasse de thé bien sucrée, voilà ce que je prescris, dit-il d'une voix plus forte. Vous n'êtes pas de cet avis ? Je ne connais rien de meilleur après un choc.

Je ne savais pas quoi faire. Devais-je tenter de prendre mes jambes à mon cou ? Cet homme détenait visiblement des informations qu'il croyait pouvoir utiliser contre moi, contre nous. J'avais certainement affaire à un immonde maître chanteur, qui avait l'intention de m'extorquer de l'argent. Comment aurait-il pu connaître la réalité de notre situation financière ? En apparence, nous menions une existence dorée. J'avais, il est vrai, écrit six romans et un recueil de nouvelles d'Hercule Poirot, mais je n'avais pas gagné des sommes astronomiques. Le contrat épouvantable qui me liait à The Bodley Head, mon éditeur pour mes cinq premiers livres, ne me garantissait qu'un faible pourcentage en droits d'auteur. Heureusement, mon agent avait réussi à m'en libérer. De plus, la maison coûtait une fortune à entretenir et nous avions dû faire face à un grand nombre de dépenses imprévues.

Je pouvais refuser tout net, mais que se passerait-il si la presse avait vent de cette vilaine histoire ? Archie ne s'en remettrait pas, je le savais. Même après tout ce qu'il m'avait fait subir, je l'aimais toujours, et je ne ménagerais aucun effort pour le protéger.

— Je connais un sympathique petit café juste au coin de la rue, poursuivit mon « sauveur », qui serrait mon poignet entre ses doigts. Voulez-vous que je vous aide à vous relever ?

— Je devrais m'en sortir toute seule, merci, répondis-je en me redressant doucement.

J'époussetai les traces de poussière et de saleté sur ma jupe, me hâtai de rajuster mon chapeau et toisai l'homme qui se tenait en face de moi. La première chose qui me frappa fut le contraste entre sa peau d'une pâleur crémeuse et sa barbe noire. Il avait des yeux couleur prunelle et des lèvres charnues rouge sang. De taille moyenne, il ne correspondait pas à l'idée qu'on se fait d'un sordide maître chanteur mais ressemblait davantage à un gentleman bien élevé.

Alors que nous sortions du métro pour regagner Victoria Street, nous aurions pu passer pour un couple marié. Mais un observateur attentif n'aurait pas pu manquer de remarquer le doute et l'angoisse dans mon regard.

— Que voulez-vous ? demandai-je.

— Attendons d'être installés devant une tasse de thé pour en parler, répondit-il. Ce sera plus convenable.

J'examinai la rue en quête d'un policier, mais n'en aperçus aucun. Mais peut-être valait-il mieux que je règle cette affaire moi-même.

— D'abord, je tiens à vous féliciter pour le succès qu'a rencontré *Le Meurtre de Roger Ackroyd*, dit-il. J'ai trouvé ce roman excellent, vraiment. La manière dont vous menez l'intrigue est tout bonnement extraordinaire. Je ne suis certainement pas le premier à vous le dire, mais vous pouvez ajouter mon nom à la liste grandissante de vos admirateurs. Qui se douterait qu'un tel cerveau se cache dans votre jolie petite tête ?

— Vous ne m'avez tout de même pas entraînée ici pour discuter de littérature, répondis-je sèchement, alors que nous entrions dans le café pour nous installer à une table, à quelque distance des autres clients.

— Oh, mais vous vous trompez. D'abord, permettez-moi de me présenter. Patrick Kurs. Médecin généraliste à Rickmansworth. J'ai un cabinet modeste, où je soigne essentiellement des épouses névrosées et des maris qui boivent beaucoup trop. Je suppose que vous pourriez établir un parallèle entre votre docteur James Sheppard dans *Roger Ackroyd* et moi. Quel personnage fascinant ! Voyez-vous, madame Christie, je crois que vous et moi nous ressemblons beaucoup par bien des côtés.

— Je ne suis pas sûre de vous comprendre, dis-je, avant qu'une serveuse en uniforme noir et blanc approche de notre table pour prendre notre commande. Le docteur Kurs demanda du thé pour deux.

— Comme je vous le disais, j'ai étudié votre œuvre avec attention, madame Christie, et j'en ai tiré la conclusion que vous possédez un esprit criminel de tout premier ordre. Vous semblez deviner comment fonctionne le cerveau d'un meurtrier. Comme si les sentiments les plus intimes d'un tueur n'avaient pas de secret pour vous. C'est très troublant.

— Merci, dis-je, avant de m'apercevoir que la plupart des gens ne verraient pas cela comme un compliment. Je… Oui, vous avez peut-être raison, mais quel rapport avec mon mari ? J'aimerais vraiment que vous en veniez au fait.

Quand la serveuse nous apporta notre thé, nous nous tûmes, mais dès qu'elle se retira, le docteur Kurs remua sur sa chaise et s'éclaircit la voix.

— Fort bien. Voyez-vous, j'ai appris que votre mari entretient une – quel est le terme qui convient ? – une liaison avec une autre femme. Vous me le confirmez, n'est-ce pas ?

Je me contentai de hocher la tête, mais je sentais que mes yeux lançaient des éclairs de haine.

— Et je suppose que vous préféreriez que la presse n'ait connaissance ni de ce fait ni des détails ?

— C'est donc ça. C'est de l'argent que vous voulez ?

Le docteur Kurs cligna des yeux et sembla légèrement surpris.

— Non, pas du tout, répondit-il en riant. Je pense que vous m'avez sous-estimé, madame Christie. Ma motivation n'est pas l'appât du gain. J'ai bien mieux à vous proposer. Une sorte de plan, pour vous, pourrait-on dire. Quelque chose qui risque de vous paraître peu conventionnel, mais ne manquera pas, j'en suis persuadé, d'éveiller votre intérêt.

— De quoi parlez-vous ?

— D'un plan que vous seule pouvez exécuter. Vous, madame Christie, allez commettre un meurtre. Mais au préalable, vous allez disparaître.

2

— Vous êtes fou, complètement fou, dis-je, faisant mine de me lever. J'ai bien peur, docteur, si c'est bien ce que vous êtes, que vous ayez besoin de consulter un de vos confrères.

— Je suis loin d'être fou, madame Christie. Et vous n'avez toujours pas entendu ce que je sais sur votre mari et Nancy Neele.

La mention de ce nom consuma le peu de force qui m'animait encore et je me laissai retomber sur ma chaise. À cet instant, un souvenir d'enfance me revint. Je cueillais des primevères avec ma chère Nursie. L'air embaumait le printemps ; le jaune des fleurs copiait le soleil qui brillait dans le ciel bleu barbeau. Nous avions quitté Ashfield, traversé la voie ferrée et emprunté Shiphay Lane avant d'entrer dans un champ par une barrière restée ouverte. J'étais accroupie, en train d'observer une fleur particulièrement belle, quand j'avais soudain entendu crier. Une voix d'homme, apparemment très en colère. Le fermier avait demandé à Nursie ce qu'elle faisait là. « On cueille juste des primevères », avait-elle répondu. Le visage de son interlocuteur avait viré au rouge pivoine. Les yeux exorbités, il nous avait ordonné de quitter sa propriété et menacées de nous faire bouillir tout vif si nous n'avions pas déguerpi dans les minutes suivantes. J'avais pris son ultimatum au pied de la lettre, j'avais même cru sentir les flammes commencer à me lécher les orteils. Le front couvert de sueur, j'avais pensé défaillir.

La mention du nom de Nancy Neele avait exactement cet effet sur moi.

— Reprendrez-vous du thé? Vous semblez un peu pâle, ce qui n'a rien de surprenant dans ces circonstances.

— Non, désolée, mon train m'attend. Et mon mari aussi.

— Vraiment? Je doute sincèrement que votre mari rentre à la maison. Et dans le cas contraire, je ne crois pas qu'il restera très longtemps.

— Qu'est-ce qui vous permet de penser cela?

— J'ai une source, pourrait-on dire. Fiable. Voyez-vous, Nancy Neele est une de mes patientes.

— Vraiment? répliquai-je d'une voix que j'espérais pleine d'assurance, mais qui se brisa de peur.

— Sa première consultation concernait des troubles digestifs, me semble-t-il. Mais je me suis rapidement aperçu que son véritable problème provenait de ses nerfs. Elle n'arrivait pas à dormir, souffrait d'anxiété, etc. Alors, nous avons parlé, et elle m'a tout dit. Je suis pratiquement devenu son confident.

Si tentante que me parût l'idée de m'enfuir, je m'armai de courage pour poursuivre la conversation.

— Et que vous a-t-elle dit?

— Qu'elle avait une aventure avec votre mari. Qu'ils s'aimaient et avaient l'intention de se marier, mais qu'Archie s'inquiétait de votre réaction s'il cherchait à obtenir le divorce. Je pense qu'ils craignaient que vous ne commettiez l'irréparable.

Je dus forcer les mots à sortir de ma gorge, toujours sèche. Je n'osais pas boire de thé, de peur que Kurs ne vît mes mains trembler.

— Et que lui avez-vous conseillé ?

— Vous serez heureuse d'apprendre que j'ai maintenu une stricte politique d'impartialité. Je me suis contenté de lui prêter une oreille attentive.

— Sait-elle que vous cherchiez à entrer en contact avec moi ? Vous a-t-elle envoyé ?

— Oh, mon Dieu, non. Absolument pas. Elle ignore tout de ma présence ici, ou de mes intentions.

Ce dernier mot me donna le frisson. Il ne pouvait tout de même pas penser que j'allais le prendre au sérieux ?

— Vraiment, c'est tout à fait absurde. Vous ne m'avez rien dit que je ne sache déjà. Mon mari a eu une brève liaison avec une femme qui n'est pas son épouse. Un point c'est tout. C'est une affaire d'ordre purement privé, et je souhaite qu'elle le reste, docteur Kurs. Vous oubliez un peu vite le code de déontologie censé régir votre profession. À ce titre, ce qu'une patiente vous révèle dans le secret de votre cabinet ne devrait pas…

— Poursuivez, je vous prie. Mais je dois vous prévenir que je détiens plusieurs lettres écrites par Mlle Neele à votre mari. Je ne doute pas qu'elles suscitent l'intérêt de certaines de nos publications les moins recommandables… et que vous trouviez cela extrêmement embarrassant.

Disait-il la vérité ? C'était difficile à savoir. Plongeant mon regard dans ses yeux sombres, je sentis ce que je ne pouvais décrire que comme une force mauvaise. J'aurais tort de le sous-estimer ou de le contrarier. Mais je ne pouvais pas non plus le laisser s'en tirer à si bon compte.

— Je suppose que vous pouvez me fournir la preuve de ce que vous avancez ?

— Vous recevrez prochainement quelque chose à votre domicile.

— Chez moi ? Vous connaissez mon adresse ?

— Je sais tout de vous, madame Christie. J'ai pris un réel plaisir à observer vos faits et gestes. Je vous ai attentivement étudiée. Pas seulement vos livres, mais votre vie sous tous ses aspects. Posez-moi une question, si vous ne me croyez pas.

Rien ne me vint sur le moment. Je sentis ma gorge se serrer.

— Permettez-moi de vous donner un exemple, continua le docteur Kurs, caressant sa barbe soigneusement taillée. Au hasard. Je sais que, grâce à votre travail d'infirmière volontaire, puis au dispensaire au sein du VAD[1] pendant la guerre, vous êtes devenue une experte en poisons.

— Ce genre d'activité était très répandu, docteur Kurs. Je suis persuadée qu'on peut glaner ces informations auprès de sources appartenant au domaine public.

— C'est exact, madame Christie. Mais en diriez-vous autant de votre collaboration avec le docteur et Mme Ellis ? Vous avez beaucoup appris à leur contact, en particulier de Mme Ellis, je crois ?

Cette révélation me laissa sans voix.

---

1 Le Voluntary Aid Detachment (Détachement d'aide volontaire) était une unité formée de civils volontaires qui fournissait des soins infirmiers aux militaires, en particulier pendant la Première Guerre mondiale (toutes les notes sont du traducteur).

— Et cet autre pharmacien de votre connaissance ? Celui qui ne se déplaçait jamais sans un échantillon de curare en poche. Comme vous le savez sans doute, *strychnos toxifera* est une espèce de plante grimpante, assez jolie, qui pousse en Amérique du Sud. Les indigènes, qui ont rapidement découvert son efficacité comme poison, trempaient les projectiles de leurs sarbacanes ou leurs flèches dans une pâte fabriquée à partir du suc de cette plante. Une fois touchée, la victime mourait d'asphyxie en quelques minutes. Comment réagiriez-vous, madame Christie, si je vous annonçais qu'à l'instar de ce pharmacien de votre jeunesse, je promène moi aussi du curare dans ma poche ?

Je résistai de nouveau à la tentation de lui dire qu'il était fou, mais préférai garder mes soupçons pour moi. Dès que j'aurais quitté le café, je me rendrais dans le commissariat le plus proche pour informer les autorités qu'un homme prétendant être un médecin à Rickmansworth avait perdu la raison. La police le cueillerait et le conduirait à l'asile, ce qui marquerait la fin de cette histoire.

— Disons simplement que je dispose de certains moyens. Exercer comme généraliste depuis vingt ans a ses avantages. À Rickmansworth, nombreux sont mes patients qui travaillent à Londres où ils occupent des positions de pouvoir et d'influence. Avec un minimum de détermination, on peut découvrir presque tout sur pratiquement tout le monde.

— Je vois, répondis-je d'une voix faible.

— Par exemple, j'en sais également beaucoup sur votre cher frère, le malheureux Louis Montant Miller, que vous appelez Monty. Ce qui lui est arrivé après la guerre, ses abus d'alcool, de whisky en particulier, et d'opiacés. Les crimes et écarts de conduite de la famille d'un auteur de romans policiers ne devraient pas manquer d'intéresser les journaux. Leurs lecteurs en tireraient probablement la conclusion que vous n'avez pas eu à chercher bien loin votre inspiration. Sait-on jamais, cette publicité vous fera peut-être énormément de bien. À condition, bien entendu, que vous décidiez d'en passer par là, ce dont je doute.

Je ne pouvais pas en supporter davantage.

— Je suis désolée, mais je dois vraiment y aller. J'ai un train à prendre, annonçai-je en me levant.

— Très bien, madame Christie. Quel dommage d'abréger notre rencontre, j'avais encore tant de choses dont j'aurais souhaité vous entretenir. Mais nous aurons bientôt une autre conversation.

— Vous croyez ? dis-je, alors que je sentais une nouvelle bouffée de son haleine métallique.

— Oh, absolument. Dans l'intervalle, vaquez à vos occupations, ne changez rien. Allez à Ascot avec votre secrétaire demain soir, comme prévu, par exemple.

Comment était-il au courant ?

— Et à votre place, je ne contacterais pas la police en sortant d'ici. J'ai laissé des instructions, si je devais être inquiété ; plusieurs documents et certaines informations parviendraient aux rédacteurs en chef de différents journaux.

— Au revoir, donc, répondis-je.

— Un dernier point, ajouta-t-il. Ce plan dont je vous ai parlé. Rien n'est enclenché pour l'instant. Comme vous devez commencer à vous en apercevoir, j'ai mûrement pesé chaque détail de ce projet.

Bien que la seule vue de cet homme me répugnât, j'éprouvai des difficultés à me détacher de son regard.

— Et au fait, vous ne vous êtes pas évanouie. Je vous ai poussée. Mais je suis aussi celui qui vous a sauvée. Je détiens le pouvoir de tuer *et* de guérir, pourrait-on dire – un prolongement de ma vocation de médecin, je suppose. Attendez-vous à recevoir une lettre à votre domicile ce vendredi. Vous pensez peut-être avoir un esprit pour le meurtre, madame Christie, mais vous ne tarderez pas à vous apercevoir que vous n'êtes pas la seule.

Arrivée aux toilettes juste à temps, je courus me réfugier dans une cabine dont je verrouillai la porte derrière moi quelques secondes avant de tomber à genoux pour vomir dans la cuvette. Après avoir tiré la chasse d'eau, je restai plus longtemps que nécessaire, alors que les événements cauchemardesques de la matinée continuaient de se bousculer dans ma tête. Je devais me rendre immédiatement à la police, mais que se passerait-il si le docteur Kurs mettait ses terribles menaces à exécution ? Cet homme avait le pouvoir de causer *ma* perte, mais aussi de ruiner les vies et les réputations de mon mari et de mon frère. Une rumeur ou un scandale dans la presse encouragerait certainement Archie à rompre tout contact avec moi. Quant au pauvre Monty, la dépendance de mon frère aux opiacés était déjà dangereuse, sans qu'une angoisse supplémentaire le pousse à augmenter les doses, avec les risques que cela comportait. Kurs pouvait-il n'être qu'un fou à l'imagination débordante ? Déséquilibré, il l'était, sans le moindre doute. Mais tout ce qu'il avait dit était vrai. Et j'avais senti en lui une cruauté qui me glaçait.

Une pensée terrifiante me vint alors à l'esprit. Et si cet épisode épouvantable n'avait été que le fruit de mon imagination ? Je me rappelai l'incident du chèque, quand j'avais été perturbée. Souffrais-je d'une nouvelle crise, plus sérieuse, celle-là ? Je devais me ressaisir.

Je m'essuyai la bouche avec mon mouchoir, puis je tamponnai un peu d'eau froide sur mon visage et me regardai dans la glace. Quel spectacle ! Ma peau pâle devenue blême me donnait presque l'apparence d'un fantôme ; j'avais les yeux injectés de sang, j'étais décoiffée. Je me pinçai les joues pour leur redonner un peu de couleur et fis de mon mieux pour m'arranger. En sortant du café, j'eus besoin d'un moment pour m'orienter. Ma rencontre avec Kurs – réelle ou imaginaire – m'avait déstabilisée, comme une boussole détraquée. Je longeai Grosvenor Gardens, passant devant un bâtiment qui me rappelait toujours Paris. Une fois arrivée dans Grosvenor Place, je me dirigeai vers le Forum. J'avais encore la nausée, mais je me forçai à avancer, ignorant ma faiblesse.

Alors que j'apercevais Hyde Park Corner, je m'arrêtai un moment. J'ouvris la fermeture éclair de mon grand sac à main pour en extraire un mouchoir blanc que je plaquai contre ma bouche. L'odeur de propre du carré de tissu amidonné et récemment lavé me rappela Ashfield et ma mère. Immédiatement, je redevins une enfant, en sécurité dans ses bras. Si seulement Kurs m'avait poussée sur la voie ; au moins, je serais avec elle maintenant.

Le souvenir de ma rencontre avec lui – qui m'avait paru si horriblement réelle – circulait dans mes veines comme un poison rapide. Je tendis la main pour empoigner un appui inexistant, alors que mes jambes menaçaient de se dérober. De chaudes larmes coulèrent sur mes joues et j'entendis le son de mes sanglots. J'avais conscience des piétons autour de moi, mais ne supportais pas l'idée de relever la tête et de croiser leurs regards. Étais-je en train de devenir folle ?

— Excusez-moi, tout va bien ? demanda une voix masculine et distinguée d'un ton sec, mais non dénué de gentillesse.

Je levai les yeux et vis, à travers mes larmes, un couple qui me dévisageait. L'homme était grand, avec une chevelure blonde bien garnie qui, ramenée en arrière, dévoilait un front haut. Il avait les traits fins et portait un costume noir élégant et des chaussures de prix. La femme, blonde également, était beaucoup plus jeune, jolie et mince comme un roseau.

— Désolée, je… j'avais juste quelque chose dans l'œil, mais c'est parti maintenant, expliquai-je. L'espace d'un instant, j'ai cru devenir aveugle.

— Oh, quelle horreur ! Voulez-vous que je vérifie pour vous ? proposa la jeune femme.

— Non, ça ira, répondis-je.

Alors que je tentais de m'éloigner, mes jambes faiblirent et je reculai vers le mur qui protégeait Buckingham Palace.

La jeune femme lança un regard inquiet à son compagnon – son frère ? – et m'offrit son bras pour m'aider à me remettre d'aplomb.

— Permettez…

— Je suis vraiment navrée d'être un tel fardeau, dis-je, alors que je refoulais mes larmes d'un battement de paupières. Je ne sais pas ce qui m'a pris. J'allais au Forum, ce n'est pas loin.

— Laissez-nous vous accompagner, intervint l'homme. Je vous en prie.

— Oh, non, protestai-je. Je ne peux pas m'imposer de la sorte.

— Ça ne nous dérange pas du tout, assura la jeune femme. Je m'appelle Una Crowe, et voici mon ami John Davison.

Alors que je me présentais à mon tour, les yeux gris et intelligents de Davison se mirent à pétiller de curiosité.

— Le célèbre auteur ?

— Auteur, oui, répondis-je. Célèbre, certainement pas.

Il me confia qu'il avait beaucoup aimé *Le Meurtre de Roger Ackroyd*, que lui avait recommandé un de ses collègues au travail, un homme du nom de Hartford. En temps normal, j'aurais volontiers écouté ce qu'il en pensait, et j'aurais apprécié ses louanges. Mais le fait que Kurs ait récemment mentionné ce roman m'avait laissé un goût amer.

— Je n'arrive pas à croire que vous ne l'avez toujours pas lu, Una, poursuivit-il. C'est excellent. La fin est extraordinaire. Je ne vous la raconte pas, je ne veux pas vous gâcher le plaisir – vous verrez, c'est très surprenant. Mais, dites-moi, madame Christie, dans ce livre, je me demande comment…

— Et vous, monsieur Davison, quelle est votre profession ? le coupai-je, tentant de changer de sujet.

— Je suis fonctionnaire, à Whitehall. Rien de bien intéressant, répondit-il.

— Vous exagérez, intervint Una en souriant.

Il lui lança un regard légèrement contrarié.

— Et depuis combien de temps travaillez-vous pour – pour l'administration qui vous emploie ?

— Depuis Cambridge. Je n'ai jamais rien connu d'autre.

Il n'avait visiblement pas envie d'entrer dans les détails.

— J'ai toujours pensé qu'aucun métier n'était plus palpitant que celui d'écrivain, dit Una, comblant le silence. Passer ses journées à inventer des intrigues… J'aimerais vraiment m'y essayer.

Una continua à parler de sa famille, de ses frères et sœurs, de sa mère Clema et de la perte de son père. Bien que sa disparation remontât déjà à dix-huit mois, il lui manquait énormément, confia-t-elle.

La voix d'Una semblait avoir fondu comme neige au soleil, presque comme si je l'entendais sous l'eau. Je me rappelai la première fois que j'étais allée surfer avec Archie. Nous nous étions tellement amusés. L'Afrique du Sud nous avait conquis. Me revint aussi en mémoire ce jour où je m'étais lancée sur la planche avec un peu trop d'enthousiasme. J'avais senti l'énergie de la vague tomber, mais j'avais été complètement prise au dépourvu par la puissance de la houle qui m'avait emportée et engloutie. J'avais avalé beaucoup d'eau, et entendu la voix d'Archie sous la surface. Je n'avais pas réussi à distinguer ses paroles, mais son inquiétude ne faisait aucun doute. J'avais la certitude alors, pendant ces vacances, qu'il m'aimait. Et il ne s'était écoulé que quatre ans depuis.

— Madame Christie ? Madame Christie ?

C'était Una. Je sentis un léger contact sur mon bras, qui suffit à me tirer de ma rêverie. Je me concentrai sur son visage, joli en apparence, avant de noter les demi-cercles sombres sous ses yeux. Le chagrin marquait même les plus jeunes. En cela, elle me ressemblait – en beaucoup plus belle, et avec quelques années de moins, bien sûr. Mais nous partagions ce fardeau d'une plaie ouverte, à vif, qui refusait de cicatriser. Pouvait-elle sentir que j'avais également eu à déplorer récemment la perte d'un parent ? J'avais assurément l'impression d'une sorte de lien étrange, irrationnel, entre nous. Peut-être deviendrions-nous amies un jour.

— Ne m'en voulez pas, répondis-je en lui souriant. Je rêvassais. Une mauvaise habitude.

— En train de concocter l'une de vos délicates intrigues, je suppose, intervint Davison. Bluffs, doubles bluffs, diversions et autres fausses pistes.

— J'en ai bien peur, préférai-je mentir, alors que nous nous remettions en marche vers le Forum.

— Je sais que vous devez être très occupée, dit Una, mais si vous pouviez, à l'occasion, me consacrer un peu de votre temps, je vous en serais reconnaissante. Je me suis essayée à l'écriture de quelques nouvelles, et aussi d'une série de poèmes, avant tout sur…

Une expression de profond désespoir assombrit son regard et Davison posa la main sur son épaule.

— Bien sûr, ma chère, répondis-je. Vous serez toujours la bienvenue, mais je crains de ne pas être la personne la plus compétente pour aborder ces questions. Je continue de me considérer comme une amatrice.

— J'ai du mal à y croire, dit-elle, alors que nous nous arrêtions devant le Forum. Et je suis réellement impatiente de lire *Le Meurtre de Roger Ackroyd*.

Je donnai à Mlle Crowe l'adresse de Styles, ma maison à Sunningdale, avant de les remercier, elle et Davison, de leur aimable attention, à un moment où j'en avais grand besoin. Nous nous saluâmes, et je commençais à monter les marches qui menaient à mon club quand j'entendis des pas. Je me retournai et vis Davison, qui pressa une épaisse carte de visite couleur crème dans mes mains.

— Ne vous inquiétez pas, me rassura-t-il avant que je réagisse. Si vous avez besoin de me contacter, n'hésitez surtout pas. (Il marqua une pause et regarda autour de lui.) Je sais qu'Hartford, l'homme qui m'a recommandé votre livre, aimerait beaucoup vous rencontrer.

— Que peut-il bien me vouloir ?

— Il croit, et je suis sûr qu'il a raison, que vous possédez un cerveau de premier ordre.

— Je ne suis presque pas allée à l'école. Mon éducation est pour le moins fragmentaire.

— Néanmoins, ajouta-t-il en baissant la voix, vous pourriez être un élément précieux pour le département. Peut-être que vous devriez le rencontrer. Nous pourrions discuter en privé de certaines affaires délicates pour lesquelles vous seriez susceptible d'apporter votre contribution.

— Quel genre d'affaires ?

— Je ne peux vraiment pas vous en dire plus ici, mais je pense que vous feriez une excellente recrue, insista-t-il, jetant un coup d'œil par-dessus son épaule à Una qui patientait dans la rue.

Tout devint clair. Davison travaillait pour un quelconque service secret.

— Écrivez-nous ou appelez-nous, et nous pourrons reprendre cette discussion.

Je me sentis presque tentée, mais malheureusement sa proposition n'aurait pas pu tomber plus mal.

— Je crains de ne pas vous être d'une grande utilité, surtout en ce moment.

— Panne d'inspiration ?

— Quelque chose comme ça, répondis-je.

Alors que je scrutais ses yeux intelligents, je songeai à tout lui révéler de mon épouvantable rencontre avec Kurs. Mais je n'étais toujours pas complètement certaine qu'elle n'avait pas été le fruit de l'activité frénétique d'un cerveau à l'imagination débordante. Au moment où j'ouvrais la bouche pour ajouter quelque chose, Una cria à Davison de se presser s'il ne voulait pas qu'elle meure de froid.

— Eh bien, pensez à nous dès que vous serez un peu plus disponible. Au revoir.

Alors que je pénétrais dans le vestibule, j'aperçus Mme de Silva qui entrait dans la bibliothèque. J'avais beaucoup d'affection pour mon amie de Sunningdale, en compagnie de qui j'avais effectué le trajet jusqu'à Londres ce matin-là, mais je savais que je serais incapable de faire bonne figure. J'empruntai donc l'escalier pour monter directement dans ma chambre, au dernier étage. Je me débarrassai rapidement de mes vêtements pour enfiler un kimono qui avait appartenu à ma mère, puis gagnai la salle de bains située au bout du couloir.

Pendant que la baignoire se remplissait, je portai la manche de soie bleue à mon visage et humai la réconfortante odeur de lavande. Si seulement ma mère était encore de ce monde ; elle aurait su quoi faire.

Depuis sa mort, en avril, j'avais souvent senti son esprit à mes côtés. Elle s'était toujours considérée comme quelque peu extralucide. Qu'avait dit ma sœur Madge, un jour ? Si elle ne voulait pas que Mère sache une chose, elle prenait soin de ne pas être dans la même pièce avec elle. J'adjurai intérieurement ma mère de venir me prodiguer ses conseils. Mais un obstacle infranchissable se dressait entre nous : la mort.

J'enlevai mon kimono et entrai doucement dans l'eau chaude. Si je parvenais juste à me détendre un peu, je serais peut-être capable de trouver un moyen de me tirer de cette situation épouvantable. Je tentai de penser à des jours plus heureux : à la sensation de l'eau et du soleil sur mon dos en Afrique du Sud et à Honolulu ; au plaisir grisant de ma première rencontre avec Archie au bal de Chudleigh ; à l'annonce qu'un éditeur avait accepté mon premier roman. Les souvenirs ridèrent la surface de ma conscience, telles des ondulations dans l'eau, mais je ne parvins pas à chasser cette impression accablante qu'on m'empoisonnait. Bien sûr, il ne s'agissait pas d'un poison physique, qui entraînerait des défaillances organiques, des problèmes respiratoires ou une crise cardiaque. Cette toxine s'infiltrait dans mon âme, souillant tout ce que ma vie comptait de bon et d'honorable. Si je la laissais se propager, je me transformerais en enveloppe inanimée, à l'instar des cadavres que j'avais vus sur la table d'autopsie à la morgue, pendant la guerre. Je savais que je risquais de devoir sacrifier une part de moi-même, comme cette jambe amputée que j'avais autrefois jetée dans le four de l'hôpital, mais cela me semblait inévitable.

Après être sortie doucement de l'eau et m'être séchée, j'enfilai de nouveau mon kimono et retournai dans ma chambre. Je m'assis sur le lit avec un cahier d'écolier, dont j'avais déjà noirci la moitié des pages pour la préparation du *Meurtre de Roger Ackroyd*, et entrepris de consigner les événements de la journée. J'inclus une liste de noms : docteur Patrick Kurs, Archie Christie, Nancy Neele, John Davison, Una Crowe, et enfin mes propres initiales, AC. Ce faisant, je me sentis particulièrement mal à l'aise. Voilà une histoire que je n'avais pas envie d'écrire.

3

Je me réveillai après une nuit d'un sommeil agité, avec l'impression qu'une atmosphère viciée avait envahi ma tête. Je gardais le souvenir de l'haleine fétide du docteur Kurs ; d'ailleurs, j'en avais encore la nausée. Quand je descendis prendre le petit déjeuner, la vue des œufs brouillés figés me retourna l'estomac. J'estimai préférable de sauter un repas. Malgré mes doutes sur ma santé mentale, j'admettais à présent que ma rencontre avec Kurs n'avait été que trop réelle.

Je m'attendais presque à le retrouver en sortant du Forum, perché tel un oiseau de malheur sur le Royal Artillery Memorial. Le cauchemar récurrent de mon enfance, la silhouette menaçante de cet homme avec une arme, avait fini par s'incarner. Avais-je pressenti son arrivée dans ma vie dès mes plus jeunes années ? Ou l'avais-je, d'une manière ou d'une autre, fait apparaître ? Et comment m'en débarrasser ? Je me rappelai notre conversation de la veille. J'étais sûre de pouvoir m'absenter quelques jours, mais je n'allais certainement pas me rendre coupable d'un délit, et encore moins d'un acte aussi odieux qu'un meurtre. Écrire sur le crime était une chose, mais en commettre un ? Hors de question.

J'avais envisagé de téléphoner à cet homme charmant, Davison, pour lui demander conseil. Mais s'il prévenait la police ? Pouvais-je courir un tel risque ? Ne valait-il pas mieux que je tente de régler cette affaire moi-même ?

Je frissonnai en repensant au contact de Kurs au bas de ma colonne vertébrale, mais remonter le col de mon manteau pour me protéger du froid n'eut que peu d'effet. J'avais rendez-vous avec mon agent dans Fleet Street, malgré mon envie d'annuler. Mais Kurs m'avait dit de vaquer à mes occupations, comme si de rien n'était. En temps normal, j'aurais pris le métro, mais avec le désagréable incident de Victoria Station encore frais dans ma mémoire, je hélai un taxi. Le chauffeur s'arrêta devant le 40 Fleet Street, un bâtiment haut et imposant. Après plusieurs respirations profondes, je montai à l'agence. Je n'avais bien sûr pas l'intention de parler de mes ennuis à M. Cork ; nous entretenions des rapports de nature purement professionnelle, et je n'aurais pas supporté de fondre en larmes en sa présence.

À mon entrée dans la pièce, un grand jeune homme au sourire énigmatique me salua. Edmund Cork avait succédé au redoutable Hugues Massie à la tête de l'agence après le décès de ce dernier. Avec succès, semblait-il. Me concernant, je craignais, en revanche, que ses attentes dépassent la médiocre réalité.

— B-bonjour, madame Christie, asseyez-vous, j-je vous prie, dit-il avec un léger bégaiement.

— Merci.

— Alors, comment avance l'écriture de votre roman ? Bien, j'espère ?

— Pas autant que je le voudrais. Depuis la mort de ma mère, j'éprouve des difficultés à me concentrer.

Inutile de mentionner les convulsions récentes de ma vie privée.

— Je comprends, répondit-il. Surtout, prenez votre temps. Je suis néanmoins ravi de vous informer qu'un grand nombre de lecteurs attend votre prochain livre. L'*Evening News* se portera certainement acquéreur des droits pour la publication en feuilleton. Peut-être pourrions-nous leur réclamer une somme supérieure aux 500 livres qu'ils ont payées pour *L'Homme au complet marron*.

À l'époque, j'avais été sidérée par le montant que ce journal était prêt à débourser pour proposer mon roman en feuilleton, même sous le titre ridicule d'*Anna l'aventurière*. J'avais d'abord envisagé de m'en plaindre, mais les 500 livres m'avaient convaincue de me taire et permis d'acheter une voiture, ma Morris Cowley que j'adore.

— Et b-bien sûr, nous attendons avec impatience la parution des *Quatre*.

Je ne partageais pas cet enthousiasme; en fait, je regrettais de ne pas avoir étouffé ce projet dans l'œuf. Sans l'aide de ce cher Campbell, le frère d'Archie, je n'aurais certainement pas réussi à le mener à bien.

— J'aurais aimé trouver quelque chose d'un peu plus original. Après *Roger Ackroyd*, je crains de décevoir mes lecteurs.

— Il est trop tard pour avoir des regrets, dit M. Cork, laissant courir ses longs doigts élégants sur une pile de papiers devant lui. Que pensez-vous de la couverture ? Elle attire l'œil, je crois.

L'illustration, dans des tons bleu et noir, représentait un grand chiffre 4 se dressant de manière imposante au-dessus de la ligne des toits de Londres la nuit. C'était probablement ce que ce livre avait de meilleur. Mais à ce stade, je jugeai préférable de garder mon opinion pour moi.

— Je redoute les critiques, dis-je.

— Oh, ne vous en faites pas. J'ai même bon espoir d'obtenir un avis positif dans *The Times Literary Supplement*. À propos, on m'a également informé que la parution aux États-Unis est prévue à l'automne.

Il marqua une petite pause.

— Je suis sûr que votre tête déborde d'idées pour le prochain roman, et je comprends que, pour le moment, vous gardiez tout cela pour vous, mais si vous p-pouviez me donner un…

— Je préfère ne rien dire, le coupai-je. Vous me connaissez, je suis très superstitieuse sur ce point.

— Bien sûr, c'est normal.

Je le laissai continuer à parler affaires – contrats, pourcentages, négociations pour la publication en feuilleton – pendant les vingt minutes suivantes, mais je ne parvins pas à me concentrer.

— Je dois rentrer me remettre au travail, annonçai-je en me levant.

— Merci encore d'être passée, madame Christie, dit Cork en me raccompagnant. J'attends de recevoir votre nouveau livre avec impatience, dès que vous serez prête. Ma femme me harcèle, vous savez. Elle espère retrouver votre amusant petit détective belge, avec sa moustache ridicule. Pouvez-vous la rassurer ?

— Je préfère ne rien dire, monsieur Cork. Je pensais avoir été claire, répliquai-je sur un ton plus dur que j'en avais eu l'intention.

— B-bien sûr, répondit-il en clignant des yeux, légèrement surpris. À bientôt.

Dès que j'eus franchi la porte, je me sentis mortifiée. Quel manque de courtoisie envers ce cher M. Cork ! Le chauffeur du taxi qui me conduisait de Fleet Street à la gare de Waterloo tenta également d'échanger des politesses. Mais j'étais tellement en colère que j'écourtai la conversation, ce qui n'eut pour effet que de renforcer mon irritation.

D'habitude, j'aimais prendre le train, et je savourais chaque instant du trajet de retour à Sunningdale. Mais aujourd'hui, je n'avais pas le cœur à profiter du paysage. À cause de Kurs, je broyais du noir.

Depuis la gare, je rentrai à pied avec mon sac de voyage, marchant dix minutes sans faire attention à ce qui m'entourait. À chaque pas, mon sentiment d'effroi augmentait, comme si j'avançais vers la mort. À part pour Rosalind et Charlotte, ma secrétaire et amie, et bien sûr Peter, mon fox-terrier à poil dur, cette maison était devenue pour moi, au cours de l'année écoulée, synonyme de tristesse et de désespoir.

Dès ma première visite de cette vaste bâtisse ridicule, avec sa façade vitrée à pignons et ses hautes cheminées, j'avais su qu'elle coûterait beaucoup trop à entretenir. Mais Archie avait déclaré qu'elle correspondait exactement à ce que nous cherchions. J'avais donc accepté. Plus tard, j'avais appris que l'endroit avait la réputation de ne pas porter chance ; son premier propriétaire avait apparemment perdu de fortes sommes d'argent, et le suivant avait connu des difficultés dans son mariage – la maîtresse de maison s'était enfuie avec un autre homme, avais-je cru comprendre. Et Archie, qu'est-ce qui lui avait pris de la baptiser Styles, d'après la demeure qui figurait dans mon premier roman, un lieu placé sous le signe de la duperie et du meurtre ?

Kitty, notre bonne, me débarrassa de mon chapeau, de mon manteau et de mon sac, et m'annonça que Mlle Fisher – Charlotte – avait emmené Rosalind et Peter en promenade. Je remerciai le ciel, sachant combien il me serait difficile de ne pas tout raconter à Charlotte. Si elle remarquait la détresse de mon regard, je devrais lui mentir et prétendre avoir eu une nouvelle dispute avec Archie. Elle n'ignorait rien de mes problèmes conjugaux, comme tout le monde sous notre toit probablement, y compris les domestiques. Il aurait fallu être sourd.

Une fois dans ma chambre à l'étage, je sortis l'étui de trois balles de golf avec leurs tees que j'avais acheté à Archie pour Noël. Je l'ouvris et humai l'odeur capiteuse du cuir neuf. Un cadeau ridicule, vraiment, compte tenu de la situation. Qu'avais-je en tête ? J'avais très probablement perdu Archie pour de bon. Une autre femme m'avait volé son cœur. Mais s'il devait m'annoncer demain qu'il avait laissé tomber Mlle Neele, je le reprendrais sans hésitation. Une phrase d'un de mes livres me revint en mémoire : « Une femme amoureuse pardonne bien des choses. » C'était vrai à mon sujet.

Dès notre première rencontre, chez les Clifford, à Ugbrooke House, j'avais su qu'il était trop beau pour moi. Grand, les cheveux blonds et les yeux bleus, il avait un profil classique, avec une fossette sur le menton qui me faisait tomber en pâmoison. J'étais beaucoup plus jeune à l'époque, à peine vingt-deux ans, mais, malgré les affirmations de certains de mes soupirants, je m'étais toujours considérée comme quelconque. Ce qu'Archie avait bien pu me trouver, je me le demandais encore. Mais il y avait eu quelque chose, une sorte d'étincelle, un lien, que nous avions tous deux ressenti lors de cette première rencontre, quatorze ans plus tôt.

Ce soir-là, je m'étais laissée convaincre de décevoir bon nombre de cavaliers ; il voulait, semblait-il, me monopoliser. Aux anges, j'avais profité de l'occasion, me disant que je ne le reverrais jamais. Je m'accommoderais de ce brave Reg, à son retour de Hong Kong, un jour ou l'autre. Il m'avait écrit de très gentilles lettres, et si je ne doutais pas qu'il fît un bon mari, je savais également que je n'avais pas à espérer le même genre de frisson avec lui. Rétrospectivement, je n'aurais pas dû attendre plus que les Reg de ce monde. J'avais été ridicule de viser plus haut en recherchant ou acceptant les attentions d'un homme comme Archie. Comme je regrettais de ne pas avoir écouté ma mère, qui m'avait pourtant mise en garde. Qu'avait-elle dit, déjà ? Elle avait parlé de son côté impitoyable. Et la mère d'Archie, Peg, ne m'avait jamais aimée, me qualifiant, ce que je trouvais grotesque, de femme « moderne », ni plus ni moins. Uniquement à cause de mon goût pour les cols Claudine. C'était trop drôle, pensai-je. Rien n'aurait pu être plus éloigné de la réalité.

L'opposition de nos deux mères, combinée à l'arrivée de la guerre, avait renforcé notre détermination à nous forger un avenir commun. Ainsi, quand Archie avait obtenu une permission de trois jours à la fin décembre

1914, nous avions ignoré les protestations de sa mère, chez qui nous logions, pour nous marier la veille de Noël. Je n'avais même pas eu le temps de me préparer correctement. J'avais probablement eu l'air d'un épouvantail avec mon ridicule petit chapeau en velours violet. C'était sans importance, bien sûr, puisque nous étions heureux.

— Maman ! Maman ! entendis-je, alors que la porte d'entrée s'ouvrait. On est là !

Je me tamponnai les yeux avec mon mouchoir et m'inspectai dans la glace, avant de descendre accueillir Rosalind, mon petit ange.

— Oh, tu aurais dû voir Peter, il était si drôle, dit-elle en retirant son manteau. Il s'est fait un nouveau copain, un petit teckel appelé Freddie, pendant qu'on se promenait au bord du terrain de golf. Ils ont commencé à se courir après, et tout à coup, une balle de golf a fendu l'air en sifflant et ils se sont précipités dans la direction de…

— Ça suffit, Rosalind, ma chérie, l'interrompit Charlotte d'une voix aux inflexions écossaises, posant une main sur l'épaule de la fillette pour la calmer. Tu raconteras tout à ta mère après ton bain.

Rosalind ouvrit la bouche pour protester, mais Charlotte lui lança un de ses regards faussement sévères qui obtenaient immanquablement l'effet escompté. Une fois ma fille à l'étage et la bonne de retour dans la cuisine, Charlotte me tint par le bras et, comme je le craignais, me demanda ce qui n'allait pas. J'étais terriblement pâle, ajouta-t-elle. Avais-je pleuré ? J'invoquai mes nerfs, la tension de la situation actuelle avec Archie. Elle proposa de remettre à plus tard son voyage à Londres prévu le lendemain, bien qu'elle se fît une joie d'y passer son jour de congé. Je m'opposai énergiquement à cette idée. Elle ignorait que j'avais mes propres raisons pour la tenir éloignée de la maison.

Pourtant, je ne sais pas comment j'aurais pu m'en sortir sans son soutien, la douceur de son regard et le contact de sa main sur la mienne. Charlotte disait parfois des choses qu'il m'était difficile d'entendre. Après la révélation initiale de son aventure avec Mlle Neele, Archie m'avait quittée, pour rentrer au bercail à peine quelques semaines plus tard. Il avait reconnu avoir fait une erreur, et il pensait que cela valait la peine de tenter de sauver notre mariage, pour le bien de Rosalind. Nous avions partagé un lit pendant un temps, mais depuis quelques mois, nous faisions chambre à part. « Il ne restera pas », m'avait affirmé Charlotte, ce qui m'avait rendue furieuse sur le moment. Je lui rappelai cette conversation à présent, admettant qu'elle avait vu juste depuis le début.

— Vous, vous avez besoin qu'on vous remonte le moral, dit-elle.

— Vous avez probablement raison, Carlo, répondis-je en me servant du surnom que lui avait donné Rosalind.

— Allons danser, alors, ordres du médecin.

Je sursautai, songeant immédiatement à Kurs.

— Suis-je bête – et égoïste ! Vous êtes fatiguée, je le vois bien.

— Pensez-vous ! mentis-je. Danser me fera sans doute le plus grand bien.

4

En décidant d'aller danser, j'avais espéré me calmer, mais alors que j'étais allongée dans mon lit, je me sentais toujours à bout de nerfs. Quand je m'endormis enfin, je sombrai dans un sommeil agité ; à l'aube, j'accueillis avec soulagement la faible lumière du soleil de décembre qui filtrait par les bords des rideaux. Je me levai et traversai ma chambre jusqu'à la commode dans le coin. Dans le troisième tiroir à partir du haut, parmi une collection de rubans et de boutons, de souvenirs et de cartes postales, je saisis une enveloppe. J'en sortis une lettre, celle adressée par mon père à ma mère, quelques jours avant sa mort. « Vous avez fait toute la différence dans ma vie, avait-il écrit. Aucun homme n'a jamais eu de femme comme vous. Je vous remercie pour votre affection, votre amour et votre compassion. Dieu vous bénisse, ma chérie, nous serons bientôt réunis. » Au cours de l'année écoulée, je l'avais parfois relue, feignant de croire qu'Archie l'avait rédigée à mon intention. Au risque de paraître ridicule, cela m'avait fait du bien. Désormais, mon imagination n'était plus capable d'un tel effort.

Assise devant ma coiffeuse, je me brossais les cheveux quand j'entendis Charlotte informer la bonne qu'elle serait de retour plus tard dans la soirée. Puis la porte d'entrée claqua. Maintenant, je n'avais plus qu'à m'occuper d'Archie. Je ne pouvais pas lui dire la vérité ni prendre le risque qu'il se trouve à Styles au moment où arriverait ce que m'avait promis Kurs. Non, mon comportement devait le pousser à quitter la maison, ce qui ne s'annonçait pas trop difficile. Prodigieusement égoïste, Archie détestait se sentir fautif et ne supportait pas la moindre contrariété. Si je parvenais à le culpabiliser, j'obtiendrais l'effet escompté. Je m'habillai pour le petit déjeuner et allai voir Rosalind qui jouait avec ses ours en peluche sur son lit. Elle avait mangé environ une heure plus tôt et voulut connaître le programme de la journée. J'aurais pu, moi aussi, poser la même question.

— Si tu es sage et que tu restes dans ta chambre pendant la prochaine demi-heure, je promets de t'emmener chez grand-mère plus tard, répondis-je, espérant que je serais en mesure de tenir parole.

— Peter pourra nous accompagner ? demanda-t-elle.

— Bien sûr.

Archie avait déjà fini une assiette d'œufs au bacon quand j'arrivai dans la salle à manger.

— Bonjour, me salua-t-il, levant à peine les yeux du *Times*.

— Bonjour, mon chéri.

Archie grimaça en entendant ce terme d'affection, mais s'abstint de tout commentaire.

— La campagne me manque terriblement, dis-je. La vraie. Je n'ai rien contre le Berkshire, mais tout y est trop soigné, trop ordonné pour se sentir réellement dans la nature. J'ai parfois l'impression d'étouffer. Ah, la mer ou les landes du Dartmoor… Qu'en pensez-vous, Archie ?

— Ça me semble difficilement envisageable, répondit-il.

— Je suis sûre que vous pourriez obtenir un poste à Exeter ou à Plymouth, ou vous installer à votre compte et vous rendre à Londres pour quelques jours par semaine le cas échéant. Vous logeriez à votre club. Je crois vraiment que nous serions plus heureux ; pas vous, Archie ?

— Eh bien, je…

— Ce serait l'occasion d'oublier tout ce qui s'est passé et de repartir sur des bases nouvelles. Avec un peu de chance, nous pourrions même acheter l'une de ces demeures perchées au sommet d'une falaise, face à la mer. Vous rappelez-vous, au début de notre mariage, ce voyage le long de la route côtière ? Dartmouth, Strete, Torcross… Souvenez-vous, j'avais attiré votre attention sur cette merveilleuse maison qui semblait suspendue au-dessus de la baie, juste à l'extérieur de Blackpool Sands. St Michael Manor's, je crois. Je suis persuadée que, dans une pièce avec vue sur la mer, je pourrais écrire. Nous emmènerions Peter en promenade. Quant à Rosalind, je vous laisse imaginer combien cet endroit lui plairait. Elle ne manquerait pas de s'animer, comme nous tous. Et nous connaissons du monde là-bas, des gens que nous apprécions vraiment, pas comme le groupe superficiel que nous fréquentons ici. Et pensez seulement…

— Ce ne serait pas très judicieux.

— Que voulez-vous dire ? Je ne vois que des avantages. Après tout, vous avez été témoin de mes difficultés à écrire récemment. Un changement de décor nous ferait le plus grand bien.

— Vous avez peut-être raison, mais ce n'est pas possible, j'en ai peur. Je ne peux pas renoncer à mon travail. Je doute de trouver si facilement une nouvelle situation et…

— Et ?

— Eh bien, certaines choses me manqueraient, pour être honnête.

— Je vois, répliquai-je sèchement, sur un ton susceptible de l'irriter.

— Que voulez-vous dire ?

— Vous le savez très bien, Archie.

— Cette discussion est close. J'ai du travail.

— Puisque nous parlons de ce qui vous manquerait, qu'en est-il de Mlle Neele ? Elle en ferait certainement partie ; à moins, bien sûr, que vous n'ayez aucunement l'intention de renoncer à elle ?

— Vous tenez vraiment à entendre la vérité ?

Je restai silencieuse, me mordant l'intérieur de la joue si fort que je me mis à sentir le goût du sang. Bien que j'eusse fabriqué cette dispute, les émotions que j'éprouvais à présent étaient profondes, et bien trop réelles.

— Alors ? insista Archie.

Je vis une veine palpiter sur son front. Je hochai la tête.

— Très bien. La vérité, la voilà. Je n'ai aucune intention de déménager dans le Devon avec vous, parce que je ne vous aime plus, Agatha. Je regrette. Je vous ai déjà dit mille fois combien j'étais désolé, mais notre mariage est terminé. Ce n'est pas faute d'avoir essayé. J'ai fait mon possible, je suis même revenu. Mais aujourd'hui, je ne peux plus faire semblant. J'aime Nancy, Mlle Neele. Nous voulons nous marier et commencer une nouvelle vie, ensemble. À long terme, c'est la meilleure solution, vous le savez.

— Je ne sais rien du tout, protestai-je, alors que les larmes coulaient sur mon visage. Vous avez toujours été égoïste. Ma mère avait raison de…

— Votre mère n'était qu'une…

— Pas un mot de plus ! Pas un mot, je vous préviens. Elle m'avait mise en garde contre votre absence de scrupules. Ne lui faites pas confiance, me disait-elle. Seuls ses propres intérêts importent à ses yeux, pas les vôtres. Et vous voilà, m'opposant votre droit à être heureux. Et *mon* bonheur, alors ?

— À ce stade, je m'en moque, je le crains. Tout ce que je sais, c'est qu'il m'est désormais impossible de vivre avec vous. Vous êtes devenue insupportable.

Il marqua une pause. Le silence, délétère, persista, tel un gaz toxique en suspension dans l'air.

— Avez-vous consulté ce médecin ?

À ce mot, je crus que mon cœur s'arrêtait.

— Quel médecin ? De qui parlez-vous ?

— Le spécialiste que je vous ai recommandé il y a déjà quelque temps ; il s'est bâti une solide réputation dans le traitement des problèmes nerveux chez les femmes.

— Non, non, je n'y suis pas allée. Je vais bien, je n'arrête pas de vous le répéter.

— Et ce chèque, que vous avez signé d'un autre nom que le vôtre ? Est-ce un comportement normal ?

Je ne lui répondis pas.

— J'essaie simplement de vous aider. Je me fais du souci pour vous, ajouta-t-il, plaçant sa main sur mon bras.

Son contact me parut aussi inerte qu'un poisson mort.

— Retirez votre main, lui dis-je. Vous ne vous souciez pas de moi, vous ne pensez qu'à vous. Je doute même de votre affection pour cette midinette. Dès qu'elle se fanera, vous l'oublierez à son tour.

— Ne vous avisez pas de…

— Et s'il me plaît de parler d'elle ainsi ?

— Vous vous comportez de nouveau en hystérique, ce que je ne supporte pas. Vous êtes vraiment votre pire ennemie, Agatha, n'en avez-vous pas conscience ?

— Je suppose que notre week-end n'est plus d'actualité ?

Il parut consterné.

— Notre week-end ?

— À Beverley.

— Oh, ça… (Il avait visiblement oublié.) Il me semble préférable de dormir chez les James ce soir, et d'y rester pour le week-end, qu'en pensez-vous ?

— Et Mlle Neele ? Est-elle également invitée ?

— Je ne vois pas en quoi…

— Sera-t-elle ou non à Hurtmore ?

Jamais le cottage des James ne m'avait paru aussi bien porter son nom[1].

— Elle sera là.

— D'accord. Dans ce cas, vous avez raison. Je vais annuler nos réservations.

---

1 « Hurtmore » peut se traduire par « plus douloureux » ou « qui fait plus mal ».

Alors qu'Archie ouvrait la porte, son corps s'encadrant dans l'embrasure, je me demandai si je le reverrai un jour.

— Je vous aime vraiment, Archie, dis-je. Quoi qu'il arrive, ne l'oubliez surtout pas.

Il se détourna et sortit de la pièce. Un moment plus tard, j'entendis claquer la porte d'entrée. Je me couvris la bouche avec mon poing pour étouffer mes sanglots. J'avais atteint mon objectif, l'éloigner pour le week-end ; pourtant, je me sentais dans tous mes états. Je me frottai les yeux, tandis que la bonne arrivait dans la salle à manger avec un plateau.

— Avez-vous terminé, madame ?

— Oui, merci. Je monte pour écrire.

— Le courrier du matin, madame. Dois-je le poser sur la table ?

La pauvre. Je faillis le lui arracher de la main. Le temps de rejoindre ma chambre, j'avais identifié le pli de Kurs. L'écriture, à l'encre noire, était mesurée et précise. Je m'assis sur mon lit avant de déchirer l'enveloppe.

La première lettre que j'en sortis me déconcerta un instant. Des fragments de phrase décousus et des mots bizarres me sautèrent aux yeux : « teint de pêche », « passion », « ce lieu si particulier qui n'appartient qu'à nous », et « nombreuses extases à venir ». Puis, avec un sentiment d'écœurement, je reconnus l'écriture d'Archie ; c'était une lettre d'amour adressée à Nancy. Je rougis. Jamais il n'avait employé de termes aussi intimes avec moi ; en fait, j'ignorais même qu'ils figuraient dans son vocabulaire. Rien d'étonnant à ce que cette femme exerce une telle emprise sur lui. Je laissai tomber la lettre sur le lit pour extraire de l'enveloppe une autre feuille de papier.

Chère madame Christie,
J'espère vous trouver de bonne humeur. Ce fut un plaisir de vous rencontrer mercredi, et j'ai hâte de faire plus ample connaissance dans les prochains jours.
Au cas où vous auriez encore le moindre doute, je joins à la présente l'une des nombreuses lettres envoyées à Mlle Neele par votre mari. Au cours des derniers mois, Mlle Nelle m'a régulièrement apporté des déclarations d'amour du même genre pour me demander mon avis. Je pense qu'elle en est venue à me considérer comme un protecteur, capable aussi bien de lui prescrire les médicaments nécessaires à sa santé fragile, que de lui prodiguer mes conseils. Elle m'a également fait part de son inquiétude à l'idée que ses parents, chez qui elle vit toujours, découvrent ces lettres. Ainsi, quand je lui ai proposé de les garder à mon cabinet, elle a immédiatement accepté avec reconnaissance. Vous admettrez, j'en suis sûr, que la lecture de cette correspondance se révèle très éclairante.
Je suggère de nous retrouver ce vendredi matin, à 11 heures 30, à l'étang de Silent Pool, près de Newlands Corner, dans le Surrey. Je vous donnerai de nouvelles instructions à ce moment-là. Tout ce que je peux vous dire pour l'instant, c'est que vous allez vous éloigner de votre vie.

Votre dévoué,
Dr Patrick Kurs

Le temps de parcourir la vingtaine de miles qui séparait Sunningdale de Newlands Corner, puis d'atteindre le terrain accidenté près de l'étang, j'avais décidé de la conduite à adopter. Je tentai de me convaincre qu'une fois cette histoire terminée, quand je raconterais à Archie les efforts que j'avais déployés pour empêcher son nom d'apparaître dans les journaux, il réapprendrait peut-être à m'aimer.

Alors que je sortais de ma voiture, je remontai le col de mon manteau de fourrure autour de mon cou. Je tendis l'oreille, guettant l'approche d'un autre véhicule, mais je n'entendis que le son du vent dans les arbres et le cri solitaire d'un oiseau au loin. Je longeai Sherbourne Pond, en direction de l'étang de Silent Pool qui, m'avait-on dit, occupait l'emplacement d'une ancienne carrière de craie, alimentée par des sources souterraines. L'eau était limpide, un vrai miroir, mais je n'avais aucun désir de voir mon reflet sur la surface immobile.

J'avais toujours cru que les tragédies du passé marquaient souvent un lieu, comme une tache de sang récalcitrante qui refuse de disparaître. Ce n'était pas différent ici ; les arbres semblaient chuchoter une histoire triste. Apparemment, au temps jadis, une jeune fille venue se baigner et surprise par un cavalier de la brume avait pris peur. L'homme, un aristocrate, avait tenté de l'attirer hors de l'eau, mais à mesure qu'il approchait, elle s'était éloignée à la nage. Quand elle avait perdu pied, elle s'était noyée. Plus tard, le chapeau du coupable, retrouvé sur place, avait permis d'identifier Jean sans Terre, roi d'Angleterre. Je doutais de l'authenticité de cette anecdote, mais elle me donna tout de même le frisson. Tout en marchant, j'imaginai toujours entendre les cris étouffés de la jeune femme qui commençait à manquer d'air. Alors que je passais sous un tunnel d'arbres, j'aperçus une silhouette qui me tournait le dos.

— Bonjour, madame Christie, dit Kurs, sans bouger. Venez admirer l'eau. Quel spectacle féerique, particulièrement aujourd'hui !

Je dus me forcer à avancer vers lui.

— Cet endroit m'a toujours attiré, ajouta-t-il. Pas uniquement à cause de son histoire plutôt morbide, que vous connaissez certainement. L'étang de Silent Pool occupe une place à part dans mon cœur. Savez-vous pourquoi ?

— Non, répondis-je dans un chuchotement.

— C'est là que j'ai fait ma demande en mariage.

— Vous êtes marié ? m'exclamai-je, songeant un peu tard que je n'aurais pas dû sembler si étonnée.

— Absolument. Au risque de vous surprendre, madame Christie. Trouvez-vous curieux qu'une femme puisse s'intéresser à moi ?

— Non, c'est juste que…

— Ça n'a pas la moindre importance. C'est d'ailleurs assez drôle, car, bien qu'elle ne soit plus sensible à mon charme, ma femme s'oppose à notre divorce.

— Pour quelle raison ?

— Je vous renvoie à votre propre situation, madame Christie. Même après ce qu'il vous a fait subir, je pense, sans trop m'avancer, que vous préféreriez vous accrocher à votre mari.

— Eh bien, je…

— Imaginez que vous décidiez de ne pas lui rendre sa liberté. Je gage que le peu d'affection qu'il vous porte peut-être encore céderait la place à l'animosité, à une haine pernicieuse, grandissante. À quelles extrémités se réduirait-il s'il croyait ne pas avoir d'autre choix? Si, obsédé par l'idée de changer de vie, il se persuadait que votre disparition offre la solution idéale, celle qui lui permettrait de repartir à zéro, voire d'envisager un nouveau mariage, après que les choses se seront tassées.

— Qu'insinuez-vous? demandai-je, soudain terrifiée au point d'avoir du mal à parler.

— Ne vous inquiétez pas, ce n'est pas M. Christie qui m'envoie. Oh, mon Dieu, non, dit-il en riant. Vous pensiez vraiment que…

Je sentis de nouveau son haleine. Peut-être Kurs surprit-il ma grimace, parce qu'un moment plus tard, il sortit un mouchoir qu'il plaça sur sa bouche l'espace d'une ou deux secondes. Je notai le tissu blanc, se soulevant et retombant à chaque respiration. Je l'imaginai mort, avec le mouchoir drapé sur son visage, le coton immobile à jamais.

— Ce que j'ai en tête est beaucoup plus ingénieux. Comme je vous l'ai expliqué lors de notre première rencontre, vous et moi avons beaucoup de points communs. Nous sommes tous deux plutôt inventifs. En fait, je me suis toujours perçu un peu comme un auteur. Je suis, moi aussi, un fervent admirateur d'Edgar Allan Poe, de Wilkie Collins, de Conan Doyle, et de leurs nombreux imitateurs. Je me suis moi-même essayé à l'écriture. Un exercice terriblement difficile, mais je pense, en toute modestie, avoir un don pour les intrigues. Comme vous le savez, c'est le principal talent dont se doit d'être doté tout auteur de romans policiers qui se respecte. Pour l'instant, je n'ai soumis aucun manuscrit à un éditeur. Peut-être pourrez-vous m'aider à les peaufiner ?

— Peut-être, répondis-je de manière évasive.

J'avais réellement affaire à un fou.

— Mais je m'égare. Désolé. Revenons-en à ma femme, Flora. Comme elle refuse de m'accorder le divorce – elle est catholique, voyez-vous –, je crains d'avoir à recourir à des mesures plus drastiques. Je vais devoir la tuer. Enfin, pas directement, madame Christie, puisque *vous* allez vous en charger.

— Moi ?

— Oui. Si elle meurt assassinée, la police me soupçonnera, forcément. Et à juste titre. Sa disparition m'évitera non seulement la question du divorce, mais j'hériterai également d'une somme d'argent plus que confortable. Je serai donc le suspect numéro un. En revanche, si elle est victime d'un inconnu, et que j'ai un alibi, rien ne me liera à ce crime.

— Mais c'est impossible.

— Vous êtes la mieux placée pour savoir que dans l'univers d'un roman policier, rien n'est impossible.

— Mais ce n'est pas un roman, voyons. C'est…

— Je sais, me coupa Kurs, sarcastique. Pourquoi faut-il que la vie soit toujours si compliquée ? Je regrette souvent qu'elle ne ressemble pas davantage à la fiction.

— Mais ne pensez-vous pas qu'il est plutôt dangereux de confondre les deux ?

— Je ne suis pas là pour avoir un débat philosophique avec vous, madame Christie, mais pour vous expliquer ce qui va se passer maintenant.

— Maintenant ?

— Oui. Je vous conseille de vous considérer comme

un personnage dont je serais l'auteur et que je contrôle. Ce sera plus facile pour vous. Je vais vous donner une série d'instructions, une liste de tâches à exécuter à certains moments. Suivez-les à la lettre, et vous n'aurez pas à vous inquiéter. Sinon, je crains que la presse ne se fasse l'écho du vilain petit secret de votre mari.

— Vous n'imaginez tout de même pas que je vais me prêter à cette… à cette comédie !

— Vous n'avez pas le choix, il me semble.

— Je pourrais aisément prévenir la police. Elle n'apprécie guère les maîtres chanteurs.

— C'est vrai, vous pourriez. Mais je suppose que vous tenez à la santé de votre mari.

— Oui.

— Vous ne voudriez pas que quelque chose lui arrive, j'en suis persuadé. Sans oublier votre fille, bien sûr. Sept ans est un âge si vulnérable. Au cours de ma carrière, on m'a plusieurs fois appelé au chevet de jeunes enfants ; certains n'ont malheureusement pas survécu. Quelle tragédie ! Pour les parents aussi, qui, souvent, ne s'en relèvent pas. Et si vous croyez pouvoir simplement me livrer aux autorités, je vous invite à bien y réfléchir. J'ai un complice, un personnage fort peu recommandable, qui frémit d'impatience à l'idée de pouvoir satisfaire ses désirs pervers. Son goût pour ce genre de chose est bien plus fort que le mien.

Je le fusillai d'un regard haineux.

— Vous préférez ne rien dire. Je comprends. De plus, vous connaissez comme moi l'existence de certains poisons dont on ne retrouve pas la trace dans le corps après la mort.

À ce moment-là, si j'avais tenu un pistolet, je lui

aurais probablement logé une balle dans la tête. Je dus d'ailleurs enfoncer mes ongles dans mes paumes pour m'empêcher de lui arracher les yeux.

— Je vous suggère donc de m'écouter.

L'après-midi passa dans une sorte de… de brouillard ? De brume ? D'hébétement ? J'avais beau réfléchir, je ne parvenais pas à trouver le mot juste pour décrire l'étrange sentiment qui s'empara de moi. Probablement parce que j'avais l'impression que ces événements ne m'arrivaient pas à moi, mais à une autre personne, entièrement différente.

Après avoir laissé Kurs à l'étang de Silent Pool, je rentrai à Styles. La bonne m'informa que Mme de Silva avait téléphoné en mon absence pour m'inviter à jouer au bridge. Je déjeunai, sans réellement sentir le goût des côtelettes dans mon assiette, et ne prêtai que peu d'attention au babillage de Rosalind, jusqu'à ce qu'elle me tire par la manche. Ma fille me parlait d'une visite chez sa grand-mère. Apparemment, j'avais promis, et accepté que Peter soit lui aussi de la partie.

Je devais occuper ma journée d'une manière ou d'une autre, mais après ma rencontre avec Kurs, écrire était exclu. Je fis monter Rosalind et le chien dans la Morris Cowley et nous conduisit chez ma belle-mère, à Dorking. Même dans les circonstances les plus favorables, je ne parvenais jamais à me détendre en sa présence. Peggy observait mes moindres faits et gestes et semblait constamment me juger. Aujourd'hui, j'étais encore plus nerveuse que d'habitude. Je ne pouvais plus attribuer ma fébrilité à la perte de ma mère, comme je l'avais fait auparavant, ni confier à ma belle-mère ce qui me préoccupait réellement. Alors que je coupais le moteur, je regardai mes mains sur le volant et vis mon alliance briller à la lumière pâle du soleil. Je fis courir mes doigts autour du métal lisse, puis, les larmes aux yeux, je retirai violemment l'anneau que je glissai dans une poche de mon sac. Peggy s'en apercevrait ; avec un peu de chance, elle mettrait ma nervosité sur le compte de problèmes conjugaux. Ce n'était d'ailleurs pas très loin de la vérité. Je sentis le regard perçant de la vieille femme sur moi dès que j'eus franchi le seuil de sa maison. Nous échangeâmes des civilités, Peggy me proposa du thé et un morceau de son cake trop cuit. Puis, nous passâmes au salon, brisant le silence gêné en parlant de Peter et Rosalind.

— Vous avez bonne mine, dit Peggy, haussant un sourcil.

À en juger par le ton de sa voix, et par son expression interrogatrice, elle pensait visiblement le contraire.

— Oui, ça va, répondis-je, tentant de ne pas sembler tendue.

Après un nouveau silence, je me tournai vers Rosalind.

— Ma chérie, lui dis-je, pourquoi ne chanterais-tu pas cette chanson que tu as travaillée ? Je suis sûre que grand-mère aimerait beaucoup l'entendre.

Comme Rosalind était un peu timide au départ, je commençai pour elle.

— « *I know a fat old policeman, he's always on the street / A fat old jolly red-faced man, he really is a treat*[1]. »

Rosalind joignit sa voix à la mienne pour le refrain, et quand nous entonnâmes la dernière ligne, « *But once he did arrest a man and laughed until he died*[2] », elle était dans son élément, chantant à tue-tête. À la fin, je surpris les yeux de Peggy fixés sur l'endroit où aurait dû être mon alliance. Nos regards se croisèrent et elle se détourna, d'un air sournois, comme si elle venait d'apercevoir quelque chose qu'elle aurait préféré ignorer.

— Ma chérie, dit-elle en s'adressant à Rosalind, emmène donc Peter jouer dans le jardin. J'ai trouvé un nouveau bâton pour lui. Il est à côté de la porte de derrière.

La fillette partit en courant, une vraie tornade, accompagnée par une série d'aboiements excités.

— Ma chère enfant, reprit Peggy, alors qu'elle se levait de son fauteuil et avançait vers moi. Je sais combien ce doit être éprouvant pour vous, mais vous devez vous montrer forte, ne serait-ce que pour le bien de votre fille.

Je sortis un mouchoir et me tamponnai les yeux. Comment aurais-je pu lui expliquer ?

— Nous n'allons plus à Beverley, c'est annulé, dis-je. Je m'en faisais une telle joie. Archie a décidé de passer le week-end avec, avec… Je suis désolée, mais je ne peux pas me résoudre à prononcer le nom de cette femme. Je me sens si malheureuse.

---

1 « Je connais un vieux policier rondouillard, il est toujours dans la rue / Un vieux policier rondouillard et jovial, aux bonnes joues rouges, quel boute-en-train. »

2 « Mais un jour, il a arrêté un homme et il a ri si fort qu'il en est mort. »

— C'est sans doute très pénible, ma chère, mais je suis sûre qu'après cette aventure, Archie vous reviendra et ne vous aimera que plus pour lui avoir pardonné cette petite indiscrétion.

Je tentai de répondre, mais Peggy m'en empêcha en posant une main sur mon épaule.

— Laissez-lui un peu de temps. Je sais qu'il est très à la mode pour les femmes de faire valoir leurs droits, mais ce genre de billevesées sur l'indépendance ne sont pas toujours ce qu'il y a de mieux pour un mariage. Accordez-lui un peu de liberté maintenant, et il vous payera de retour en vous aimant pour le reste de votre vie.

Je n'en croyais pas un mot, et je doutais que Peggy soit dupe, elle aussi. De toute évidence, elle avait pris le parti d'Archie. Elle était sa mère et ne m'avait jamais pardonné de lui avoir volé son fils. Elle avait toujours désapprouvé que je gagne ma vie, et confortablement en plus. En guise de belle-fille, elle aurait clairement préféré une ménagère docile à une femme qui passait son temps à écrire sur des crimes et des meurtres. Mon instinct me soufflait également qu'elle désirait un petit-fils ; dans ce domaine aussi, j'avais déçu ses espoirs, et dans l'état actuel des choses, elle comptait très probablement sur Mlle Neele pour y remédier. Peut-être serait-il souhaitable que je disparaisse, après tout.

À ce moment-là, Rosalind revint du jardin en poussant des cris de joie, les joues rouges et rebondies comme des pommes trop mûres. Son entrée mit un terme à notre conversation faussement intime. Je me levai et promis de faire tout mon possible pour rendre

Archie heureux. Puis je quittai la maison, alors que le jour baissait. À mon retour à Styles, je constatai, comme je m'y attendais, qu'Archie n'était pas rentré. Je donnai son bain à Rosalind, la regardai manger des saucisses pour le dîner et la mis au lit. Enfin, je m'assis à mon bureau pour rédiger une série de lettres.

D'abord, j'en adressai une à Archie. Restant volontairement vague et ambiguë, je lui expliquais que je l'aimais toujours, mais que j'avais besoin de réfléchir. Je partais donc quelques jours. Puis j'enchaînai sur une lettre au frère d'Archie, Campbell, un homme de bon sens et totalement digne de confiance. Bien sûr, pas question de lui révéler la vérité, pas sans mettre ma famille en danger. Mais peut-être pouvais-je lui donner un indice sur ma destination. Une ville d'eaux, dans le Nord. Kurs avait refusé de m'en dire plus. Combien pouvait-il y en avoir ? Au moment où j'apposais ma signature, j'entendis la sonnerie du téléphone ; je glissai la feuille dans l'enveloppe, que je plaçai à l'intérieur de mon sac. Kurs m'appelait-il pour me communiquer plus d'informations ? Alors que je me précipitais pour décrocher, je ressentis un mélange de soulagement et déception en reconnaissant Charlotte.

— Allô ? dis-je. Ah, c'est vous, ma chère. Vous vous amusez bien, j'espère ?

— Oui, j'ai passé une très agréable journée. Je vous épargne les détails. J'appelais juste pour demander si vous souhaitiez que je rentre.

— Pourquoi ? Il y a un problème ?

— Oh, non. Je me suis dit que vous pourriez avoir besoin de moi, tout simplement.

— Ne soyez pas ridicule. J'ai prévu une soirée calme, au coin du feu, avec Peter pour me tenir compagnie.

— Si vous êtes sûre. Je détesterais l'idée… eh bien, que vous vous soyez seule ou triste, et que vous…

— Ne dites pas de bêtises. Je vais très bien. Maintenant, continuez à vous amuser. Je vous verrai à votre retour.

J'allai me rasseoir à mon bureau, me sentant un peu coupable. J'écrivis donc une lettre à Charlotte, où je me livrais davantage, lui expliquant que je ne pouvais pas lui faire part de mes sentiments réels au téléphone. Je lui dis que j'avais besoin de quitter la maison, parce que ma tête me semblait sur le point d'exploser, sous-entendant, j'en avais conscience, qu'Archie était la raison de mon départ. En post-scriptum, je lui demandai d'envoyer un télégramme à la pension de famille à Beverley, pour annuler nos réservations du week-end.

Je tendis l'oreille, à l'affût du moindre mouvement. Quand j'eus la certitude que tout était calme et que je ne serais pas dérangée, je me dirigeai vers ma commode. Mon pouls accéléra, alors que je pesais contre le meuble de tout mon poids pour le déplacer. Ma main chercha la tête d'un clou qui dépassait du plancher rugueux. Me servant d'une lime à ongles trouvée dans mon sac, je soulevai une latte du parquet, plongeai ma main droite en dessous. Mes doigts ignorèrent les copeaux de bois, les moutons et la saleté pour se refermer sur une boîte en métal gris. Je la tirai doucement vers moi, prenant garde à ne pas remuer son contenu, avant de l'extraire de sa cachette. Je l'époussetai, puis, à l'aide d'une petite clé que j'avais dissimulée au fond d'un des tiroirs, je l'ouvris pour en sortir un étui en cuir dont je dénouai les boucles en cuivre. Je le déroulai et inspectai la série d'ampoules étiquetées qui se trouvaient à l'intérieur. Tout était en ordre. Je glissai l'étui dans mon sac à main et rangeai la boîte sous la latte. Enfin, je poussai la commode dans sa position d'origine.

N'avais-je rien oublié ? En définitive, j'ignorais ce que me réservait mon proche avenir. Kurs ne m'avait exposé que les grandes lignes de son plan : j'allais mettre en scène ma disparition, avant de partir vers le nord. Alors que j'arpentais cette maison qui m'avait tant déplu autrefois, je me mis à éprouver une certaine nostalgie pour sa vulgarité excessive. Une émotion comparable, pensai-je, à la soudaine affection ressentie pour un parent éloigné, peu sympathique, qui annonce qu'il est atteint d'une maladie incurable ou n'a que peu de temps à vivre. Je m'arrêtai dans la chambre de Rosalind pour regarder ma fille dormir. Assise au bord de son lit, je lui caressai les cheveux, observant son souffle, aussi léger que le battement d'ailes d'un papillon. La reverrais-je un jour ? Si je restais dans cette chambre un moment de plus, je ne partirais jamais. Je l'embrassai doucement sur la joue, puis, après un dernier regard furtif derrière moi, je fermai la porte sans un bruit. Je posai les lettres adressées à Archie et Charlotte sur la table dans l'entrée, pour qu'ils les trouvent en arrivant. Tendant l'oreille, je m'assurai de l'absence des domestiques, pour pouvoir sortir discrètement. Je tapotai Peter sur la tête, ce cher Peter, et me baissai pour l'embrasser. Là encore, je ne pouvais pas donner libre cours trop longtemps à mes sentiments pour mon chien, si je voulais éviter de succomber au chagrin.

À cet instant, je dus réellement lutter contre la

tentation de m'effondrer sur le tapis, charge à la bonne ou à Charlotte de me découvrir sans connaissance. Pendant la guerre, j'avais vu des hommes dans un état analogue, des coquilles vides, qui ne renfermaient plus que les vestiges d'une personnalité laissée sur les champs de bataille du nord de la France ou de la Belgique. Comment osais-je me comparer à ces jeunes gens courageux qui s'étaient sacrifiés pour leur pays ? C'était aussi déplacé qu'antipatriotique. Me redressant, j'enfilai mon manteau de fourrure, respirai à fond et sortis dans la nuit noire.

5

Je vis les quatre lueurs soudaines de sa torche et m'arrêtai au bord de la route. Kurs remonta alors à bord de son propre véhicule, et je le suivis jusqu'à un chemin désert qui ne semblait mener nulle part. Peut-être avait-il l'intention de m'entraîner dans un endroit isolé pour me tuer. En fait, cette pensée me rassura ; au moins, s'il me supprimait, je n'aurais pas à entrer dans son jeu diabolique. Bien sûr, ce serait terrible pour Rosalind, Charlotte et Madge. Mais à qui d'autre manquerais-je réellement ? À Peter, sans aucun doute, je pouvais être sûre de son amour. Mais ma mort, après tout, vaudrait peut-être mieux pour tout le monde.

Le chemin débouchait sur une sorte de clairière. Kurs s'arrêta et éteignit ses phares. Alors qu'il marchait vers ma voiture en s'éclairant de sa torche, sa barbe et ses yeux semblèrent se fondre dans les ténèbres enveloppantes. Les parties de son corps qui donnaient l'impression de flotter dans l'air lui conféraient l'apparence fragmentaire d'une créature surnaturelle. Le vent dans les arbres évoquait un cri étouffé, un son qui me fit penser à une femme, avec un sac en plastique sur la tête, une corde autour du cou, en train de s'asphyxier.

— Bonsoir, madame Christie, me salua Kurs en ouvrant ma portière. Ravi de vous revoir.

Je m'abstins de répondre.

— Où sont vos manières ? Un peu de savoir-vivre, enfin !

J'eus la sensation d'avoir quelque chose de coincé dans la gorge.

— B-bonsoir, fut tout ce qui en sortit.

— Vous connaissez la suite des opérations, je pense. Avez-vous des questions ?

Je secouai la tête.

— Comme je vous l'ai suggéré plus tôt, considérez-moi comme l'auteur de ces événements. Et c'est à prendre au pied de la lettre. Vous avez trop longtemps exercé un contrôle total sur vos personnages, les éliminant sur un simple coup de tête. À mon tour. Et vous êtes *mon* personnage. Descendez de votre véhicule, je vous prie.

Je ne bougeai pas.

— Ne m'obligez pas à me répéter. Ce serait très pénible.

Je me glissai lentement hors de mon siège, dans le noir. Le froid sinua dans le bas de mon dos, je frissonnai.

— Oui, la soirée est plutôt fraîche. C'est pourquoi je vous demande de laisser votre manteau dans la voiture.

— Vous n'êtes pas sérieux ?

— Obéissez. Laissez votre manteau et gardez votre sac à main qui, je suppose, contient une partie de ce qui vous sera utile pour commettre le crime. N'est-ce pas ?

Je songeai à mes poisons, que je n'aurais pas hésité à administrer au monstre qui se tenait devant moi en cet instant.

— Oui.

— Fort bien. Votre nécessaire de voyage et votre permis de conduire restent là, eux aussi.

— Mais…

— Vraiment, j'aimerais que vous cessiez de vous appesantir sur des détails.

— Je ne qualifierais pas le fait de partir sans mon manteau de « détail ». On est en plein hiver ; je vais mourir de froid.

— N'est-ce pas précisément ce que nous voulons faire penser aux gens ? Une hypothèse parmi d'autres, en tout cas. Je vous l'ai expliqué : mon but est de créer un scénario qui plongera les autorités dans la perplexité. Ne vous inquiétez pas pour le froid, j'ai tout prévu.

— Et mes affaires ? Celles de mon nécessaire de voyage ?

— Vos bas et ce genre de chose ? Sans être un expert, je suis persuadé que vous pourrez aisément en acheter ailleurs ?

Je hochai la tête.

— Très bien, alors.

Tandis que je commençais à enlever mon manteau, je sentis le vent cingler ma peau. J'avais si froid, j'aurais aussi bien pu être nue. Je regardai alentour, mais ne vis aucun signe d'habitation à des miles à la ronde.

— Où sommes-nous ?

— Sur le plateau, à Newlands Corner.

Nous étions absolument seuls tous les deux. Même Dieu semblait absent en cet endroit désolé. Mais l'était-il vraiment ? Peut-être cette situation épouvantable avait-elle une issue.

— Me permettez-vous de vous poser une question, monsieur Kurs ?

— Je vous en prie.

— Croyez-vous être un bon médecin ? Et par cela, j'entends, avez-vous le sentiment que votre métier consiste à guérir ?

— Certains de mes patients ont dit que je possédais cette faculté.

— Améliorer le sort de votre prochain vous tient donc à cœur ? C'est votre vocation, en tant que médecin ?

— À une époque, ça l'a été, je suppose.

— Mais plus maintenant ?

— Non, j'en ai peur.

— Et puis-je savoir ce qui vous a fait changer d'avis ?

— Une insatisfaction grandissante, une sorte de malaise.

— En connaissez-vous la cause ?

— Un ensemble de choses, répondit-il avec dédain. Mais essentiellement ma femme, madame Christie, que vous allez tuer. Je me demande comment vous comptez vous y prendre. Le poison, j'imagine. Oui, je pencherais pour cette méthode. Me croyez-vous assez naïf pour ne pas voir clair dans votre jeu ? À votre place, je ne tenterais pas d'en appeler à ma conscience. Voyez-vous, je ne pense pas en avoir une.

— Je voulais simplement…

— Maintenant, avant que je perde patience, pourriez-vous vous éloigner de votre voiture ?

Je restai plantée là, terrifiée. Il me dépassa en me bousculant, me soufflant un nuage de sa mauvaise haleine au visage, puis s'installa calmement au volant.

Il inspecta l'intérieur du véhicule afin de s'assurer que je n'y avais rien laissé de compromettant. Ensuite, il alluma les phares et le faisceau de lumière blanche m'aveugla. Alors que je tentais d'avancer de quelques pas, je trébuchai, tendant les mains pour amortir ma chute. Je sentis le bord pointu d'un morceau de silex entamer mon gant et me couper le poignet.

Kurs démarra, puis il conduisit lentement la voiture au bord de ce qui ressemblait à une étendue de néant, avant de sauter en marche.

— Arrêtez ! criai-je, alors que le symbole de mon indépendance et du succès de ma carrière d'écrivain se mettait à disparaître.

Je tendis les mains dans la nuit noire, mais il était trop tard.

— Non ! hurlai-je, trébuchant de nouveau.

L'odeur de la terre froide et humide assaillit mes narines. Je me relevai tant bien que mal et courus dans l'obscurité. Ma bouche émit des sons que je n'avais jamais cru pouvoir produire, des grognements et des cris primitifs.

— Non ! protestai-je encore, d'une voix râpeuse et brisée. Non !

La pente n'était pas bien raide, mais dès que la voiture prit de la vitesse, sa descente devint inévitable. Les ténèbres l'engloutirent, loin de moi. J'écoutai ma Morris Cowley dévaler la côte, à travers les ronces, les jeunes arbres et les bosquets de bois mort. C'était terrifiant, on aurait cru entendre un animal aux abois, traqué par des chasseurs. Ce bruit résonna en moi. J'eus la sensation que la terre elle-même bougeait et s'ouvrait sous mes pieds.

Quand la voiture termina sa course avec fracas au bas de la colline, ce fut encore pire. Un silence lugubre s'installa, vide et définitif.

Kurs revint vers moi et me prit la main. Toute résistance était inutile. Il pouvait faire de moi ce qu'il voulait.

— Quel effet ça fait d'être un fantôme, madame Christie ? demanda-t-il.

6

La matinée était calme au commissariat de Woodbridge Road, à Guildford. Le commissaire William Kenward, adjoint du directeur de la police du Surrey, venait de terminer un copieux petit déjeuner, peut-être un peu trop généreux, même pour lui, pensa-t-il, alors qu'il se levait doucement de sa chaise. Naomi, sa femme, avait cherché à le convaincre de manger moins, mais ses tentatives de régime avaient échoué. Pour une raison quelconque, sa taille, déjà du diamètre d'un chêne plutôt robuste, semblait augmenter. Il s'était efforcé de résister, jusque-là avec succès, aux injonctions répétées de sa femme qui le pressait d'aller consulter leur médecin de famille, un homme qu'il n'aimait pas.

Juste avant 11 heures, Kenward parcourait la paperasse de la semaine quand il reçut un appel d'un brigadier. Un homme avait téléphoné pour signaler à la police une voiture abandonnée, une Morris Cowley, près de Water Lane, à Newlands Corner. Ce genre de chose n'était pas si rare. Ce qui paraissait plus curieux, en l'occurrence, c'était la présence dans le véhicule d'un manteau de fourrure de femme, d'une petite valise et d'un permis de conduire. Aucun corps ne gisait à proximité, aucune trace de sang n'était visible. Intrigué et ragaillardi, Kenward décida de se rendre sur place.

Il avait appris à reconnaître cette sensation, qui mêlait attente et excitation, ainsi qu'une réaction physique perceptible presque jusqu'au bout des doigts. De cette manière, sa femme savait quand quelque chose avait retenu son attention ; de son ton pince-sans-rire, elle citait alors *Macbeth* : « Au picotement de mes pouces… » Une phrase que Kenward complétait : « … je sens qu'un maudit vient par ici ». Elle disait que, dans cet état d'esprit, il lui faisait souvent penser à un limier.

Avec son visage rondelet, sa moustache impeccablement taillée et sa silhouette aux proportions généreuses, il ne ressemblait pourtant en rien aux chiens dont il avait autrefois eu la charge à Camberley. Des animaux qu'on utilisait à l'époque pour retrouver les prisonniers de guerre évadés de Frith Hill. Mais comme eux, il avait du flair. Il s'était récemment illustré en arrêtant l'empoisonneur de Byfleet, ce qui n'avait pas manqué d'attirer l'attention de la presse nationale. Cette nouvelle affaire promettait de se révéler tout aussi retentissante ; en effet, selon les informations à sa disposition, l'automobile abandonnée appartenait à un auteur de romans policiers, une certaine Mme Agatha Christie, de Sunningdale.

À son arrivée sur les lieux, Kenward examina d'abord le véhicule. Il n'y avait apparemment aucun signe de lutte ni de violence d'aucune sorte. Le frein à main était desserré, la voiture au point mort, et elle semblait avoir entamé sa course au sommet de la colline. Le brigadier conduisit ensuite Kenward auprès de Frederick Dore, l'homme qui les avait prévenus. Après l'avoir remercié, Kenward lui demanda à quelle heure il avait fait sa découverte.

— Vers 8 heures, ce matin, au moment d'aller au travail. Je me suis arrêté pour prendre une tasse de thé à la buvette, juste en face. Je bavardais avec une fille, une bohémienne du camp pas très loin, qui m'a dit qu'une amie à elle avait vu une voiture accidentée. Elle m'a montré l'endroit et a ajouté que l'amie en question l'avait entendu dévaler la pente vers minuit hier soir.

— Et ensuite ?

— Je suis allé regarder ; elle était exactement dans l'état dans lequel vous l'avez trouvée. Tous feux éteints, la batterie à plat. Je suis mécanicien auto, alors naturellement, j'étais curieux.

— Continuez, l'encouragea Kenward.

— On a clairement laissé les phares allumés, jusqu'à épuisement de la batterie. J'ai jeté un coup d'œil alentour. Si quelqu'un avait accidentellement quitté la route en haut, la voiture se serait arrêtée plus tôt. Pourtant, elle n'a pas freiné. Le sol est encore meuble, mais je n'ai trouvé aucune trace de pneu.

— Et qu'en déduisez-vous ?

— Qu'on l'a volontairement poussée du sommet de la colline. Ça m'a paru louche, alors je me suis dit que c'était une affaire pour la police. J'ai demandé à Alf – Alfred Luland, c'est lui qui tient la buvette de l'autre côté de la route – de surveiller la voiture pendant que j'allais vous téléphoner au Newlands Corner Hotel, dans Clandon Road.

Kenward remercia M. Dore de son aide et donna pour instruction à ses hommes d'entrer en contact avec le domicile de Mme Christie ; peut-être était-elle déjà rentrée. Elle avait très bien pu chanceler hors de son véhicule et errer dans un état second jusqu'à la route où un bon Samaritain l'avait prise en pitié et ramenée à Sunningdale. Pourtant, sans savoir pourquoi, il en doutait. Non, cette affaire était beaucoup moins simple qu'elle n'en avait l'air, beaucoup moins.

7

Charlotte était complètement désemparée. Elle relut la lettre, tentant de se concentrer sur les mots. Après une nuit blanche, ses yeux rouges la piquaient. Elle avait entendu dans chaque grincement de la maison, chaque aboiement d'un chien au loin, le signe du retour de sa maîtresse. Dans la faible lumière grise de l'aube, elle était descendue à la cuisine pour se préparer une tasse de thé. Elle songea à appeler la police. Mme Christie avait écrit qu'elle devait quitter Styles, évoquant un sentiment d'insécurité. Ça avait bien sûr un rapport avec son mari, ce misérable. Mais Archie avait beau être un démon sans cœur, il n'irait tout de même pas jusqu'à faire du mal à sa femme, si ?

Dans l'entrée, elle prit la lettre d'Agatha à son mari. Elle envisagea même de l'ouvrir à la vapeur, et l'avait emportée à la cuisine dans ce but avant de se ressaisir et de la remettre dans sa position initiale.

Charlotte s'en voulait de ne pas être rentrée plus tôt. Lors de leur conversation téléphonique, elle aurait dû s'apercevoir qu'Agatha n'était pas dans son état normal. D'ailleurs, elle l'avait très bien compris ; elle avait simplement préféré rester à Londres pour s'amuser. Une créature superficielle et égoïste, voilà ce qu'elle était !

Si sa maîtresse avait fait une bêtise, elle n'aurait que ce qu'elle méritait. Non, elle ne devait même pas y penser. C'était n'importe quoi !

À ce moment-là, on frappa à la porte. Charlotte se précipita pour ouvrir – Agatha était là, elle avait juste égaré ses clés –, et eut la surprise de découvrir un policier sur le seuil.

— Suis-je bien au domicile de Mme Agatha Christie ? demanda le jeune homme.

— Oui, oui, répondit Charlotte.

— Mme Christie est-elle chez elle ?

— Hélas, non. Je suis sa secrétaire, Charlotte Fisher. Pourquoi ?

Soudain, elle redouta le pire.

— On a retrouvé sa voiture tôt ce matin, abandonnée près de Newlands Corner, dans le Surrey. Mais d'elle, il ne semble y avoir aucune trace.

— Oh, non…

Charlotte était trop choquée pour ajouter quoi que ce soit.

— M. Christie est-il là ?

— Non, malheureusement. Il est chez des amis.

— Pourriez-vous me donner une adresse où le contacter ?

— Oui, bien sûr, dit Charlotte, éprouvant un mélange de culpabilité et de satisfaction.

M. Christie ne la remercierait pas d'avoir communiqué à la police les coordonnées des James, chez qui il passait le week-end en compagnie de Mlle Neele. Peut-être que ça lui servirait de leçon, et qu'il reviendrait à la raison.

— Il séjourne chez M. et Mme Sam James, à Hurtmore Cottage, près de Godalming.

Dès que le policier eut pris congé, Charlotte décrocha le téléphone. Mieux valait le prévenir, supposa-t-elle. L'opératrice établit la communication ; un moment plus tard, Mme James répondit et Charlotte demanda à parler au colonel Christie.

— Allô, Charlotte ? Qu'y a-t-il ? Un problème avec Rosalind ?

— Non, non, c'est Mme Christie. Un policier vient de passer à Styles. Elle n'est pas rentrée hier soir. Je sais que j'aurais dû vous appeler plus tôt, mais apparemment la police a trouvé sa voiture dans le Surrey, près de Newlands Corner.

— Mais c'est affreux… Mme Christie a-t-elle dit quoi que ce soit avant son départ ?

— Non. Je ne suis revenue de Londres qu'après 11 heures, peut-être était-il même presque minuit. Elle n'était déjà plus là, mais elle m'a laissé un mot. Vous aussi, d'ailleurs, une lettre vous attend.

— Très bien. Je serai de retour à Styles d'ici environ une heure.

Il semblait nerveux. Et à juste titre, songea Charlotte. Si sa maîtresse – son amie – avait commis l'irréparable, elle ne pardonnerait jamais à cette brute. Que diable avait-il pu trouver à cette jeune idiote ? Si seulement elle avait pu lui dire son fait. Mais à en juger par les vilaines disputes qu'elle avait surprises au cours des derniers mois, le mariage des Christie paraissait bel et bien condamné. Cela justifiait-il pourtant d'en arriver à de telles extrémités ? Peut-être qu'Agatha avait décidé de découcher pour lui rendre la monnaie de sa pièce.

Oui, c'était certainement la bonne explication. Elle cherchait à rendre Archie jaloux.

Plusieurs visions de cauchemar se succédèrent en cascade dans son esprit : un corps flottant à la surface d'une étendue d'eau ; le cadavre désarticulé d'une femme au pied d'une falaise ; un visage gonflé et violacé pendu à un arbre. Elle se persuada qu'Agatha ne ferait jamais une chose pareille. Mais en revanche, il existait une façon d'en finir que sa maîtresse pouvait envisager : le poison. Oh, mon Dieu, non, pensa-t-elle. Pas ça, je vous en supplie.

8

Kenward trouva que ce colonel Christie avait une tête qui ne lui revenait pas. Sans savoir pourquoi, il avait la certitude qu'il cachait quelque chose. Le commissaire ne s'inquiétait pas outre mesure : il finirait bien par le faire parler.

Il avait demandé à Christie et à la secrétaire, Mlle Charlotte Fisher, de l'accompagner sur le lieu de la disparition, dans l'espoir que la vue de la voiture abandonnée leur rafraîchirait la mémoire. Pour le moment, tous deux se montraient particulièrement avares d'informations utiles. Mlle Fisher avait fait allusion à des difficultés conjugales au sein du couple, mais quand il avait voulu approfondir, elle avait éludé la question. Toutefois, elle lui avait soumis une lettre dans laquelle Mme Christie avait employé une expression révélatrice : parlant de son départ, elle disait que sa tête lui semblait « sur le point d'exploser », ou quelque chose d'approchant. Pour Kenward, cela suggérait la responsabilité du mari dans cette affaire. Mais, interrogé à propos de son mariage, Christie l'avait toisé avec répugnance, comme si Kenward venait de proférer une obscénité. Le colonel avait soutenu que, si sa femme et lui avaient effectivement connu quelques difficultés, ces problèmes demeuraient mineurs. Il admettait s'être inquiété pour elle, pas à cause d'une quelconque crise conjugale, mais parce qu'il craignait que le décès de la mère de Mme Christie n'eût affecté son équilibre mental. Il y avait sans doute du vrai là-dedans, mais Kenward sentait qu'il ne lui disait pas *toute* la vérité, une impression confirmée par le regard fuyant du colonel au moment où il lui livrait cette information.

Leur chauffeur s'arrêta, et Kenward guida Mlle Fisher et Christie vers la Morris Cowley abandonnée. La nouvelle de l'incident avait rapidement fait le tour du voisinage et un groupe hétéroclite de curieux amateurs de sensations fortes s'était formé autour du véhicule. Ils avaient déjà probablement tous une théorie, mais alors qu'il passait à côté d'eux, il vit une certaine lueur dans leurs yeux, un goût du meurtre.

— Nous y voilà, dit Kenward. En premier lieu, colonel, pouvez-vous me confirmer qu'il s'agit bien de l'automobile de votre femme ?

— Oui, absolument.

— Pas la vôtre, donc ?

— Non, elle l'a achetée avec ce que lui a rapporté la vente d'un de ses livres à un journal.

— Alors, c'est plutôt lucratif, cette carrière d'écrivain ?

— Ça peut l'être, mais c'est également une manière de gagner de l'argent assez précaire. Ma femme s'inquiétait d'ailleurs de ne pas réussir à répéter le succès de ses précédents livres.

— Vraiment ?

— Oui. Depuis la mort de sa mère, elle souffrait d'un manque d'inspiration.

— Mademoiselle Fisher, vous confirmez ?

— Oui. Elle rencontrait des difficultés dans l'écriture de son prochain roman, *Le Train bleu*. Et c'est bien sa voiture.

Kenward les mena plus près de l'automobile et ouvrit la portière du conducteur. Il nota que Charlotte Fisher retint son souffle en apercevant le manteau de fourrure et le nécessaire de voyage, qu'elle avait vu – vide – sur le lit de sa maîtresse, environ un jour plus tôt.

— Vous n'ignorez pas qu'il a fait très froid cette nuit, dit-il. D'après mes informations, la température ne dépassait pas deux degrés aux alentours de minuit. Comme vous, je m'interroge sur ce qui a pu pousser Mme Christie à laisser sa fourrure à l'intérieur.

Charlotte et le colonel restèrent tous deux silencieux. Puis Kenward leur montra le permis de conduire.

— Ça aussi, on l'a retrouvé dans le véhicule. Curieux, n'est-ce pas ? Pourquoi Mme Christie ferait-elle une chose pareille, d'après vous ?

— Je n'en ai pas la moindre idée, répondit le colonel.

— Tout est si déconcertant, ajouta Charlotte. Quand je pense à elle, seule dans le noir et le froid, ça me bouleverse. Qu'est-ce qui lui est passé par la tête ? J'espère vraiment qu'il ne lui est rien arrivé et qu'elle va bien.

— Nous finirons par tirer cette affaire au clair, affirma Kenward, jetant un coup d'œil au colonel. En attendant, merci d'avoir accepté de vous déplacer. Un de mes hommes va vous reconduire à Sunningdale. Cet après-midi, j'organiserai une fouille du voisinage immédiat. J'ai demandé l'aide d'auxiliaires de police.

Bien sûr, dès que je disposerai de nouvelles informations, je vous tiendrai au courant.

Kenward participa lui-même aux recherches, avec une équipe de huit auxiliaires supervisés par le capitaine Tuckwell et son adjoint, le colonel Bethall. Il leur avait donné pour instruction d'être à l'affût de tout ce qui pouvait leur paraître inhabituel : un mouchoir de femme, des petits bouts de papier, des affaires personnelles, des vêtements, de l'argent, et, bien entendu, une arme ou un corps. Alors qu'ils se frayaient un chemin à travers le sous-bois, ils tombèrent effectivement sur des objets potentiellement intéressants. Plusieurs bouteilles vides, une vieille serviette, un ours en peluche amputé d'un bras... Mais rien qui semblât en lien avec l'enquête. Il doutait que le colonel Christie eût assassiné sa femme, mais on n'était jamais sûr de rien. Au cours de sa carrière, Kenward avait appris une triste vérité sur la nature humaine : la majorité des gens n'étaient animés que par des motivations purement égoïstes. Et parmi eux, il en était qui, face à une situation inextricable, n'hésitaient pas à recourir au meurtre. La cupidité était toujours un mobile, bien sûr, mais également la jalousie, le désir ou la vengeance, ou un mélange des quatre. Pour l'heure, toutefois, on n'avait aucune preuve qu'un crime avait été commis. Une femme aux nerfs fragiles avait disparu dans d'étranges circonstances. La question était : allait-on la retrouver morte ou vive ?

9

Alors que le train s'ébranlait à King's Cross pour entamer son trajet vers le nord, j'éprouvai une curieuse sensation, comme une libération. Après tout, je n'étais plus Mme Christie ni d'ailleurs cette bonne vieille Agatha Miller, si ennuyeuse. J'étais devenue une autre.

La nuit précédente, dans l'obscurité de sa voiture, Kurs m'avait donné une nouvelle identité. J'avais d'abord été scandalisée, révoltée même, par sa suggestion inutilement cruelle. Mais quand j'avais tenté de protester, refusant tout net d'employer ce nom, il n'avait rien voulu entendre. Dans le véhicule ballotté par le vent, j'avais eu l'impression d'être aspirée dans un tourbillon.

— Vous pouvez choisir le prénom, m'avait accordé Kurs. En revanche, c'est avec ce nom de famille que vous vous inscrirez sur le registre de l'hôtel.

Je ne pouvais presque pas me résoudre à le prononcer.

— N… Neele. Mais pourquoi ? N'importe quel autre ferait l'affaire.

— C'est vrai. Mais ce sera bon pour vous.

— Bon ? m'étranglai-je. Et comment ça ?

— Il est possible que ça stimule votre imagination, votre créativité. En adoptant l'identité de Mlle Neele, vous aurez plus de facilité à accomplir certaines choses.

J'avais, je dois l'avouer, rêvé de la disparition de la maîtresse d'Archie. J'avais même caressé l'idée d'une méthode pour l'éliminer – pure hypothèse, bien sûr. Le poison était la solution la plus logique. Une sorte d'infusion ou de teinture causerait une mort rapide, mais probablement pas indolore, dont personne ne trouverait trace dans le corps. Oui, je n'avais effectivement aucun mal à imaginer Nancy Neele en victime d'un meurtre. Mais m'imaginer moi, en meurtrière ?

— Me suggérez-vous d'impliquer Mlle Neele dans un crime ? D'éveiller les soupçons à son encontre ?

Kurs éclata de rire, son haleine fétide envahissant la voiture.

— Mon Dieu… Mais vous êtes pire que moi ! Je n'y avais même pas songé.

— Expliquez-vous, alors.

— Je pensais simplement que prendre son nom vous conférerait un certain, comment dire… un certain *piquant* qui semble vous avoir fait défaut récemment.

Je me sentis pleine de colère contre ce diable d'homme qui avait la présomption de croire tout savoir de moi. Malheureusement, il n'était pas si loin de la vérité. J'avais négligé Archie, me détournant de lui quand il avait besoin de moi, l'écartant d'une bise polie sur la joue ou le front, alors qu'il attendait plus. Je n'avais pourtant pas l'intention de discuter de sujets aussi intimes avec un parfait inconnu, et sûrement pas avec un individu de cet acabit.

— Vous êtes rempli de poison, monsieur Kurs, lui dis-je.

— Nous sommes des âmes sœurs, alors ?

— Qu'est-ce qui vous permet de…

— Je sais comment fonctionne votre esprit, madame Christie. Vous avez beau jouer les innocentes, vous draper dans votre dignité d'épouse trompée et blessée, je ne suis pas dupe. Ne me dites pas que vous n'avez jamais songé à infliger à Mlle Neele une mort lente et douloureuse.

Dans l'obscurité, je me sentis rougir. Je voulus lui répondre qu'en l'occurrence, cela n'avait jamais dépassé le stade d'un jeu intellectuel pour me remonter le moral.

— C'est bien ce que je pensais. En fait, j'ai ma théorie, madame Christie. Et je serais prêt à parier une somme d'argent considérable dessus.

— Quelle est-elle ?

— La voilà : je suis persuadé que, privée de l'exutoire de vos livres, des romans remplis de meurtres, d'empoisonnements et de trahisons de la pire espèce, vous auriez vous-même pu vous laisser tenter de commettre un crime odieux.

— C'est la chose la plus ridicule que j'aie jamais entendue. C'est grotesque. Le fait que je gagne ma vie en écrivant sur le crime et la chasse aux criminels ne signifie aucunement que je pourrais moi-même agir de la sorte.

— C'est ce que nous verrons, n'est-ce pas ? répondit Kurt avec le sourire. En tout cas, l'expérience promet d'être intéressante. J'y trouverai peut-être même matière à un article, un jour.

— Vos menaces contre ma famille sont l'unique raison de ma présence dans cette voiture, à écouter vos absurdités. La seule, vous m'entendez, monsieur Kurs ? Si vous pensez que je fais partie de la pègre, j'ai peur de devoir vous décevoir. À mes yeux, la vie est sacrée, et je considère qu'il n'y a rien de pire que de mettre un terme à l'existence d'une autre personne.

— Un sentiment qui vous honore.

— Et la vérité, monsieur Kurs. La vérité.

Alors que Kurs passait ses doigts dans sa barbe, le bruissement de ses poils me perturba. Je craignais, à tout moment, de pousser un cri horrible.

— Il est temps de partir, dit Kurs. Mais d'abord, laissez-moi m'occuper de votre poignet. Vous saignez un peu.

— C'est sans gravité, répondis-je, mais il ignora mes protestations.

Les yeux clos, je sentis le contact étonnamment léger de ses doigts sur ma main. Je l'entendis ouvrir et refermer sa trousse, puis le son de ciseaux découpant un pansement.

— Attention, ça va peut-être piquer, me prévint-il, alors qu'il nettoyait mon poignet avec du coton hydrophile et de l'eau oxygénée. La plaie est superficielle, mais autant ne pas risquer l'infection.

La brûlure me fit presque l'effet d'un soulagement.

— Où m'emmenez-vous ? demandai-je en serrant les dents.

— À Londres, répondit-il, alors qu'il finissait de me soigner. J'y possède un appartement où vous pourrez loger. Ne vous inquiétez pas, vous y serez en sécurité. Voilà, j'ai terminé. C'est mieux, n'est-ce pas ?

Kurs avait pris la direction de la gare Victoria, de Pimlico en fait, et m'avait conduite à un immeuble plutôt miteux, tout près de Vauxhall Bridge Road. Ce n'était qu'à dix minutes à pied des Army & Navy Stores où j'avais mes habitudes, mais le quartier semblait sordide et délabré, rien à voir avec Ealing, où ma chère grand-mère avait vécu. Alors que Kurs m'invitait à entrer dans le petit appartement humide, puis dans une chambre froide meublée d'un lit en fer hideux, je tentai de me réconforter avec des souvenirs de mon enfance. Oh, comme j'avais aimé me glisser dans le grand lit à baldaquin en acajou de Grannie, tôt le matin. Chaque fois que je pensais à elle, je l'imaginais toujours en été, une dame âgée s'occupant fièrement de ses rosiers. Son secret pour des fleurs aussi superbes ? Une dose régulière du contenu des pots de chambre de la maison, m'avait-elle avoué, déclenchant mon hilarité. Et quel était ce jeu que j'adorais ? Un poulet de M. Whiteley, c'est ça. Je faisais semblant d'être un poulet, tandis que ma grand-mère discutait avec le volailler de la meilleure façon de me cuisiner. Je me rappelais encore mes cris perçants, la fois où Grannie, après avoir dit qu'elle mangerait bien des brochettes de poulet, s'était mise à aiguiser son grand couteau pour pouvoir me découper en savoureux petits morceaux. Cela ne me paraissait plus aussi drôle aujourd'hui.

Comme on pouvait s'y attendre, je passai une nuit agitée, mes rêves hantés par des visions épouvantables d'Archie en compagnie de Mlle Neele. Mais curieusement, je me réveillai le lendemain matin avec le sentiment d'être une personne différente, comme libérée d'un poids – moi-même. Quelqu'un, même s'il s'agissait d'un être aussi infâme et tordu que Kurs, m'avait donné la permission de m'éloigner de ma vie. Au moment d'ouvrir les yeux, j'avais articulé silencieusement, juste pour moi : « Neele. Je m'appelle Neele. »

Cette pensée me revigora, j'en tirai même un certain plaisir, une émotion immédiatement suivie par une pointe de culpabilité. J'avais toujours cru que la honte était une force positive. Après tout, dans quel état serait le monde si les gens agissaient comme bon leur semblait, sans les contraintes d'un comportement que la société jugeait convenable ? Mais les règles et les restrictions habituelles ne me seraient d'aucune aide. La culpabilité ne serait qu'un obstacle. Si je devais accomplir ne serait-ce que la moitié des choses que Kurs avait suggérées – *si* –, je préférais prétendre être quelqu'un d'autre. Et qui mieux que la femme que je détestais ?

Après avoir quitté l'appartement, nous regagnâmes la voiture. Alors que je passais devant une boîte à lettres, je pris conscience que ma lettre à Campbell se trouvait toujours dans mon sac. Je jetai un coup d'œil à Kurs, qui avait provisoirement reporté son attention sur un policier, occupé avec un automobiliste non loin de là. Lentement, je sortis le courrier adressé à mon beau-frère. Comme je n'osais pas la poster moi-même, de peur d'encourir la fureur de Kurs, je laissai tomber l'enveloppe sur le sol derrière moi. J'espérais qu'un bon Samaritain la ramasserait et la mettrait dans la boîte à ma place. Si Campbell la recevait, il pourrait au moins rassurer Archie, Carlo et Madge sur un point : je n'avais pas décidé de mettre fin à mes jours ; et avec un minimum de jugeote, ils en déduiraient peut-être où j'allais.

Kurs s'arrêta à côté de sa voiture et se tourna vers moi. L'espace d'un instant, il plissa les yeux, alors qu'il regardait en direction de l'immeuble et de la boîte à lettres. Mais quand il s'aperçut que le policier marchait vers nous à présent, il m'ouvrit la portière et m'ordonna de monter.

— Nous n'allons pas faire d'histoires, j'espère ? dit-il, comme s'il s'adressait à un patient avec des antécédents d'instabilité mentale.

— Non, bien sûr, répondis-je, croisant son regard.

Juste à ce moment-là, un homme en costume d'âge moyen, une sorte d'employé de bureau, s'arrêta à côté de la boîte à lettres et baissa les yeux. Il ramassa l'enveloppe, l'examina un instant, puis la posta.

À notre descente du train à Harrogate – séparément, et après avoir voyagé dans des wagons différents –, chacun de nous monta dans un taxi pour son hôtel : le Swan Hydropathic Hotel pour moi ; une pension de famille à quelques rues de la Pump Room pour le docteur. Kurs m'avait dit qu'il me rejoindrait à l'Hydro plus tard dans la soirée, mais qu'à partir de maintenant, nous devions éviter de nous parler en public. Dorénavant, il communiquerait avec moi par courrier, des lettres, insista-t-il, que je devrais détruire. J'avais toute liberté pour explorer les environs pendant la journée, à condition d'être de retour à l'hôtel chaque soir. Et si je ne respectais pas scrupuleusement ses instructions… Inutile de me rappeler le mal qu'il pouvait infliger aux êtres les plus chers à mon cœur.

Après avoir payé le taxi, je me tins un moment devant l'hôtel, admirant la grande pelouse et le magnifique bâtiment, situé en retrait de la rue. Avec sa façade tapissée de lierre et sa série d'imposantes cheminées et de mansardes, il ressemblait davantage à un manoir qu'à un hôtel. Passant sous un portique, j'avançai vers la réception.

— Bonsoir, madame m'accueillit l'employée.

À côté d'elle, je me sentis miteuse et mal fagotée. Je portais toujours ma jupe grise, mon pull vert et mon cardigan anthracite de la veille, puisque Kurs ne m'avait pas offert l'occasion d'acheter de nouveaux vêtements. Il m'avait néanmoins donné une petite mallette qui avait jadis appartenu à sa femme. Tout le reste, disait-il, je le trouverais à Harrogate.

— Avez-vous des chambres libres ? demandai-je.

La réceptionniste fronça le nez, alors qu'elle consultait le registre. J'avais besoin d'un bon bain ; l'appartement de Kurs à Londres n'avait disposé que du strict minimum, à savoir des toilettes et un lavabo. Il m'avait apporté une cuvette d'eau chaude le matin, j'avais donc hâte de me plonger dans une baignoire.

— Oui, il nous reste de la place. Quelle sera la durée de votre séjour ?

— Au moins une semaine, je pense.

— Notre tarif est de sept guinées la semaine, en pension complète.

— Ça semble très raisonnable, répondis-je.

Kurs m'avait fourni certaines informations auxquelles je devais impérativement me tenir, mais au-delà de ce cadre, il m'avait curieusement laissée libre de broder.

— J'arrive du Cap, en Afrique du Sud, expliquai-je, me rappelant avec nostalgie mon séjour là-bas, avec Archie. Après trois semaines plutôt chargées passées à Londres depuis mon retour en Angleterre, j'ai décidé de venir me détendre à Harrogate.

— Vous avez choisi la destination idéale pour cela. Il n'y fera pas aussi beau que sous les climats auxquels vous êtes habituée, mais nous jouissons d'une excellente réputation pour nos prestations. Vous ne tarderez pas à le découvrir par vous-même. Sachez que notre établissement est doté d'installations qui assurent à nos clients un confort de qualité supérieure. Ainsi, nous proposons un bain turc et une douche thermale Vichy. Pouvez-vous me donner votre nom ?

— Neele. Mme Teresa Neele, répondis-je.

J'avais décidé de changer ma situation de famille imaginaire et d'opter pour le statut de femme mariée, une manière de décourager les clients masculins de l'hôtel susceptibles de m'importuner.

— Très bien, madame Neele. Avez-vous des bagages à confier à notre porteur ?

— Non, ils arriveront séparément.

L'aisance avec laquelle je mentais me donna une sorte de frisson.

— Mais j'ai l'intention de faire quelques courses d'ici là. On m'a dit que vous aviez quelques belles boutiques dans les environs.

— C'est exact. Si vous le souhaitez, je vous dresserai la liste des meilleures adresses. Tenez, votre clé ; chambre 105.

Je m'éloignais déjà vers l'escalier, quand j'entendis sa voix dans mon dos.

— Oh, mais j'y pense… Madame Neele, madame Neele ?

Je retournai à la réception.

— Désolée, j'ai oublié de vous remettre cette lettre pour vous ; elle vient d'arriver.

— Merci, répondis-je.

Dès que j'entrai dans la confortable chambre au papier peint à motif floral rose, je sentis que je me détendais. Je savourai le silence. J'approchai du fauteuil situé près de la fenêtre et regardai les beaux arbres spécimens plantés juste devant. J'aperçus deux têtes blondes, des enfants en bas âge accompagnés par leur gouvernante, qui jouaient avec une toupie en poussant des cris perçants ravis. La vision de la fillette me fit penser à ma petite Rosalind. Elle me manquait déjà terriblement. Avait-elle demandé de mes nouvelles ? L'idée qu'elle se réveille en mon absence m'était insupportable. Mais l'alternative était bien pire. Je n'étais pas là pour prendre les eaux où me rétablir, bien que j'en eusse grand besoin. La lettre que je tenais dans ma main me rappelait la véritable raison de ma présence. Je ne pouvais pas attendre plus longtemps de l'ouvrir. Je m'assis sur mon lit et commençai à lire.

Chère Mme Christie, ou devrais-je dire Neele ?,
J'espère que vous vous plaisez à l'Hydro. Cet hôtel a la réputation d'être l'un des plus prestigieux d'Harrogate.
Pour vous préparer à votre rôle, il me semble indispensable que vous entriez dans votre personnage. Considérez-vous comme une des grandes actrices de la scène londonienne et oubliez vos inhibitions. À partir de maintenant, vous pouvez vous débarrasser de la trop sage Mme Christie et vous amuser un peu. Votre première tâche consistera à descendre au Palm Court ce soir. Je suis sûr que l'orchestre ne manquera pas de jouer Yes! We Have No Bananas*; quand vous entendrez les premières mesures, vous vous lancerez sur la piste de danse pour un charleston endiablé. Si vous ne le faites pas, je penserai que vous êtes un vrai bonnet de nuit. Plus grave, j'interpréterai votre rejet de cette tâche pourtant simple comme*

un refus d'accepter les futurs défis qu'il vous appartiendra de relever.
Je vous observerai ; vous aurez sans doute du mal à résister, mais ne tentez pas de m'adresser la parole.

Bien à vous,
Dr Patrick Kurs

Cet homme était un parfait sadique. Je l'imaginais sans peine, assis au bar, à me regarder en train de m'humilier sur la piste de danse. C'était complètement ridicule. Je n'avais pas le cœur à cela, et aucune tenue de soirée. Ni la silhouette qui convenait, d'ailleurs. Mais avais-je le choix ? Était-il trop tard pour prévenir la police ? Bien sûr, je pouvais montrer les lettres aux autorités ; mais qu'est-ce qui empêchait Kurs de se venger par dépit ? Et si la police l'arrêtait et le mettait derrière les barreaux, ma famille serait-elle en sécurité pour autant ? Un jour, disait-il, quand je m'y attendrais le moins, il ferait quelque chose de terrible. Ce qu'il avait suggéré était trop affreux pour que je m'en souvienne, mais l'un des scénarios les plus abjects prévoyait de crever les yeux de ma fille. Si cela devait se produire, je ne me le pardonnerais jamais. Je ne pouvais même pas envisager une horreur pareille.

Je me regardai dans le miroir de la salle de bains et tentai de me rendre un peu plus présentable. De mon sac, je sortis une petite photographie encadrée de Rosalind que je posai sur la table de nuit. Les larmes me montèrent aux yeux, et j'eus beau me mordre la lèvre, elles continuèrent à couler. Je retournai alors à la salle de bains pour m'asperger le visage d'eau froide, mais je faisais encore plus triste mine qu'un moment plus tôt. Je me repoudrai le nez et les joues, parvenant au moins à dissimuler les taches les plus vilaines. Puis, après avoir mis un peu d'eau de Cologne sur mon pull vert et mon cardigan anthracite, je quittai la pièce.

Dans la salle de restaurant, je mangeai du bout des dents un dîner composé de côtelettes d'agneau et de pommes de terre bouillies, avant de renoncer pour me diriger vers le Palm Court. La musique me mit les nerfs en boule, chaque note était un supplice. L'orchestre comprenait six hommes qui accompagnaient une chanteuse ; ils semblaient beaucoup s'amuser, à l'instar de la poignée de clients déjà sur la piste. Alors que j'avalais une gorgée d'eau, je vis Kurs entrer. Il s'installa près des musiciens et se commanda un verre, une boisson sans alcool – l'hôtel ne servait rien d'autre –, mais je ne pus distinguer laquelle. Il promena son regard sur la pièce, nota ma présence, mais ses yeux ne s'attardèrent pas sur moi. Il sortit un objet de sa serviette, une sorte de carnet, et attendit. Puis il avança vers la chanteuse pour lui chuchoter quelque chose à l'oreille.

À la fin de *You Forgot To Remember*, l'orchestre enchaîna sur la mélodie de *Bananas*, cet air ridicule. J'étais une autre, me dis-je, parfaitement capable de faire ce qu'on exigeait de moi. Respirant à fond, j'approchai de la piste et, de manière assez théâtrale, je tournai les pieds vers l'intérieur et fléchis les genoux, avant de me lancer dans une série de mouvements énergiques des jambes. Alors que j'entendais les paroles « *Yes! We have no bananas / We have-a no bananas today* », mes bras se mirent à osciller en rythme. Ne pouvant me résoudre à regarder en direction de Kurs, je dansai pour l'essentiel de dos par rapport à lui. En fait, je m'efforçai de ne regarder personne ; j'avais le sentiment que certains clients, les femmes en particulier, trouvaient mon comportement et mon accoutrement pour le moins curieux. Quand je me retournai vers Kurs, je ne pus m'empêcher de le remarquer, les yeux baissés d'un air légèrement gêné, comme s'il venait de me surprendre en train de me changer. Il esquissa un petit sourire.

La chanson poursuivit sa progression infernale, ses paroles – « *He, he, he, he, ha, ha, ha, whatta you laugh at?* » – me raillant et me torturant jusqu'à ce qu'elle se termine enfin. Alors que résonnaient les dernières notes métalliques du banjo, mes bras retombèrent le long de mon corps, mes pieds s'immobilisèrent lentement, et j'eus l'impression de me vider complètement de mon énergie. L'orchestre se lança immédiatement dans *All Alone*, une ballade sentimentale. « *Just like a melody that lingers on / You seem to haunt me night and day...* »

Rougissante, je regagnai mon siège, la tête basse. Puis je finis mon verre d'eau et, sans un regard pour Kurs, je remontai dans ma chambre. Dès que j'eus refermé la porte derrière moi, j'éclatai en sanglots. Je me sentais humiliée, mais aussi souillée, comme si on venait de me voler une partie de mon innocence. Je me déshabillai et me glissai dans mon lit, les paroles de *All Alone* en fond sonore dans ma tête.

10

Kenward relut plusieurs fois le communiqué devant lui :

Disparue à son domicile de Styles, Sunningdale, Berkshire, Mme Agatha Mary Clarissa Christie, 35 ans ; taille, 1 mètre soixante-dix ; cheveux roux, quelques mèches grises, coupe à la garçonne ; teint clair, constitution fine ; porte une jupe en jersey gris, un pull vert, un cardigan anthracite et un petit chapeau en velours ; bague en platine avec une perle, pas d'alliance ; sac à main noir, avec un porte-monnaie contenant peut-être 5 £ ou 10 £. A quitté son domicile à 21 h 45 vendredi, en laissant un mot indiquant qu'elle allait faire une promenade en voiture.

Oui, ça ferait l'affaire. Il prendrait les dispositions nécessaires pour que le signalement, rédigé à partir des informations réunies auprès de Charlotte Fisher et des domestiques, soit diffusé plus tard dans la journée, accompagné d'une photographie. Lui et ses hommes avaient recueilli un certain nombre de témoignages et commencé à dresser le portrait, certes incomplet, de la disparue. Un auteur de romans policiers, songea-t-il. Quelle ironie ! Pour l'instant, son enquête lui avait révélé que, même pour ses proches, Mme Christie restait une énigme. À moins que cette impression vienne du fait qu'on lui cachait une partie de la vérité ? En interrogeant les domestiques, il avait eu vent d'un échange assez houleux entre le colonel Christie et sa femme le matin de la disparition. Des rumeurs circulaient également à propos de la vie privée du colonel, une allégation en particulier faisait état de l'existence d'une maîtresse plus jeune. Dans le cadre de son enquête, Kenward devrait tôt ou tard aborder le sujet, si délicat fût-il.

Il misait énormément sur la fouille de la campagne autour de Newlands Corner prévue ce jour-là. Avec cette opération plus longue et plus minutieuse que la première, il avait la certitude de découvrir quelque chose. En attendant, il avait étalé plusieurs dépositions sur son bureau. Un bouvier de Chilworth, Harry Green, avait aperçu la voiture abandonnée. Il avait vu les phares percer la grisaille matinale, mais, en route pour son travail, avait décidé de ne rien faire. Un peu plus tard le samedi, vers 8 heures, un jeune bohémien, Jack Best, avait lui aussi repéré le véhicule. Puis Frederick Dore, le premier à avoir prévenu la police, avait fait son entrée en scène. Kenward espérait que la diffusion de son communiqué pousserait plus de gens à se manifester.

Il ne comprenait pas qu'on puisse tromper sa femme. Cette pauvre Mme Christie, pensa-t-il. Elle avait dû se sentir terriblement malheureuse pour quitter son mari et rouler jusqu'au sommet de cette colline désolée. Mais était-ce vraiment ce qui s'était passé ? Kenward reprit les témoignages devant lui, notant les heures et les lieux importants. Les indices relevés sur la scène de la disparition – la voiture abandonnée, le manteau de fourrure, le permis de conduire – semblaient effectivement suggérer que Mme Christie n'avait plus toute sa raison. Mais si elle avait voulu mettre fin à ses jours, aurait-elle emporté son sac à main ? Et comment expliquer l'absence de corps ? Peut-être trouveraient-ils quelque chose au cours de la fouille, mais un doute tenace l'empêchait d'accepter l'hypothèse du suicide.

Mme Fisher lui avait déclaré que Mme Christie avait laissé une lettre à son mari, un document que le colonel prétendait avoir brûlé. Pressé d'en dévoiler la teneur, il avait soutenu que son contenu était d'ordre privé. Un comportement pour le moins curieux.

Le colonel Christie maintenait s'être rendu chez les James le soir du vendredi 3 décembre, et avoir passé la nuit dans leur maison près de Godalming. M. et Mme Sam James l'avaient confirmé. Mais peut-être s'était-il éclipsé pendant que les autres occupants dormaient ? Après tout, le trajet entre Godalming et Newlands Corner n'était pas très long. Et si Christie y avait attiré sa femme avec la promesse d'une sorte de réconciliation ? Avait-il pu la tuer, se débarrasser du corps, puis pousser sa voiture au bas de la côte ? Bien qu'il ne détienne aucune preuve pour le moment, Kenward avait le sentiment que l'enquête pouvait rapidement devenir une enquête sur un meurtre.

Il consulta sa montre. L'heure pour lui de retrouver ses hommes sur place. Il avait donné pour instruction de faire appel aux gens du coin. Ils ne seraient pas de trop pour couvrir une aussi vaste zone de recherche. À son arrivée à Newlands Corner, il constata avec satisfaction qu'une vingtaine de civils avaient répondu présents. Alors qu'il descendait de voiture, il reconnut immédiatement Jack Boxall, un jardinier de Guildford. Kenward considérait un peu le garçon au visage juvénile comme une version plus jeune de lui-même, dans la mesure où il avait lui-même reçu une formation de jardinier avant d'entrer dans la police. Boxall passait souvent chez le commissaire pour discuter d'engrais, de roses et de fumier, des conversations qui faisaient rire Naomi. Si seulement le public pouvait voir le fin limier parler d'horticulture, disait-elle. Depuis la disparition de Mme Christie, Kenward avait fait l'effort de lire certains de ses romans, au cas où l'un d'eux le mettrait sur une piste. N'avait-elle pas écrit dans l'un d'eux que son détective, un type efféminé plutôt ridicule et affublé d'un nom étranger, voulait cultiver des courges ? Il espérait vraiment n'avoir rien d'autre en commun avec lui.

— Bonjour, Boxall. Merci d'avoir offert vos services, dit-il.

Il remarqua que le père du jeune homme, un peintre et décorateur, se tenait à quelque distance, dans la foule.

Se découvrant, il s'éclaircit la voix et s'adressa aux volontaires et aux policiers.

— D'abord, merci à tous de vous être déplacés un dimanche. Si nous avons fait appel à vous, c'est avant tout parce que vous êtes nombreux à connaître Newlands Corner et ses environs beaucoup mieux que nous. Certains d'entre vous, ai-je cru comprendre, jouent au golf dans les Roughs, d'autres promènent régulièrement leur chien dans les parages. Je vous demande donc d'être particulièrement attentif à tout ce qui pourrait vous sembler inhabituel. Si un buisson, un arbre ou un carré de terre vous paraît différent, alertez l'un des brigadiers. Même consigne si vous repérez des traces de pneus. Évidemment, si vous tombez sur des vêtements ou des affaires personnelles, veuillez ne pas les manipuler, et informez immédiatement un de nos hommes. Encore une fois, nous vous sommes très reconnaissants de votre aide. Maintenant, au travail.

Kenward commença par répartir les volontaires en plusieurs groupes. Boxall, son père et ses amis de Guildford concentreraient leurs efforts sur la zone au nord-ouest de Newlands Corner et le village de Merrow. La police, épaulée par le reste des civils, passerait au peigne fin le terrain autour de l'étang de Silent Pool. Le commissaire fondait de grands espoirs sur la fouille des abords, voire de la pièce d'eau elle-même. S'aidant d'un long bâton, il se mit à battre les herbes et les ronces pour se frayer un chemin. Il n'était plus un jeune homme, et sa corpulence l'empêchait de se déplacer aussi rapidement qu'autrefois. Il avait du mal à croire qu'il avait remporté un jour une épreuve de tir à la corde au London Road Rec. En revanche, il n'avait rien perdu de son inébranlable détermination.

— Vous pensez qu'on va la retrouver, commissaire ? demanda Tom Roberts, un des policiers en période d'essai.

— Je n'en suis pas sûr, Roberts, répondit-il. Dans la plupart des disparitions, la personne impliquée réapparaît généralement dès le premier jour. Ça n'augure rien de bon pour cette affaire, j'en ai peur.

— Mme Christie serait-elle… serait déjà morte, d'après vous ?

— Il est trop tôt pour l'affirmer avec certitude, mentit-il.

— C'est tout de même bizarre, non ? Son manteau de fourrure et son permis de conduire dans la voiture. Vous croyez à l'hypothèse d'un acte criminel, commissaire ?

— Je ne serais pas surpris, mais gardez ça pour vous, mon garçon.

— Vous avez raison, répondit l'autre, cette confidence de son supérieur allumant une lueur dans son regard. Vous connaissez le coupable ?

— Pas encore, dit Kenward, frappant vigoureusement un roncier. Maintenant, continuez à descendre sur la gauche et ouvrez l'œil. (Mieux valait ne pas trop en dire à ce stade.) Et pas un mot à quiconque, c'est compris ?

Kenward en revint à ses moutons, examinant les branches mortes, les terriers de renard et de blaireau et les étendues d'herbe humide. Il était fier de sa réputation de policier méthodique et méticuleux. Qu'avait dit un de ses hommes à son propos ? Que rien n'échappait à son regard pénétrant ? Naomi avait beaucoup ri. Bien qu'il se fût élevé dans la police du Surrey par son seul travail, il ne se considérait pas comme un ambitieux. Chaque promotion était intervenue naturellement. Il avait toujours pensé que l'ambition avait quelque chose d'inconvenant. Il suffisait de voir le nombre de crimes commis par des imbéciles jamais satisfaits de leur sort. Ils voulaient un mari ou une femme plus attirants, convoitaient une part d'héritage, une maison plus imposante, de quoi se payer des bijoux ou des dîners dans des restaurants chics.

L'affaire Christie offrait un bon exemple. Il ne serait pas surpris de découvrir que le colonel était un être des plus vils. Sous les airs qu'il se donnait, M. Christie n'était rien de plus qu'un animal, une bête incapable de contrôler ses désirs. Il avait voulu remplacer une femme plutôt quelconque par une version plus jeune, plus sexy. Peut-être que Mme Christie avait eu vent de son plan et lui avait refusé le divorce ; alors, il avait perdu son sang-froid et, dans un accès de colère, l'avait assassinée. Kenward frappa de nouveau le sol de son bâton et se jura de tirer cette affaire au clair, dût-il y laisser son dernier souffle. Ce snobinard n'aurait pas raison de lui. S'il y avait eu crime, il le prouverait et n'aurait de cesse que le bourreau passe le nœud coulant autour de la tête du colonel. Le craquement de son cou lui procurerait une satisfaction intense.

11

Après un long et délicieux déjeuner au Savoy, les deux amis avaient regagné l'appartement de John Davison à l'Albany. John débarrassa Una de son manteau et lui demanda si elle voulait boire quelque chose. Alors qu'il s'apprêtait à servir un petit cognac à la jolie jeune femme blonde, il aperçut une pile de documents que sa secrétaire avait déposés en son absence. Il les lisait en diagonale, pour vérifier si l'un d'eux était urgent, quand ses yeux s'arrêtèrent sur un nom familier.

— Grand Dieu ! dit-il tout bas. Désolé, Una, c'est terriblement mal élevé de ma part. C'est juste…

— Qu'y a-t-il ? s'enquit-elle. Qu'est-ce qui ne va pas ?

Elle se leva d'un bond du canapé et traversa le salon pour se tenir à côté de lui.

— C'est Mme Christie, vous vous souvenez d'elle ? dit-il, lui tendant le cognac.

— Oui, bien sûr. Qu'y a-t-il ?

— Apparemment, elle a disparu.

— Comment ça ? Laissez-moi voir.

Elle saisit la feuille de papier, un rapport officiel du Home Office[1] envoyé à Davison.

— Très curieux, en effet, commenta Una. Je me demande ce que ça cache. Des problèmes avec son mari, certainement.

— Peut-être. Mais son comportement m'a semblé étrange, le jour où nous l'avons rencontrée. De toute évidence, quelque chose n'allait pas.

— Est-ce pour cette raison que vous êtes allé lui parler sur les marches ?

— Oui, j'ai eu le sentiment qu'elle pensait être en danger. Elle ne m'a rien dit de tel, bien sûr, mais elle m'a paru effrayée.

— Vous lui avez donc remis une de vos cartes.

— Rien ne vous échappe, n'est-ce pas ? C'est pour le travail. Rien d'important.

— Oh, allez, Davison. Vous pouvez m'en parler. Vous savez que je ne dirai rien à personne.

— Je ne sais rien de la sorte. Je sais comment fonctionne votre esprit. En fait, je n'en suis pas entièrement sûr.

— Qu'entendez-vous par là, enfin ?

— Eh bien, vous êtes d'une intelligence exceptionnelle, mais il vous arrive de tirer des conclusions qui défient toute logique, et pourtant…

— Elles sont souvent justes ?

— Je n'irais pas jusque-là, mais j'admets que vous semblez avoir un don pour mettre dans le mille. Sans votre penchant pour les commérages, j'aurais pu vous recommander pour un poste.

1 L'équivalent de notre ministère de l'Intérieur.

— C'est très gentil à vous, Davison, mais je ne supporterais pas d'étouffer toute la journée dans un bureau. Tous ces gratte-papier me rendraient folle. J'avais déjà assez de mal avec les collègues de papa. Vous vous rappelez ces dîners du Foreign Office ?

Davison rit, avant de s'apercevoir qu'Una avait les larmes aux yeux. Elle n'avait perdu son père, un homme qu'elle adorait par-dessus tout, que depuis dix-huit mois environ. Davison s'inquiétait souvent qu'Una ne trouvât jamais un mari suffisamment intelligent, spirituel ou séduisant pour rivaliser avec la figure colossale de Sir Eyre Crowe. Davison n'ignorait pas qu'Una avait beaucoup d'affection pour lui, mais il savait également qu'il ne serait jamais celui qui lui conviendrait.

— Oui, je n'ai pas oublié, répondit-il. Mais vous étiez probablement un peu jeune pour les apprécier pleinement.

Il constata que les traits d'Una s'étaient figés, comme si le fantôme de son père l'avait soudain enveloppée et paralysée. Mieux valait tenter de changer de sujet.

— Pour revenir à la disparition de Mme Christie, tout cela me semble bien étrange. Je me demande ce qui s'est réellement passé. Je vais me renseigner.

— Vous aurez sans doute besoin d'aide. Je doute que vos collaborateurs habituels vous soient d'une grande utilité pour mener cette enquête. Que connaissent ces messieurs des complexités et des mystères du cœur féminin ?

— Il y a du vrai dans ce que vous dites, Una, mais à part quelques secrétaires, nous disposons de bien peu de personnel féminin. Mlle Richardson est à Berlin ; nous avons également une dame en poste en Turquie et, oui, une autre dans les Balkans. Alors je crains de ne pouvoir compter que sur ces « messieurs », comme vous les appelez. Ils feront de leur mieux.

— J'ai une idée, Davison, dit-elle, ses yeux aussi brillants que de la poudre de diamant. Je pourrais vous aider.

— Vous ?

— N'ayez pas l'air si stupéfait. Vous l'avez reconnu vous-même : j'ai un don pour ce genre de chose. Et j'ai toujours voulu être journaliste, vous le savez ; si papa ne m'avait pas obligée à renoncer... J'ai accepté, par respect pour lui, ajouta-t-elle d'une voix qui se brisait. Je me contenterais de prendre discrètement quelques renseignements, de voir ce que je peux découvrir. Ce serait si excitant, c'est exactement ce qu'il me faut, après les horreurs des deux dernières années.

Tout ce qu'il ferait pour remonter le moral d'Una lui vaudrait l'approbation de sa mère, Clema, une femme qui entretenait des liens étroits avec son patron. Mais à la réflexion, mêler Una à son travail, qu'il avait rencontrée par l'intermédiaire de son père et connaissait depuis qu'elle était jeune fille, lui semblait déplacé. Elle n'avait pas à savoir certaines choses.

— Non, je crains que ce soit impossible, répondit-il.

Il vit ses traits s'effondrer et son ancienne tristesse reprendre progressivement possession de son visage.

— Mais j'ai une autre idée, proposa-t-il. Pourquoi ne couvririez-vous pas cette affaire pour un journal ?

— Vous pensez que j'en serais capable ?

— Je ne vois pas ce qui vous en empêcherait. Vous êtes naturellement curieuse et vous avez le don de tirer les vers du nez aux gens.

— Mon nom à la une ! J'en ai déjà le frisson.

— Pas si vite ! Vous devrez bien sûr garder un certain nombre de choses pour vous. Vous ne voudriez pas qu'un de vos amis apprenne ce que vous mijotez et informe la presse avant que vous obteniez votre scoop. Pas question de cancaner avec vos sœurs autour d'une tasse de thé. Et absolument aucune confidence sur l'oreiller…

— Vous êtes un monstre ! dit-elle en riant. Je pourrais vous traîner devant la plus haute cour de ce pays pour oser suggérer une chose pareille. Sérieusement, Davison, vous pensez pouvoir me donner un petit coup de pouce pour démarrer ?

— Peut-être, répondit-il, soudain soulagé de l'avoir distraite de la mort de son père. Je verrai ce que je peux faire. Mais vous devez me promettre de ne pas vous agiter inutilement pour de vaines recherches.

— C'est entendu. Possédez-vous un dossier sur elle ?

Davison tenta de ne pas montrer sa surprise.

— Pour l'amour de Dieu, ce n'est pas comme si j'ignorais l'existence de vos dossiers. Papa n'arrêtait pas d'en rapporter à la maison. Alors ?

Il hocha la tête.

— Mais il ne contient rien de compromettant, je peux vous l'assurer. Hartford l'a commandité après que je lui ai parlé de ma rencontre avec elle. Une procédure normale, puisque nous envisagions qu'elle puisse un jour travailler pour nous. Elle semble au-dessus de tout soupçon, à part un frère excentrique marqué par la guerre et qui, aux dires de tous, n'a plus toute sa tête.

— Eh bien, nous avons tous notre croix à porter, n'est-ce pas ? dit-elle. Rappelez-moi le titre de ce roman que vous et Hartford tenez en si haute estime ?

— *Le Meurtre de Roger Ackroyd.*

— Est-il vraiment si ingénieux ?

— Oh, oui. Mais je ne vous raconterai rien, je ne veux pas vous gâcher le plaisir. Vous devez absolument le lire.

Il se leva et se dirigea vers sa bibliothèque.

— Tenez. Vous me direz ce que vous en avez pensé.

Una ouvrit le livre à la page de la dédicace.

— « À Punkie, qui aime les romans policiers classiques, avec un cadavre, une enquête, et des protagonistes tous soupçonnés à tour de rôle ! » Comme c'est amusant ! Qui est Punkie ?

— Un surnom pour sa sœur, Margaret.

— Et qui est-ce – comment le prononcez-vous ? – ce Poirot ? demanda Una, alors qu'elle feuilletait l'ouvrage.

— Oh, un détective belge, aussi bizarre que fascinant. Pour son travail, il ne fait appel qu'à ses petites cellules grises. Un personnage étonnant. En fait, on pourrait en dire autant de l'auteur. Bien que Mme Christie se présente comme une épouse et une mère tout à fait normale, si vous creusez un peu sous la surface, je vous garantis que vous trouverez quelqu'un de bien plus mystérieux et de vraiment intéressant.

12

J'étais réveillée avant d'entendre frapper. Un moment plus tard, Rosie, la jolie petite femme de chambre, entra avec le petit déjeuner sur un plateau. Ne pouvant me résoudre à lui parler, je fis semblant de dormir et attendis le petit bruit sec de la porte qui se refermait derrière elle pour bouger. Je me versai une tasse de thé et retournai me coucher avec le *Daily Mail*. Je feuilletais distraitement le journal quand j'arrivai en page 9. À la vue de mon nom en caractères d'imprimerie, je crus défaillir, mais je me forçai à lire l'article, bien qu'ils se soient trompés d'un an sur mon âge. Apparemment, on avait retrouvé ma voiture vers 8 heures, le samedi matin. « On pense qu'elle aurait été volontairement précipitée, avec les freins desserrés, du haut de Newlands Corner », écrivait le journaliste.

La police avait fouillé les environs à ma recherche pendant tout le week-end, allant jusqu'à draguer l'étang de Silent Pool. L'article rapportait aussi des propos d'Archie déclarant que j'avais « les nerfs fragiles » et que j'avais très probablement souffert d'une forme de dépression. Je me demandai s'il le croyait réellement. Et qu'avait-il pu dire à ma chère Rosalind ? La photo de moi qui illustrait le reportage n'était pas très bonne.

Bien qu'elle ne me ressemblât pas, je devrais tout de même rester discrète.

Je jetai le journal en travers du lit et commençai à m'habiller à la hâte. J'avais décidé de descendre à la réception et de demander au gérant de prévenir la police. Je mettrais un terme à cette farce. Kurs n'avait aucun pouvoir sur moi. Un vulgaire mégalomane à l'esprit tordu ne me dicterait pas ma conduite. Alors que je me dirigeais vers la porte, j'aperçus mon reflet dans le miroir. Quel spectacle effrayant ! J'avais l'air d'une folle. Qui me croirait ? Et si on m'emmenait simplement à l'asile et qu'on m'enfermait ? Kurs pouvait nier en bloc. Mais mon sac à main contenait ses lettres, avec ses instructions. Je n'aurais qu'à les montrer à la police pour prouver ce que j'avançais et révéler toute cette histoire sordide. Kurs aurait-il l'audace de mettre ses menaces à exécution ? S'il touchait un cheveu de la tête de Rosalind, je savais que je ne répondrais plus de moi. J'étais prête à risquer la corde pour ma fille. Mais si j'arrivais trop tard ? Kurs était-il vraiment capable de faire subir à une enfant innocente ces sévices indescriptibles ? Et son complice ? Ce dégénéré existait-il seulement ? Comment en être sûre ?

Je devais me calmer et mettre de l'ordre dans mes pensées. Je me forçai à boire une autre tasse de thé et à manger le croûton d'un petit pain avec du beurre et de la confiture. Je sortis mon carnet et lus d'un bout à l'autre la chronologie des événements depuis mercredi, quand Kurs était apparu dans ma vie pour la première fois. Il y avait certainement une solution. J'avais toujours émis des doutes à propos de mon intelligence, mais récemment, des gens avaient vanté mon esprit méthodique et ma façon de manipuler le lecteur, que certains qualifiaient d'impitoyable. Cet homme, Davison, avait même voulu me recruter comme une sorte d'agent secret ou d'espion. C'était absurde ! Mais pouvais-je me montrer plus maligne que Kurs ? Et dans ce cas, en aurais-je le courage ? Probablement pas

Il m'avait recommandé de me mettre dans la peau d'une autre, d'un personnage. Et si j'appliquais cette suggestion à Kurs lui-même ? Que je pense à lui, non comme à un individu dérangé et extrêmement dangereux, mais comme à un fruit de mon imagination ? Je tentai de me remémorer certains des criminels de mes livres. L'énigmatique M. Brown du roman éponyme ; le docteur James Sheppard dans *Le Meurtre de Roger Ackroyd*. Aucune de mes créations ne me semblait aussi vile que le docteur Patrick Kurs. Je griffonnai quelques idées, comme je l'aurais fait pour l'intrigue d'un nouveau livre, mais légèrement perturbée par le fait d'être une des protagonistes de ce drame.

Après avoir pris un bain et m'être habillée, je quittai l'hôtel et passai la matinée en ville. J'achetai quelques produits indispensables à ma toilette, deux carnets et plusieurs crayons. Alors que je marchais à hauteur de la bibliothèque W. H. Smith dans Parliament Street, je sentis quelques gouttes de pluie sur mon visage. Le ciel était sombre et menaçant, et j'étais sortie sans parapluie. Je me précipitai à l'intérieur, juste au moment où l'averse devenait plus forte.

Je profitai du refuge que m'offrait ce lieu. Ah, pouvoir consacrer les quelques jours à venir au plaisir de la lecture ! Quelle perspective délicieuse ! C'était pourtant impossible. Je choisis toutefois machinalement quelques livres, me comportant comme une femme normale, respectable, avec un peu trop de temps libre.

Ce faisant, je lançai des regards furtifs aux gens qui m'entouraient. Que cachait la bibliothécaire effacée aux lunettes demi-lune ? Alors qu'elle tamponnait les livres d'une dame âgée en tailleur de tweed élégant, pensait-elle à l'enfant qu'elle avait mis au monde hors mariage, avant de le donner en adoption ? Et la dame elle-même, si guindée et convenable, avec sa peau douce et ses pommettes rondes, empoisonnait-elle à petit feu son mari infirme, glissant chaque jour quelques grains d'arsenic dans son thé pour précipiter sa mort ? J'imaginai son sentiment de supériorité morale, sa certitude d'œuvrer du côté de la vertu en abrégeant les souffrances d'un homme qui, croyait-elle, rejoindrait bientôt un monde meilleur. Et qui étais-je pour affirmer qu'elle avait tort ? Nous avions tous nos secrets. Certains n'étaient que de petites choses insignifiantes. Par exemple, personne ne connaissait le surnom que j'avais donné à M. et Mme de Silva – M. et Mme Silver Plate[1], parce que je soupçonnais mes voisins de Sunningdale d'être un peu hypocrites. Même Archie l'ignorait.

Mais il y avait aussi les bons gros secrets, les histoires plus croustillantes, capables de briser des vies. Ainsi, depuis combien de temps Archie fréquentait-il Mlle Neele avant que je l'apprenne ? Avait-il continué à entretenir cette relation, tandis qu'il me faisait encore l'amour ? Cette pensée me rendait malade. Je tentai de me rappeler la dernière fois que nous avions partagé un lit, des mois plus tôt, presque un an. Je portais sans doute

1 « Silver plate » signifie « plaqué argent » en anglais.

ma part de responsabilité, pour avoir négligé Archie après la mort de ma mère. Par crainte de manquer de respect à sa mémoire, j'avais réduit mes rapports avec mon mari. Sans compter que j'avais eu la sensation d'être aussi gelée que les étendues sauvages de Sibérie. J'avais tout bonnement cessé d'éprouver ce vertige, cette exaltation du corps et de l'esprit, ce besoin. Je rougis en songeant au nombre d'occasions où Archie m'avait touchée dans le dos, où ses doigts s'étaient posés sur mon épaule. J'avais accueilli ces timides demandes d'intimité en tournant la tête et en m'éloignant. Si j'avais fait preuve d'un peu plus de tendresse à son égard, peut-être que rien de tout cela ne serait arrivé. Si nous avions continué à mener pleinement la vie d'un couple marié et heureux, peut-être serait-il resté fidèle. Il n'aurait pas eu à chercher ailleurs, auprès de femmes plus jeunes, plus séduisantes, telle Mlle Neele, pour satisfaire ses désirs. De son côté, elle ne se serait pas ruée chez son médecin pour lui demander conseil, et Kurs n'aurait pas imaginé ce plan machiavélique. Tout était-il de ma faute ?

Quand je sortis de la bibliothèque, la pluie semblait avoir cessé, bien que le ciel restât sombre. Mais alors que je descendais Parliament Street, les cieux s'ouvrirent soudain de nouveau. L'averse, plus violente que la première, me trempa jusqu'aux os en à peine quelques minutes. Je courus me réfugier sous le store de la boutique Louis Copé. J'avais désespérément besoin de vêtements neufs, mais souhaitais-je réellement soumettre cette apparence négligée et peu flatteuse au verdict impitoyable d'un miroir ? Je n'avais pourtant déjà que trop tardé. Enlevant à la main les gouttes d'eau qui s'accrochaient encore à moi, j'entrai dans le magasin. La vue d'une jeune femme élégante en pull à col en V en tissu écossais – je ne parvenais vraiment pas à comprendre cette mode du style sport –, puis d'une seconde créature ravissante qui paradait dans une robe rose en crêpe me fit tourner les talons en direction de la sortie. Je me sentais vieille et mal fagotée à côté de ces jeunes femmes éblouissantes. Mais alors que je m'apprêtais à partir comme j'étais venue, je songeai à Mlle Neele dans sa robe tailleur bleu marine, avec sa ceinture, nouée de manière charmante sur le devant. J'imaginai les mains d'Archie qui la touchaient, ses doigts tendus prêts à soulever légèrement l'ourlet pour effleurer ses bas en dessous. Des larmes de frustration, de jalousie et de colère me piquèrent les yeux. Cette femme ! Comment l'avait-elle séduit ? À quels artifices avait-elle eu recours pour l'attirer dans son lit ?

— Madame ? Excusez-moi. Puis-je vous renseigner ?

Je me retournai. Celle qui s'adressait à moi avait mon âge, un regard bienveillant et des cheveux qui grisonnaient prématurément.

— Quel temps épouvantable, n'est-ce pas ? poursuivit-elle. Et je constate que vous êtes sortie sans parapluie. Si vous le souhaitez, je peux…

— C'est très aimable à vous, la coupai-je, mais je ne suis pas venue simplement chercher un parapluie. J'arrive tout juste d'Afrique du Sud, et mes bagages semblent s'être égarés.

— Très bien, madame. Si vous voulez bien me suivre.

Elle me guida jusqu'à un rayon de la boutique dédié à la mode pour dames et informa une femme d'une maigreur squelettique et au visage sévère de mon besoin d'une nouvelle garde-robe complète. À cette nouvelle, les traits de la vendeuse s'adoucirent ; elle se mit immédiatement à s'affairer autour de moi, prenant mes mesures et me sondant sur mes goûts, des jupes plissées aux chemisiers à jabot.

— Je vous suggère de retirer ces vêtements humides ; je vais vous apporter quelques modèles, dit-elle, alors qu'elle me menait à une cabine d'essayage.

— Je ne veux pas quelque chose de trop à la mode, précisai-je par prudence, de crainte qu'elle me propose des tenues qui me donnent l'air ridicule.

— Ne vous inquiétez pas. Je pense avoir cerné le genre de chose qui vous conviendra.

Alors que je fermais derrière moi, un dessin humoristique aperçu dans un magazine me revint à l'esprit. Une vieille dame à la vue basse y demandait à une jeune femme vêtue de façon masculine : « À quel collège m'avez-vous dit aller le trimestre prochain, Trinity ou Girton[1] ? » Me hâtant de rouvrir la porte, je lançai à la vendeuse :

— Et rien qui me donne l'air d'un homme !

Quelques minutes plus tard, elle revint avec une robe en soie brune et un boléro rouge, ainsi qu'une paire de chaussures à talons marron. Après avoir enfilé la robe et noué la ceinture sur le devant, je reculai d'un pas et me regardai dans la glace. L'effet obtenu me plut tellement que je me sentis suffisamment en confiance pour sortir de la cabine et me tenir face à la vendeuse.

— Oui, ça vous va très bien, approuva-t-elle. Qu'en pensez-vous ?

---

1 Tous deux sont des collèges de l'université de Cambridge, mais Girton College est le premier collège pour femmes.

— Je trouve aussi, dis-je en souriant.

— J'ai repéré quelques autres modèles que j'aimerais vous montrer : une robe plutôt gaie avec un motif – rien de trop voyant, ne vous inquiétez pas –, une robe à fleurs en crêpe de soie, un ravissant manteau avec une garniture en fourrure et une jolie robe de soirée rose saumon. Voulez-vous les essayer ?

Le haut de la robe en crêpe bleue était orné de motifs assez futuristes – des triangles rouges, des carrés jaunes et des rectangles noirs. Mon premier réflexe fut de la renvoyer. Mais je me laissai persuader de l'enfiler. Le contact délicieux du crêpe sur ma peau redonna des couleurs à mes joues pâles. La coupe de la robe, avec ses remplis inversés aux épaules, son col papillon et sa ceinture garnie de boutons, mettait ma silhouette en valeur. Alors que je m'examinais dans le miroir, j'eus du mal à croire que c'était moi. Je ressemblais au genre de femmes que j'avais l'habitude de regarder avec étonnement, et peut-être une pointe d'envie.

— Aimeriez-vous essayer le manteau par-dessus ?

La vendeuse me tendit un manteau beige, avec les parements et le col en lynx.

— Oui, ils sont vraiment bien assortis, dit-elle.

Elle avait raison, je devais bien le reconnaître. Je me sentais enveloppée, au moins de luxe, à défaut d'amour. L'effet d'ensemble était saisissant. Alors que je me tenais devant la glace, je notai que ma posture avait changé. Je me dressais fièrement, sûre de moi, telle une femme du monde. Sous cette apparence, je pourrais marcher dans la rue sans que personne se doute des difficultés que je traversais. Ce n'était probablement pas dans mes moyens, mais je chassai la question financière de mon esprit.

— Vous avez l'air d'une autre femme, observa la vendeuse.

— Vraiment ? répondis-je, alors que je m'admirais de dos.

— Et voilà la robe à fleurs en crêpe de soie, ajouta-t-elle, son visage maigre rayonnant de plaisir.

De retour dans la cabine d'essayage, j'enfilai la robe, un imprimé orange discret agrémenté de fleurs bleues et de bandes de la même couleur autour de la taille basse. Je sentis ma métamorphose se poursuivre. Je gratifiai la vendeuse d'un sourire timide alors que je ressortais pour lui montrer.

— Tout simplement magnifique, dit-elle. Et pour finir, la robe de soirée rose saumon.

La légèreté du crêpe georgette me coupa le souffle ; en fait, la robe était si fine que j'avais presque la sensation d'être nue. Je me rappelai ma nuit de noces, la première fois qu'Archie m'avait vue sans mes vêtements. À cette pensée, le rouge me monta aux joues.

— Ça vous plaît ? s'enquit la vendeuse, depuis l'autre côté de la porte.

— C'est… ravissant.

Je n'eus pas la force d'en dire plus. Ma pudeur m'interdit de sortir de la cabine pour lui montrer le résultat, mais j'avais déjà décidé d'acheter la robe. J'étais certaine de trouver l'occasion idéale pour la porter.

13

– Je vous le répète, mademoiselle Crowe, nous ne disposons d'aucune information supplémentaire concernant cette affaire. Vous devrez attendre le communiqué officiel, j'en ai peur. Il n'y a eu aucun fait nouveau. Par ailleurs, je ne peux favoriser personne – pas même vous. Au revoir.

Alors que Kenward raccrochait son téléphone, il jura tout bas. Fichus journalistes. Il n'approuvait guère la féminisation de la profession. Ce métier ne convenait pas à une jeune femme respectable. Dire que son interlocutrice n'avait pas hésité à se faire passer pour la fille de Sir Eyre Crowe, le diplomate ! Certains de ces journalistes ne reculaient devant rien pour impressionner la police et gagner ses faveurs. Mais il n'était pas dupe. Plus la jeune femme avait tenté de jouer sur son charme, plus il s'était fermé, jusqu'à finalement mettre un terme à la conversation. Il avait mieux à faire que de perdre son temps au téléphone avec une reporter en herbe sans scrupule. Mme Christie avait disparu sans laisser de traces depuis deux jours, et ils n'avaient toujours aucune piste.

Les recherches avaient repris dès l'aube ce jour-là. La police avait de nouveau fait appel à une trentaine de volontaires de la région, qu'un char-à-bancs avait conduits du commissariat à Newlands Corner. Kenward avait supervisé l'opération en personne. Il leur avait donné pour instruction de fouiller les environs comme si leur vie en dépendait, insistant également sur l'importance de marcher en ligne droite, sans dévier. Chaque buisson, chaque arbre qui constituait un obstacle devrait faire l'objet d'un examen attentif, en quête de tout ce qui pouvait sembler suspect. Au début de sa carrière, on l'avait appelé pour décrocher une jeune femme qui s'était pendue à un grand frêne dans le jardin familial. Elle était tombée enceinte, et le père, un type plus âgé, avait quitté le pays ; apparemment, le fardeau de la honte était devenu trop lourd à porter. Kenward n'oublierait jamais le visage de la fille, ses yeux de suppliciée remplis de souffrance, sa peau spectrale, mais encore belle, et le collier rouge de la mort qui lui serrait la gorge.

— Commissaire ?

C'était Hugues, l'un des jeunes brigadiers.

— Oui ?

— Le colonel Christie est en ligne ; il voudrait vous parler.

— Eh bien, voyons ce qu'il a à nous dire.

— Je vous le passe.

Un moment plus tard, Kenward entendit le ton sec du colonel.

— Kenward, j'ai quelque chose qui pourrait affecter votre enquête, un fait susceptible d'éclairer la situation d'un jour nouveau, peut-être la preuve que…

Kenward eut envie de l'interrompre, mais ses années d'expérience lui avaient appris qu'il était toujours préférable de laisser aux gens tout le temps qu'ils estimaient nécessaire pour en venir au fait. Souvent, les informations glanées pendant les tours et détours empruntés par les proches ou les témoins se révélaient plus intéressantes qu'ils n'en avaient conscience.

— … ma femme se trouvait à Londres samedi, dans la matinée, termina le colonel.

— À quoi faites-vous allusion, colonel Christie ?

— À une lettre, adressée par ma femme à mon frère, Campbell. Écrite, je suppose, le soir de sa disparition, le vendredi. Mais apparemment, elle l'a envoyé à son lieu de travail, à Woolwich. Il vient à peine de découvrir que Mme Christie avait disparu ; dès qu'il l'a appris, il m'a téléphoné.

— Et la lettre ? Que dit-elle ?

— Juste qu'elle a l'intention de passer quelques jours dans une ville d'eaux, dans le Nord.

— Une ville d'eaux, dans le Nord, hein ? Voilà qui limite le champ des recherches. Mes hommes vont s'en occuper immédiatement. Bien sûr, il faudra nous montrer la lettre en question.

— Je crains que ce soit impossible.

— Et pourquoi?

— Mon frère m'a dit qu'il l'a brûlée après l'avoir lue, ou qu'il l'a égarée.

— Décidez-vous, colonel.

— Égarée, oui, c'est ce qu'il m'a dit, j'en suis sûr. Mais il est toujours en possession de l'enveloppe, apparemment.

— Tiens donc ? (Toute cette histoire lui semblait terriblement louche.) Alors, nous devrons interroger votre frère et voir l'enveloppe pour examiner le cachet de la poste.

— Bien sûr. Mais reconnaissez que c'est une bonne nouvelle.

— Une bonne nouvelle ?

— Oui, renchérit le colonel, une pointe d'irritation dans la voix. Cette lettre prouve que… que ma femme n'a pas fait de bêtise.

— De bêtise ?

— Pour l'amour du ciel, Kenward, vous me comprenez très bien ! Cette lettre prouve que ma femme était en vie samedi en début de matinée. Et le fait qu'elle ait été postée à Londres nous indique qu'après avoir quitté le lieu de son accident, elle s'est débrouillée pour se rendre en ville.

— Néanmoins, Mme Christie reste introuvable.

— Oui, mais… D'une manière ou d'une autre, elle est arrivée à Londres, où elle est peut-être encore en ce moment. Écoutez, Kenward, je suis sûr que vous faites un excellent travail, mais il semble évident que ce n'est pas en passant la campagne au peigne fin que vous allez découvrir le moindre indice. Je vous remercie pour tout, mais je crois qu'il est temps pour moi de faire appel à Scotland Yard.

— Scotland Yard ? Mais pour quoi faire ?

— Si elle est à Londres, ils pourront peut-être apporter leur aide. Et ils obtiendront certainement plus vite des résultats que…

— Oui, colonel ?

— Que la police du coin.

— Faites donc, colonel. Contactez Scotland Yard. Mais je doute qu'ils vous soient d'un grand secours.

Christie savait-il que le Yard n'intervenait que sur la demande d'une autre force de police ? Probablement pas. Eh bien, qu'il le découvre.

— J'ai l'intention de passer les voir dès ce matin, répondit le colonel.

— Très bien. Au revoir.

Le comportement du colonel lui rappela l'affaire d'un banquier du Surrey, un certain Ledbury. Un jour, Ledbury était entré comme un ouragan au commissariat pour signaler la disparition de sa femme. Il la soupçonnait de s'être enfuie avec un écrivain, un type du genre bohème aux dires de tous, qui habitait le même village. Kenward l'avait informé que malheureusement, la police ne pouvait pas agir sans la preuve qu'un crime avait été commis. Mme Ledbury était-elle partie de son plein gré ? avait-il demandé. Là n'était pas la question, lui avait répondu M. Ledbury. De toute façon, sa femme ne savait pas ce qu'elle voulait. Puis il était ressorti, proférant tout bas un torrent d'injures. Peu après, on avait retrouvé le corps d'une femme dans les bois. Mme Ledbury avait été étranglée. À son arrivée au palais en brique rouge du banquier, juste à l'extérieur de Guildford, Kenward avait découvert M. Ledbury dans son garage. Il s'était fait sauter la cervelle.

Le colonel Christie n'était peut-être pas un mari jaloux, comme M. Ledbury, mais il entrait dans une autre catégorie, tout aussi dangereuse : le mari coupable. Et Kenward avait appris à se méfier des réactions de maris coupables. Acculés, ils se comportaient comme des rats et n'hésitaient pas à mordre.

14

— Ce fichu policier ! pesta Una en raccrochant brutalement. Pas moyen de lui tirer la moindre information. Et il m'a parlé comme à une enfant – pire, comme à une attardée.

— Qu'espériez-vous ? demanda Davison.

— Qu'il fasse preuve d'un minimum de courtoisie, répondit-elle, alors qu'elle passait ses mains dans ses cheveux blonds. J'ai même mentionné le nom de papa, mais ça n'a servi à rien.

— Ce n'est pas toujours un avantage.

Les deux amis prenaient le thé chez Davison, dans son appartement de l'Albany. Ce rituel quotidien lui était aussi indispensable que se raser et lire le *Times*.

— S'il croit me décourager, il se trompe, ajouta-t-elle.

— Il ignore à qui il a affaire, glissa malicieusement Davison.

— Oh, taisez-vous, espèce de sauvage ! En attendant, récapitulons ce que nous savons déjà.

Elle rappela la façon dont Mme Christie avait disparu près de Newlands Corner, entre le vendredi soir et les premières heures du samedi matin. D'après son entourage, elle n'était toujours pas complètement remise de la mort de sa mère. Una pouvait le comprendre, mais elle ne croyait pas que l'auteur eût mis fin à ses jours.

— J'ai moi-même difficilement surmonté la perte de papa, vous le savez. J'aurais pu faire une bêtise, si je n'avais pas pensé à celles et ceux que je laissais derrière moi, expliqua-t-elle. L'idée de causer du chagrin à maman m'était insupportable, sans oublier Eric, Asta et cette chère petite Sybil. Et vous, bien sûr…

— Moi ? releva Davison, qui semblait sincèrement surpris.

— Oui. Vous avez toujours été un ami fidèle, ça compte beaucoup pour moi. Et j'espère l'avoir été pour vous aussi.

— C'est le cas.

Il ne voulait pas s'appesantir sur le soutien indéfectible d'Una. Pour tout dire, la franchise de la jeune fille depuis sa dépression nerveuse le mettait mal à l'aise.

— Mais parlons plutôt du problème qui nous occupe, reprit-il, Mme Christie.

— Oui, la mystérieuse Mme Christie. Nous devons découvrir quels étaient ses proches. Connaissez-vous quelqu'un au travail qui pourrait nous aider ?

— C'est possible. Je vérifierai. Mais à l'avenir, ne comptez pas trop là-dessus.

— Pour quelle raison ?

— Ne vous en faites pas pour ça, ma chère.

— Vous me parlez exactement comme cet affreux commissaire Kenward. Cette vieille baderne.

— Alors, me voilà devenu une baderne ?

— Oh, ce n'est pas ce que je voulais dire. C'est la déception. J'espérais au moins en tirer un on-dit.

— Les hommes ne sont pas bavards, vous le savez. Trouvez une femme qui acceptera de vous parler.

— Vous avez raison. Mais qui ? Mlle Fisher, la secrétaire, s'est fermée comme une huître. Trop effrayée de perdre son travail, même juste pour papoter.

— Oui, probablement.

— Je pense d'abord tenter ma chance avec les domestiques. En général, elles sont incapables de tenir leur langue. Celle de maman était toujours la personne la mieux informée de la maison. Elle se donnait de grands airs, mais il suffisait de lui passer de la pommade pour qu'elle vous déballe tout. Vous auriez dû entendre les choses qu'elle m'a dites à propos de certains invités de papa. Jusqu'aux secrets d'alcôve de membres du Conseil des ministres…

— Vous allez me faire rougir, Una.

— Allons donc, Davison ! Vous savez comme moi que…

— Je ne sais rien de tel. Revenons-en à nos moutons, voulez-vous ? Pendant que vous essayerez d'approcher les domestiques, je propose de me renseigner au bureau à propos du colonel Christie.

— Vous le soupçonnez d'être une brute ?

— Probablement. Quel mari ne l'est pas ?

Una rit, un son que Davison n'avait pas entendu depuis longtemps. La jeune femme exprimait spontanément sa joie en s'esclaffant bruyamment, de manière bien peu féminine. Cet aspect de sa personnalité avait beaucoup manqué à Davison, qui l'avait cru définitivement perdu, enfoui avec son père dans ce cimetière désolé de Swanage. Si ce petit jeu pouvait contribuer à lui rendre sa gaieté, il ferait tout ce qui était en son pouvoir pour l'aider.

— Je ne pense pas me marier un jour, déclara Una, brisant le silence entre les deux amis.

— Pourquoi vous montrer si catégorique ? réagit Davison stupéfait.

— Oh, je ne sais pas. Comme vous venez de le dire, la plupart des maris peuvent être assommants. Pour ma part, j'attends encore d'en rencontrer un que j'aurais moi-même pu imaginer épouser.

— J'espère bien, répliqua Davison en riant.

— Vous me comprenez – même papa. J'avais beau l'aimer profondément, il lui arrivait de se montrer affreusement ennuyeux avec maman.

— Vraiment ?

— Oui. Et les hommes plus bohèmes comme on en croise de plus en plus de nos jours ne valent pas mieux que leurs homologues traditionnels. Ils affirment croire en la liberté, mais ils entendent se faire obéir de leur femme ou de leur bonne amie aussi farouchement que les rabat-joie d'autrefois.

— Je suis persuadé que vous trouverez un gentleman qui vous convient. Vous tomberez amoureuse, et ce que vous venez de me dire vous semblera ridicule.

— J'en doute. L'homme que j'épouserai devra accepter que je reste moi-même, sans restrictions ni attentes. Je crains de ne jamais rencontrer quelqu'un qui corresponde à cette description.

De nouveau, le silence s'installa entre eux. Davison se demanda s'il devait dire quelque chose. Était-ce le bon moment ? Était-ce sa manière de le forcer à parler ? Il ouvrit la bouche pour lui poser une question, une question encore vague, quand Una lui tapota le genou et se leva d'un bond du canapé.

— Écoutez-moi, un vrai moulin à paroles ! Nous avons une affaire à résoudre. Et j'ai la ferme intention de donner une bonne leçon à ce nigaud de Kenward. Ça lui apprendra. (Elle marqua une pause.) Oh, désolée, Davison, vous étiez sur le point de dire quelque chose ?

Il secoua la tête et sourit.

— Non, rien, rien du tout.

15

Qu'est-ce qui avait pris à Kurs de choisir cet endroit ? J'avais du mal à l'imaginer fouler le sol d'un lieu consacré. En même temps, valais-je vraiment mieux ?

Il m'avait donné rendez-vous dans une église – Christ Church, près du Stray – pour parler du pire des crimes : un meurtre. À mon grand soulagement, le cimetière était désert ; je n'aurais pas eu la force de croiser le regard d'un autre chrétien. Levant la tête en direction du clocher, je constatai que j'avais un quart d'heure d'avance sur l'heure convenue. Le vent d'est, cinglant, me gelait les lèvres, mais l'idée de m'abriter à l'intérieur de l'église me mettait mal à l'aise. Les mains enfoncées dans les poches de mon nouveau manteau, j'arpentais le cimetière.

L'horloge sonnait la demie quand j'aperçus une silhouette vêtue de noir pousser la grille et se diriger vers moi. C'était Kurs, mais ç'aurait aisément pu être l'ange de la mort en personne. J'aurais pu me laisser tenter ; plutôt périr que d'exécuter les ordres de Kurs.

— Comment êtes-vous installée ? Confortablement, j'espère ? demanda-t-il, alors qu'il arrivait à ma hauteur, à côté d'une pierre tombale.

Sa question, parfaitement anodine, n'aurait pas paru déplacée dans la plupart des situations. Mais dans ce contexte, elle semblait perverse et malsaine. Que répondre ? Que l'hôtel me convenait ? Que j'avais apprécié l'orchestre ? Et que j'attendais avec impatience de m'offrir un massage ? Je me contentai de hocher la tête.

— Bien. Je craignais que vous ne trouviez l'établissement… un peu simple, dirons-nous, et certains de ses clients quelque peu vulgaires. Rassurez-vous, vous n'aurez pas à vous en accommoder longtemps.

— Je voulais vous demander… quand…

Kurs baissa la voix pour chuchoter, sans nécessité aucune, puisque nous étions seuls dans le cimetière.

— Quand vous devrez commettre le meurtre ?

— Je préférerais que vous ne formuliez pas la chose ainsi.

— C'est pourtant ce dont il s'agit. Vous avez vous-même tendance à favoriser les phrases directes. J'ai lu vos livres, madame Christie.

— En effet, répondis-je.

— La fin de la semaine conviendra très bien.

J'étais interloquée, par la proximité de l'acte en question, mais également par le langage employé. Comme s'il formulait une requête anodine, aussi aisée à satisfaire que la réalisation d'un biscuit de Savoie ou d'un pot de confiture de fraises pour la kermesse du village.

— La fin de *cette* semaine ? Non, c'est impossible, protestai-je. C'est trop tôt.

— Hélas, vous n'avez pas le choix. Mais je vous fais confiance.

— Mais…

— Laissez-moi vous exposer ce qui me semble la meilleure façon de procéder. Vous quitterez votre hôtel pour vous rendre à Leeds, où ma femme, Flora, habite depuis la désagrégation de notre mariage. Vous irez chez elle, et là, vous la tuerez. Comme je vous l'ai déjà dit, je me moque de la méthode employée, mais je vous recommande d'en choisir une qui vous permettra de vous esquiver en passant inaperçue. Ni vous ni moi n'avons à nous faire prendre pour ce crime. Qui sait, cette expérience pourrait même vous plaire et donner à vos livres un petit supplément… d'authenticité ?

Kurs retira un de ses gants de cuir noir pour ouvrir sa serviette et en extraire une grande enveloppe brune, sans cesser de parler.

— Après avoir tué ma femme, vous devrez absolument rentrer à Harrogate, comme convenu. Dès qu'on m'aura avisé de son décès – constaté par un médecin, bien sûr –, je me rendrai sur place pour identifier le corps.

Il prit une profonde inspiration, puis expira en bombant le torse d'un air satisfait.

— Je me sens si merveilleusement bien, ajouta-t-il, vous n'avez pas idée. Je crois vraiment que la divine Providence est à l'œuvre, pas vous ?

— Je vous demande pardon ?

— Notre rencontre dans un lieu saint. Comment ne pas y voir la main de Dieu en personne ? Si tout se déroule comme prévu, ce sera comme s'Il avait veillé sur nous d'un bout à l'autre de ce plan.

— Je pense que votre vision de Dieu diffère grandement de la mienne.

J'avais craché ces mots, comme si j'avais eu quelque chose de fétide dans la bouche. J'eus soudain la nausée.

Me sentant faible, je tendis la main vers une pierre tombale pour me remettre d'aplomb.

— Laissez-moi vous aider, proposa Kurs en avançant vers moi.

— Non… ça ira. C'est passé, merci.

Sa main resta en suspension au-dessus de mon poignet ; bien que ma coupure eût commencé à cicatriser, la pensée qu'il me touche m'était insupportable. Il attendit un peu trop longtemps avant de retirer sa main – de toute évidence, Kurs aimait susciter ma gêne.

— Peut-être qu'une promenade vous fera du bien ? Avez-vous eu l'occasion d'étudier certaines des pierres tombales ?

Il me précéda sur le sentier herbeux, tandis que je lui emboîtais le pas, telle une enfant docile et éteinte.

— Je dois vous avouer être moi-même amateur de cimetières. C'est le premier endroit que je visite en arrivant dans un village ou une ville que je ne connais pas. Les stèles révèlent parfois des choses absolument fascinantes. Sans parler de tout ce qu'elles passent sous silence. Quand je découvre un cimetière, je m'y promène, comme nous le faisons en ce moment, et je m'amuse à imaginer les vies de certaines des personnes qui gisent sous la terre. Prenez cette tombe, par exemple. Celle de Marmaduke Lupton, né en 1799 et décédé en 1849. Qui était-il ? Son nom – un nom charmant, vous ne trouvez pas ? – donne le sentiment d'avoir affaire à un bourgeois. Je vois un bon citoyen, aux valeurs aussi solides que la pierre d'Harrogate, un homme aux belles moustaches. Une moralité irréprochable, une foi en Dieu à toute épreuve. Pourtant, j'attire votre attention sur la mention, clairement visible sur la tombe, de sa fille Christiana, morte en 1828, à l'âge d'à peine un an. Comment Marmaduke a-t-il réagi face à ce malheur? La perte de son enfant a-t-elle ébranlé sa foi? Peut-être s'est-il consolé en se disant que Dieu ne choisissait que les meilleurs, les plus innocents. Vous voilà devenue bien silencieuse. Qu'en pensez-vous, madame Christie?

— Je… Je n'en suis pas sûre.

— Vous me semblez un peu pâle. J'espère que vous n'êtes pas en train d'attraper la grippe. Vous devriez peut-être prendre les eaux, pendant que vous êtes là. On leur prête des effets miraculeux. Personnellement, ça ne me dit rien. Avez-vous essayé?

— Non, non.

Il s'arrêta et se tourna vers moi. Je sentis une bouffée de son haleine épouvantable sur mon visage.

— Avant que j'oublie, voici les détails des dispositions pour vendredi. Tout ce dont vous devriez avoir besoin se trouve à l'intérieur : l'adresse, une description physique de Flora, quelques photographies et ses occupations quotidiennes, dans les grandes lignes.

Il me tendit l'enveloppe. Je ne bougeai pas. Kurs me dévisagea froidement, avec la cruauté funeste d'un cobra qui observerait un lézard, avant de le mordre et de le dévorer. Il continua de marcher, l'enveloppe toujours à la main, mais s'arrêta, un peu plus loin, devant un tas de terre fraîchement retournée. Suivant son regard, je lus sur la stèle récemment gravée : ELIZA REID, 1919-1926. Une fille née la même année que Rosalind.

— N'êtes-vous pas curieuse de découvrir pourquoi elle est morte? (Ses yeux brillaient tels des diamants noirs.) Non? Je ne vous reconnais pas, madame Christie. Vous qui n'avez jamais caché votre vif intérêt pour la mort. Eh bien, permettez-moi de vous éclairer. Un jour – en septembre de cette année, si ma mémoire est bonne –, elle jouait dehors avec deux de ses amies, ici même, dans le Stray. Mais les deux autres, de sales gamines, Susan Potter et Jemina Pargeter, se sont liguées contre elle et sont parties en courant, la laissant toute seule. Un homme a dû la trouver en pleurs et l'a prise en pitié. Peut-être a-t-il offert de la ramener chez elle, auprès de sa maman et de son papa, mais il l'a entraînée dans une remise à l'extérieur de la ville, où il a…

— Ça suffit, dis-je doucement. Je ne peux pas en écouter davantage. Arrêtez, s'il vous plaît.

— Vous ne voulez pas connaître la fin de l'histoire ? Je ne vous reconnais décidément pas. Vous comprendrez où je veux en venir quand vous aurez entendu la conclusion.

Je me sentais tellement épuisée que je laissai les mots couler sur moi. Je n'écoutai pas les détails de cette dépravation ni ne donnai à Kurs la satisfaction de me prêter au jeu du plaisir sadique que semblait lui procurer le récit de l'incident.

— Vous avez terminé ? demandai-je, croisant enfin son regard.

— Maintenant, veuillez prendre cette enveloppe.

Je ne bougeai pas mon bras.

— J'espère sincèrement que vous n'avez pas d'hésitations de dernière minute. Rappelez-vous le sort de la pauvre Eliza Reid. La police n'a toujours pas attrapé le coupable. Et au cas où vous vous poseriez la question : non, je n'ai rien à voir avec ça. Comme je vous l'ai dit, ce n'est pas du tout ma tasse de thé. Mais je ne serais pas surpris qu'une de mes connaissances, un individu dont j'ai déjà eu l'occasion de vous parler, possède quelque information sur ce crime.

Je sentis mes jambes se dérober et tombai sur la terre humide. Cette fois encore, Kurs me tendit son bras pour m'aider, mais je refusai de saisir sa main.

— C'est juste un moment de faiblesse. Désolée, dis-je.

Je ne voulais pas admettre que son histoire ignoble m'avait si gravement affectée. Sans le regarder, j'acceptai l'enveloppe.

— Au revoir, madame Christie. (Alors qu'il s'éloignait déjà, il se retourna vers moi un instant.) Oh, et je vous prie, n'hésitez surtout pas à prendre des notes. En fait, je vous le recommande. Qui sait, un jour, vous me remercierez peut-être de vous avoir inspiré votre meilleur roman.

Le temps que je me ressaisisse et lève les yeux, Kurs était parti.

16

Devant Styles, Una s'interrogeait sur la marche à suivre. Quelle horrible maison, se dit-elle – tape-à-l'œil et vulgaire, pas du tout le genre que choisirait Mme Christie. Peut-être une idée de son mari. Par leurs goûts, les parents de la jeune femme l'avaient habituée à une certaine sobriété. Elle était issue d'un milieu où l'argent allait de soi ; personne n'éprouvait le besoin de se vanter de sa fortune ni d'acheter une demeure ou une voiture ostentatoire. La résidence des Crowe d'Elm Park Road constituait un bon exemple, avec ses tapis persans élimés, ses fauteuils en cuir en mauvais état et ses tables anciennes porteuses de générations d'éraflures, de marques et de taches.

Una savait que Mme Christie appartenait à la bourgeoisie. Ses recherches lui avaient appris que Frederick Miller, le père, avait rapidement dépensé la maigre fortune familiale. Les Miller étaient des gens respectables, mais certainement pas des artistes ou des intellectuels ; elle en déduisait que la petite Agatha avait grandi dans un environnement, et avec des goûts, assez ordinaires. D'ailleurs, son œuvre reflétait clairement cela, pensa Una. Son écriture ne témoignait d'aucune volonté d'expérimentation formelle, l'auteur n'y tentait rien de provocateur ou d'osé. Mme Christie n'était assurément pas une Virigina Woolf. Pourtant, sa manière de déployer une intrigue avait quelque chose d'assez subversif – faute d'un meilleur terme. Una n'avait jamais lu un roman comparable au *Meurtre de Roger Ackroyd.*

Comme l'avait souligné Davison, au-delà de l'image qu'elle choisissait de présenter au monde, Mme Christie se révélait peu banale. Après tout, combien de jeunes filles de la bourgeoisie décidaient, une fois adultes, de se mettre à écrire d'ingénieux romans policiers ? Par certains aspects de sa personnalité, Mme Christie sortait clairement de l'ordinaire. Il paraissait donc fort improbable qu'elle se sente chez elle dans une maison de ce genre. Pas étonnant qu'elle se soit enfuie, songea Una.

Elle attendait depuis une vingtaine de minutes, elle ne devrait plus tarder à agir – avant le retour du colonel Christie. Sa voiture n'était pas là ; elle avait téléphoné plus tôt et la bonne lui avait appris qu'il était sorti et rentrerait à six heures et demie. Déjà presque six heures. Una inspira une goulée d'air frais, puis avança dans l'allée et frappa. En l'absence de tout signe de mouvement à l'intérieur, elle toqua de nouveau, plus fort cette fois. Une ombre approcha de la porte, puis s'arrêta.

— Je n'ouvre pas aux journalistes, décréta une voix féminine derrière la vitre. Désolée.

Una dut réfléchir vite. Heureusement, elle savait comment s'y prendre avec les domestiques.

— Mais, je ne suis pas une journaliste, enfin ! Veuillez m'ouvrir immédiatement.

La porte entrebâillée révéla une jeune femme au regard anxieux. Ses doigts, qu'elle tordait nerveusement, rappelèrent à Una un seau d'anguilles, comme lors de cette partie de pêche en Écosse avec son père.

— C'est Collins qui m'envoie, l'éditeur de Mme Christie, annonça pompeusement Una.

— Oh, excusez-moi. Entrez, madame.

— Merci. Il fait terriblement froid dehors.

Une fois dans le hall, Una examina les lieux. L'intérieur ressemblait à un concentré de ce qu'on pouvait s'attendre à trouver dans un manoir, en plus récent – et plus propre. Ceux qui habitaient cet endroit cherchaient à imiter la vie de la haute société, mais si l'argent ne semblait pas leur manquer, l'assurance nécessaire pour décider d'un style personnel leur faisait cruellement défaut. Dire qu'ils avaient baptisé cette maison « Styles » ! Incroyable.

— Le colonel n'est pas là, madame. Mais il devrait bientôt rentrer.

— Ce n'est pas grave. C'est vous, la raison de ma présence.

— Moi, madame ? Je ne vous serai d'aucune utilité. J'ignore tout des livres de ma maîtresse et de ce genre de chose.

— Faisons un brin de causette, voulez-vous ?

Una sourit, ce qui lui réussissait souvent quand elle cherchait à arriver à ses fins. Comment Davison appelait-il son sourire déjà ? Son arme secrète. Toujours est-il qu'il remplit son office en cette occasion, puisque le visage de la bonne s'adoucit et qu'elle se détendit immédiatement.

— Vous savez que vous êtes ravissante ? Vous pourriez devenir mannequin dans un des magazines illustrés.

C'est une profession où on gagne beaucoup d'argent, m'a-t-on dit.

— Vraiment ? Je n'y ai jamais songé.

Elle rougit et se mit à glousser.

— Y a-t-il un endroit où nous pourrions parler ?

— Parler, madame ?

— Oui, en tant que représentante de l'éditeur de Mme Christie, j'aimerais vous entretenir de quelques questions délicates.

— Oh, je pense que vous devriez vous adresser au colonel pour ça.

— Eh bien, pour être franche… quel est votre nom ?

— Kathleen, ou Kitty pour mes amis.

— Pour être honnête, Kitty, le sujet est assez sensible. Il me paraît préférable de l'aborder entre femmes, si vous voyez ce que je veux dire.

Kitty sembla surprise et troublée, mais elle fit de son mieux pour cacher son malaise.

— Je comprends ; eh bien, peut-être devrions-nous passer au salon. Désolée, le…

— Bonne idée, approuva Una en souriant.

Bien qu'Una ne fût pas chez elle, la supériorité innée de sa classe lui permit d'adopter facilement le rôle de maîtresse de maison.

— Asseyez-vous, Kitty, dit-elle.

— Oh, merci, madame.

Una la regarda droit dans les yeux et baissa la voix.

— Ce doit être vraiment pénible pour vous, toute cette attention de la presse. Une meute de chacals, voilà ce qu'ils sont.

— C'est affreux, madame. Vous n'imaginez pas le comportement de certains journalistes.

— Oh si, très bien. Et en tant qu'éditeur de Mme Christie, j'entends défendre ses intérêts. Je ne doute pas un instant qu'on finisse par la retrouver. Et lorsque tout sera rentré dans l'ordre, les journaux voudront publier ce qu'ils appellent des articles complémentaires. Vous en avez probablement déjà vu – double page avec les photos de toutes les personnes impliquées, accompagnées de descriptions détaillées. Mais ce qui divertit le lecteur n'est pas nécessairement du goût de celui ou celle qui a le malheur d'être emporté par ce drame, n'est-ce pas, Kitty ?

— Oui, madame.

— La situation est la suivante. La presse voudra à tout prix mettre la main sur tout ce qui permettra d'alimenter ces articles. Lettres, journaux intimes, etc. Autant d'objets qui prendront soudain de la valeur. Comprenez-vous ce que je suis en train de vous dire ?

Le visage de Kitty s'assombrit.

— Ni moi ni personne dans cette maison ne songerait à vendre ce genre de chose à la presse.

La jeune femme semblait contrariée, les traits chiffonnés, tel un torchon à vaisselle sec.

— Je ne suggérais rien de tel, voulut la rassurer Una, qui se pencha vers elle. Mais j'ai appris qu'un certain policier, que nous ne nommerons pas pour l'instant, entend tirer un joli petit bénéfice de cette affaire.

— Vraiment ? L'un de ceux venus l'autre jour m'avait paru louche. J'en ai même parlé à Rose, la bonne des Sandwich, la famille qui habite en face. Le policier avec un œil paresseux et…

Una hocha la tête d'un air complice et la gratifia d'un discret clin d'œil d'encouragement.

— Vous êtes une jeune fille très intelligente, Kitty. Rien ne vous échappe.

— J'aime à le croire, madame. Ma mère disait toujours…

— Je suppose que vous n'avez rien remarqué d'inhabituel dans le comportement de M. Christie récemment ?

— Non, pas que je sache.

— Un détail qui ne cadre pas avec sa personnalité.

— Rien ne me vient à l'esprit.

— Et les relations entre Mme Christie et le colonel. Comment étaient-elles ?

— Aussi bonnes qu'on peut l'espérer.

Una comprit que ce type de questions ne la mènerait nulle part. Elle avait besoin de fouiller le bureau de Mme Christie. Ses papiers personnels ne manqueraient pas de l'éclairer sur les causes de sa disparition.

— Fort bien, dit Una. Comme je vous le disais plus tôt, en tant qu'éditeur de Mme Christie, sa réputation nous tient à cœur. Nous sommes impuissants face aux dégâts qu'elle a déjà subis, mais nous pouvons certainement tenter d'empêcher que certains aspects de la vie de Mme Christie ne tombent entre les griffes de la presse populaire.

— Je pense que le colonel devrait…

— En tant que femme, vous admettrez, j'en suis sûre, qu'un mari préférerait ne pas voir certaines choses publiées dans les pages d'un journal du dimanche des moins honorables.

Kitty se mordit la lèvre en rougissant.

— Si vous me montrez où votre maîtresse range ses papiers, j'y jetterai un coup d'œil, de manière à épargner tout embarras au colonel. En espérant que le policier en question n'ait pas déjà mis la main sur quelque chose de compromettant. Plus tard, quand il sera rentré, j'aurai une conversation avec lui pour dissiper ses craintes : aucun de ces documents sensibles ne sera révélé au public.

— Très bien, madame. Son bureau se trouve dans sa chambre, près de la fenêtre. Je ne regarde jamais à l'intérieur, mais je sais qu'elle s'y assoit parfois, quand elle écrit ses livres.

— Merci, Kitty. Vous rendez un grand service à votre maîtresse. Je suis sûre qu'elle serait très fière de vous.

Una dut se retenir pour ne pas sortir du salon en courant et se précipiter à l'étage. Elle jeta un coup d'œil à l'horloge murale. Il était six heures et quart. Elle aurait préféré étudier tranquillement la pièce et sa décoration, mais prise par le temps, elle se mit immédiatement à fouiller dans les papiers. Il y avait des factures, des feuilles avec des colonnes qui détaillaient les recettes et les dépenses, les chiffres de vente de certains livres et quelques lettres de l'agent de Mme Christie, Edmund Cork. Mince ! Si une femme pouvait gagner autant d'argent en bâclant une nouvelle, Una n'allait certainement pas renoncer à son rêve d'une carrière dans l'écriture. Elle trouva également un dossier qui contenait des coupures de presse à propos de ses romans, des critiques, ce genre de chose ; plusieurs carnets, aussi, aux pages noircies. Una en ouvrit un au hasard, qu'elle parvint à peine à déchiffrer.

Elle perdait son temps. Puis, alors qu'elle s'intéressait à un autre carnet, une lettre tomba sur le bureau.

De nouveau, l'écriture lui donna du fil à retordre, mais elle devina la signature, « Madge ». Elle se mit à lire. Un bref coup d'œil lui suffit pour constater le caractère délicat du sujet. Des mots lui sautèrent aux yeux, tels de petits projectiles empoisonnés : « mariage », « difficultés », « aventure », « liaison », « crise », « Archie », « divorce », « cette fille » et « Nancy ».

Avant qu'elle ait le temps de lire le texte en entier, un bruit de moteur monta de l'allée. Sans doute le colonel, rentré plus tôt que prévu. Ses mains tremblantes s'agitèrent au-dessus du bureau, comme si elle espérait, par la grâce de ces gestes, que d'autres lettres, plus intimes, se matérialisent. Le moteur s'arrêta. Une portière claqua. Elle glissa la lettre dans son sac et sortit de la chambre. Et maintenant? Comment expliquer sa présence? Elle allait devoir prendre un risque. Elle voulait courir, aussi vite que ses jambes le lui permettraient, mais elle ne devait pas donner l'impression de paniquer. D'une démarche pleine de dignité – une posture qui aurait fait la fierté de Mme Temple à l'Academy –, elle se mit à descendre l'escalier. Una entendait les pas du colonel qui approchait de l'entrée. Alors qu'elle se tenait au pied des marches, elle aperçut son ombre, derrière la vitre. Il ouvrait sa serviette à la recherche de ses clés. Elle se tourna pour accéder à l'arrière de la maison, où devait se trouver la cuisine. Assise à la table, Kitty leva de grands yeux terrifiés vers elle.

— Ne bougez pas, dit Una d'un ton qui ne souffrait aucune réplique. Je dois vraiment y aller.

— Mais, le… le colonel…

— Inutile de le déranger.

Una traversa la pièce à grands pas en direction de la porte de derrière. Elle posa la main sur la poignée et poussa. Elle ne voulut rien savoir.

— C'est fermé. À cause des journalistes… expliqua Kitty.

Una fit volte-face et fixa la jeune femme du regard.

— Les clés, exigea-t-elle simplement, sans la moindre trace de peur dans la voix. Les clés, s'il vous plaît ?

Una entendit la clé du colonel tourner dans la serrure de l'entrée.

— Vous n'attendez pas le colonel ?

— Je ne peux pas lui parler maintenant, chuchota-t-elle. Ce que je viens de découvrir dans le bureau de Mme Christie serait de nature à sérieusement le contrarier. Faites-moi confiance, il n'a vraiment pas besoin de ça en ce moment. Je suis sûre qu'il a déjà bien assez de soucis, vous ne croyez pas ?

La porte d'entrée s'ouvrit.

— Mais…

Kitty semblait soudain frappée d'une forme de paralysie.

— Vous ne voudriez pas qu'on vous reproche la découverte d'une information qui donne une mauvaise image de votre maîtresse, n'est-ce pas ?

— Non.

La porte d'entrée claqua. Le colonel traversa le hall vers l'escalier. Una ressentit un bref soulagement quand elle l'entendit monter. Puis vint le silence, et elle comprit qu'il revenait sur ses pas.

— Kitty ? appela-t-il.

Le son de son nom tira la jeune femme de sa torpeur. Elle ouvrit la bouche pour répondre, mais Una la coupa.

— Les clés, chuchota-t-elle d'un ton impérieux.

Kitty tourna légèrement la tête vers la porte de la cuisine, puis elle se hâta d'extraire de la poche de son tablier un jeu de clés qu'elle fourra dans les mains d'Una. Una bondit, tel le chat dans le jardin sur qui la cuisinière d'Elm Park Road avait jeté un seau d'eau brûlante, histoire de lui faire passer l'envie de faire ses besoins n'importe où. Elle introduisit la clé dans la serrure, la tourna et se sauva en courant dans la nuit froide, sans fermer derrière elle. La voix du colonel résonna dans son dos – « Qui diable… ? » – puis les explications incohérentes de Kitty et des bribes de l'interrogatoire qui suivit : « Une dame qui travaille pour son éditeur », « Non, je ne l'ai jamais vue auparavant », « A-t-elle donné son nom – son nom, espèce d'idiote ? », « Non, désolée, monsieur », « Vous auriez dû m'attendre, ça ne vous a pas traversé l'esprit ? », et enfin, des pleurs.

Longeant la maison, elle courut jusqu'à la rue, juste au moment où le colonel apparaissait à la porte d'entrée. Una s'accroupit derrière la haie d'un voisin et, alors qu'il avançait, elle enfonça profondément son visage dans la garniture en fourrure de son manteau pour étouffer le son de sa respiration haletante. Elle entendit son poursuivant approcher, puis aperçut le reflet de ses richelieus marron par une ouverture dans la haie.

— Fichus journalistes ! jura-t-il entre ses dents. Le prochain que j'attrape, je l'étrangle – même si c'est une femme.

Il tourna les talons, mais Una resta dans le secret de sa cachette, derrière la haie, jusqu'à ce qu'elle soit sûre qu'il était rentré. Au moment de se relever, le danger, la peur et le frisson d'avoir volé quelque chose sur le bureau de Mme Christie lui donnèrent le vertige. Davison avait-il ressenti la même chose au début de sa carrière, quand il travaillait – quelle était déjà l'expression ridicule qu'il avait employée un jour ? – « sur le terrain » ? Comme c'était excitant. Elle ne voulait certes pas devenir une espionne, pas avec les risques que cela comportait. Davison lui avait raconté quelques histoires épouvantables, de gens étranglés, empoisonnés ou poussés du haut d'une falaise. Mais si une carrière de journaliste pouvait lui procurer ce genre de sensations, ce métier était fait pour elle. Elle brûlait d'impatience de parler à Davison de sa petite aventure. Mais à la réflexion, peut-être était-il préférable qu'elle garde ça pour elle, pour l'instant.

Elle sortit la lettre de son sac, mais l'obscurité l'empêchait de distinguer plus que les quelques passages lus plus tôt. Ce colonel était un sournois. Et cette Nancy, qui était-ce ? Una se hâta en direction d'un réverbère, plus loin dans la rue sombre. Sous son éclat aveuglant, elle se mit à lire, notant que ses mains tremblaient toujours.

17

Après une nouvelle gorgée de thé, je me sentis soudain plus satisfaite que depuis des jours. Pendant la nuit, j'avais pris ma décision : j'irais trouver la police pour tout leur dire sur Kurs. J'avais eu un sommeil agité, hanté par des visions d'enfants morts : la tombe d'Eliza Reid m'était apparue dans un terrible cauchemar ; la petite fille, qui hurlait entre les mains de son bourreau, avait brusquement eu les traits de Rosalind.

La veille, en rentrant à l'hôtel depuis le cimetière, j'avais marqué une pause devant le commissariat d'Harrogate. J'avais gravi quelques marches du perron avant de me figer, plongée dans mes réflexions. Je voulais simplement en finir avec cette affaire sordide. Si j'entrais tout raconter à la police, en leur montrant les lettres de Kurs, ils n'auraient qu'à appeler Scotland Yard qui lancerait un mandat d'arrêt contre le docteur. Alors, je quitterais Harrogate et retrouverais mes chers Rosalind, Charlotte et Peter. Puis, songeant aux menaces de Kurs, aux sévices que son complice ferait subir à Rosalind, j'avais tourné les talons et laissé derrière les lumières accueillantes du commissariat pour m'enfoncer dans l'obscurité, en direction de l'Hydro. J'avais dîné seule, mais mon air particulièrement maussade avait dû attirer l'attention, et une femme d'âge moyen se tenait à côté de ma table.

— Je ne veux pas vous déranger, dit-elle, mais mon mari et moi nous demandions simplement si vous souhaitiez vous joindre à nous. Nous vous avons observée depuis votre arrivée. Ce doit être un peu triste de manger seule.

Je restai sans voix. Je n'étais certes pas d'humeur à bavarder, et bien sûr, si aimable fût-elle, je ne pouvais pas envisager de dire la vérité à cette dame au léger embonpoint.

— C'est très gentil, répondis-je. Vraiment. Mais je crains de ne pas être de très bonne compagnie en ce moment.

— Eh bien, nous parviendrons peut-être à vous dérider ! Arthur n'y manquera pas en tout cas, ajouta-t-elle en pointant du doigt une table voisine où un homme au visage rougeaud leur faisait de grands signes. Vous devriez entendre certaines de ses plaisanteries. Il en connaît de si mauvaises qu'on ne peut s'empêcher de rire.

— Peut-être une prochaine fois.

La dame avança d'un pas et posa une main sur ma manche. Elle avait réellement des yeux d'un bleu magnifique, pleins de bonté.

— Je comprends. Êtes-vous là pour prendre les eaux ? Elles ont la réputation d'accomplir des miracles. Je suis sûre qu'elles vous aideront à vous sentir une autre femme.

— Pas exactement, répondis-je. Je viens de perdre un enfant, une fille.

— Oh, mon Dieu. Vous permettez que je…

J'aurais préféré qu'elle s'abstienne, mais elle s'assit à côté de moi.

— Je suis terriblement navrée, poursuivit-elle. Ça a dû être épouvantable.

— Oui, plutôt. Je ne pense pas m'en remettre un jour.

Je m'imaginai debout à côté d'un trou sombre et humide, tandis que l'entrepreneur de pompes funèbres faisait descendre un petit cercueil dans la tombe. Des larmes me piquèrent les yeux.

— Mais la vie continue, ajoutai-je, même si le cœur n'y est plus.

— C'est comme une mise à l'épreuve qu'on nous envoie, n'est-ce pas ?

— Peut-être, dis-je, essuyant une larme par trop réelle sur mon visage. Excusez-moi, madame… ?

— Mme Robson. Janet Robson.

— Bonjour. Mme Neele. Mme Teresa Neele.

Alors que nous échangions une poignée de main, je sentis la chaleur qui émanait de sa peau.

— En tout cas, si vous avez envie de dîner avec nous, n'hésitez pas. À tout moment. À moins que vous ne préfériez une promenade en ville à l'occasion ?

Je ne savais pas quoi répondre. Un silence gêné tomba sur la table.

— Je suis navrée. Vous devez me trouver terriblement impolie. C'est juste que… cette perte m'a beaucoup affectée. Parfois, j'en oublie où je suis. Ma mémoire est en lambeaux. Ne m'en veuillez pas.

— Absolument pas, ma chère, absolument pas.

Elle se leva en souriant d'un air bienveillant.

— Je dois retourner auprès d'Arthur avant qu'il ne tente d'engager la conversation avec une de ces malheureuses serveuses. Il lui arrive de se montrer beaucoup trop familier. Et surtout, n'oubliez pas : si jamais vous n'avez pas envie de dîner seule, nous sommes là.

Elle m'effleura de nouveau la manche et traversa la salle de restaurant pour rejoindre son mari.

Je me sentis terriblement coupable pour le reste de la soirée. Pourquoi avais-je éprouvé le besoin de raconter cette histoire d'enfant mort à Mme Robson ? Je repoussai mon assiette sans y avoir touché et remontai dans ma chambre, regrettant de ne pas avoir inventé une excuse différente pour justifier mon comportement étrange. Une affection physique qui aurait altéré mes facultés mentales, une tristesse qui se serait abattue sur moi sans raison, un état de manque lié à une dépendance à l'alcool… Formuler ma plus grande peur – la mort de ma fille – avait en quelque sorte donné plus de réalité à la chose.

Je m'étais couchée déprimée, et des cauchemars avaient hanté mon sommeil jusqu'au petit matin. Au réveil, moite de sueur et effrayée, je sentis une vague de colère me submerger, alors que je reconstituais les fragments du rêve. Comment Kurs osait-il s'introduire ainsi dans ma vie ? De quel droit me dictait-il ma conduite ? Comme si j'étais capable de faire ce qu'il suggérait. Le temps de me lever, j'avais pris la décision de me libérer de cette torture psychologique. J'aurais à courir un risque, c'était certain, mais sinon, je craignais de devenir folle. N'ayant que peu de goût pour l'introspection – à quoi bon s'apitoyer sur soi-même ? –, j'avais tendance à laisser se manifester ce qui me préoccupait dans mes romans.

En arrivant dans la salle de restaurant pour le petit déjeuner, j'allai saluer Mme Robson, assise à la table habituelle du couple.

— Bonjour, dis-je, tentant de sourire.

— Bonjour, ma chère. Vous avez bien meilleure mine ce matin, si je puis me permettre.

— Oui, je me sens beaucoup mieux. Veuillez encore me pardonner pour mon humeur maussade d'hier soir.

— Vous n'avez pas à vous excuser. Vous joindrez-vous à moi pour le petit déjeuner ? M. Robson n'est pas très frais ce matin. Dyspepsie.

— C'est très aimable, mais j'ai quelques lettres qui ne peuvent plus attendre. J'ai négligé ma correspondance ces derniers jours.

— Bien sûr. Peut-être vous verrais-je au dîner, alors ?

— Oui, c'est possible.

J'allai m'installer à ma table et commandai deux œufs à la coque avec du pain grillé et du thé. Je sortis mon carnet de mon sac et parcourus les notes que j'avais jetées sur le papier depuis que Kurs était entré dans ma vie. C'était incroyable, pensai-je. J'étais certaine de pouvoir au moins réutiliser certains éléments pour un roman. Ce serait un livre manifestement beaucoup plus sombre que les histoires aux intrigues rondement menées qui avaient été ma marque de fabrique jusqu'à présent. Elles s'achevaient toujours par la résolution de l'énigme et la restauration de l'ordre. Le mal, expulsé du livre, l'était aussi de l'esprit du lecteur, et le bien régnait à nouveau. Mais quelqu'un comme Kurs bouleversait l'ordre normal des choses.

Je me demandai ce qui était à l'origine d'un tel individu. Était-il né mauvais, ou devait-il son cerveau malade à quelque expérience atroce, un acte de cruauté ou la perte d'un être cher ? Un jour, quand tout serait terminé – le plus tôt possible, espérais-je –, je pourrais peut-être lui poser quelques questions. Comment diable réagirait-il au moment où un policier frapperait à sa porte ? Il me considérait comme une simple femme, à manipuler à sa guise. J'avais joué le jeu, par peur, craignant d'abord qu'il nuise à la réputation d'Archie, puis qu'il s'en prenne à ma fille, une perspective qui m'effrayait bien plus. Mais je ne lui en laisserais pas l'occasion. Après le petit déjeuner, j'irais au commissariat pour informer les autorités. Ensuite, j'appellerais Charlotte et lui demanderais de s'assurer que Rosalind était bien à la maison. Je lui donnerais pour instructions de fermer toutes les portes à clé et de ne permettre à personne, absolument personne, d'entrer à Styles.

Je bus une autre gorgée de thé et tentai d'imaginer mon avenir. Si c'était la fin de mon mariage avec Archie – une probabilité à envisager sérieusement –, je devais me résoudre à changer de vie, avec juste Rosalind et Charlotte. Bien sûr, il me resterait toujours l'écriture. À présent, je me sentais prête à me remettre au travail. Peut-être que cette coupure, cette crise, m'avait rendu service, au moins sur le plan créatif. Dans ce cas, cette expérience, cet épisode sombre n'aurait pas été inutile, pensai-je. Je finis mon thé, pris mon manteau et mon sac, puis me dirigeai vers la sortie de l'hôtel. Mais alors que je passais devant la réception, j'entendis héler un nom familier.

— Madame Neele. Madame Neele ?

Bien sûr, c'était moi à présent. Je me retournai vers la sympathique jeune Écossaise avec qui j'avais parlé la veille. Comment s'appelait-elle déjà ? Moira, c'est ça. Un si joli nom. N'avait-il pas également une signification en grec ancien ?

— Un paquet vient d'arriver pour vous, depuis Londres, je crois.

— Pour moi ? Je me demande ce que c'est, dis-je en m'approchant de la réception.

Mais alors que Moira me tendait l'objet, je me figeai. J'avais reconnu l'écriture de Kurs.

— Tout va bien, madame Neele ?

— Oui, tout va… bien.

Je restai d'abord sans voix. Puis les mots se mirent à sortir de ma bouche.

— C'est une bague, je crois. Je pensais l'avoir égarée chez Harrods, à Londres.

Pourquoi m'exprimais-je toujours plus clairement quand j'inventais de toutes pièces ?

— Une chance pour vous, dit Moira, me lançant un regard légèrement méfiant.

Le paquet devait lui sembler un peu trop lourd.

— Oui… une chance. Merci.

Pleine d'appréhension, je remontai dans ma chambre. Une fois la porte refermée derrière moi, je m'assis sur le lit et commençai à déchirer soigneusement l'emballage, par le dessus. Une odeur terreuse désagréable s'en échappa.

Je fis basculer le paquet sur le côté, mais son contenu, quel qu'il fût, refusa de bouger. Je soulevai de nouveau le bord supérieur et jetai un coup d'œil. Un objet de la taille d'un poing appartenant à un enfant en bas âge était enveloppé dans du papier de soie.

Prenant une profonde inspiration, je glissai la main à l'intérieur. Dès que mes doigts rencontrèrent quelque chose de mou et de charnu, ils reculèrent. Du sang avait commencé à suinter, floraison sinistre sur papier de soie.

Je laissai tomber cette chose écœurante, mais voulant éviter de tacher le dessus-de-lit, je la ramassai pour la jeter dans le lavabo. Le cœur au bord des lèvres, je restai penchée au-dessus de la vasque environ une minute, tentant de réfléchir. Qu'avait fait ce diable de Kurs ?

Je regardai de nouveau à l'intérieur du paquet, mais n'y trouvai ni billet ni lettre. Kurs avait dû penser que l'objet, quel qu'il fût, suffirait à faire passer son message. Je retournai au lavabo.

Du sang avait commencé à couler sur la porcelaine blanche. Lentement et délicatement, je soulevai le papier de soie rougi. Je distinguai immédiatement une touffe de couleur brune. Des cheveux ? Je décollai une deuxième couche et vis deux griffes, quatre petits coussinets digitaux roses et un autre, plus grand, plus sombre, le coussinet métacarpien. La patte d'un chien. Oh, non ! C'était celle de Peter, dont l'extrémité tranchée présentait une masse sanglante de cartilage et de tendons. Je laissai échapper non pas un cri, mais un hurlement de douleur. Comment Kurs avait-il pu me faire une chose pareille ? La pauvre bête n'avait pas mérité de souffrir ainsi.

D'abord, je crus que mes yeux voilés de larmes brouillaient ma vision. Peter, mon si cher Peter, était de la même couleur, mais quelque chose ne correspondait pas tout à fait. Au cours de nos jeux, j'attrapais souvent ses pattes pour les porter à mon visage, en déclarant qu'elles appartenaient à un petit lapin. Et sa fourrure avait plus de blanc que celle dans le paquet ; j'en étais certaine. Je touchai les poils brun et blanc aussi doux que de la soie. M'appuyant sur le lavabo, je me forçai à ne pas détourner les yeux de cette vision macabre. Mon estomac se révolta, mais je ravalai ma bile pour examiner la patte antérieure de la créature.

Non, ce n'était pas celle de Peter, Dieu merci. Mais elle appartenait tout de même, ou avait appartenu à un chien sans méfiance. Par ce biais, Kurs entendait me prouver quel genre de violence il était capable d'infliger. Comment avait-il procédé ? Je ne pouvais pas me résoudre à penser à ce qui s'était passé, à la souffrance de la pauvre bête. J'espérais que Kurs avait au moins eu la décence de l'achever ensuite.

Je remballai la patte dans le papier ensanglanté, puis je sortis un mouchoir de mon sac pour en envelopper le papier et mieux le protéger. Je replaçai le membre coupé dans son paquet d'origine et me dirigeai vers la porte. Mais arrivée à hauteur de mon lit, mes jambes se dérobèrent. Je me rattrapai au bord du lit et me remis à sangloter. J'imaginai Peter, toujours si amical, remuant sa petite queue, alors qu'un inconnu s'arrêtait pour le caresser. Puis soudain, la terreur et la panique qui s'emparaient de lui, tandis qu'il sentait qu'on l'empêchait de bouger. Et l'horreur, après.

Je vis ma fille jouer dans le jardin, puis l'ombre de Kurs s'abattant sur son visage. Je dus serrer la bride à mon esprit pour ne pas imaginer les choses épouvantables qui pourraient se produire.

18

Du côté du bief du moulin d'Albury, le commissaire William Kenward cachait mal son impatience, certain que cette dernière initiative porterait ses fruits. Ses hommes avaient installé plusieurs immenses filets, comme on en tendait sous la corde raide, au cirque, pendant son enfance. Ils attendaient son ordre pour ouvrir les portes ; l'eau de la retenue se déverserait et tout objet trop grand pour passer à travers les mailles – le corps d'une romancière disparue, par exemple – se prendrait dans les filets.

Jim Sykes, journaliste à l'*Express*, était là, avec son autorisation. Sykes et lui se connaissaient depuis longtemps, une amitié, faute d'un meilleur terme, qui remontait à l'époque où Kenward n'était encore qu'un simple agent et Sykes un jeune reporter local. En prenant de l'âge, et du poids, les deux hommes avaient acquis une vision nettement plus cynique de la nature humaine. Au fil des années s'était établi entre eux un accord tacite, mutuellement bénéfique. Kenward alimentait le journaliste en tuyaux et bribes d'information ; Sykes, lui, attirait l'attention de ses lecteurs sur les succès du policier, en particulier dans les enquêtes les plus épineuses, dressant ainsi de lui un portrait flatteur.

— Alors, Bill, qu'espérez-vous trouver aujourd'hui ? demanda Sykes, son calepin à la main.

— Simple routine, étant donné les circonstances. En vidant la retenue, nous cherchons tout ce qui pourrait nous aider à localiser Mme Christie. Vêtements, chaussures, objets personnels, etc.

— Allons, Bill. Ce n'est pas ce que vous m'avez dit plus tôt.

Kenward regarda autour de lui et baissa la voix.

— Je sais, je sais. Écoutez, et ça reste entre nous : mon flair me dit que la pêche sera bonne – enfin, façon de parler.

— Mais encore ?

— Je crois que Mme Christie est au fond. Il est trop tôt pour émettre des hypothèses sur la manière dont elle est arrivée, mais le corps, une fois remonté, devrait nous fournir des indices.

— Elle serait morte, d'après vous ?

— Bien sûr, c'est la seule explication.

— Le commissaire Goddard, de la police du Berkshire, continue de croire qu'elle s'ingénie à jouer au chat et à la souris avec son mari.

— Quelle épouse saine d'esprit ferait une chose pareille ?

— Justement : peut-être n'a-t-elle plus toute sa tête.

— Possible. Mais le colonel nous cache quelque chose. Son histoire me paraît louche.

— C'est peut-être une canaille. Qu'est-ce qui a pu se passer ?

Kenward regarda de nouveau autour de lui.

— Je ne peux rien prouver pour l'instant, mais je pense que lui et sa femme ont eu une dispute, je ne vois que ça. On sait qu'il fréquentait une fille en douce. Si Mme Christie l'a découvert et menacé de provoquer un scandale, ils ont pu en venir aux mains ; elle serait tombée, à moins qu'il l'ait poussée. Quoi qu'il en soit, je suis persuadé qu'elle n'est plus en vie. Les gens sont capables du pire, je ne vous apprends rien, en particulier les maris en mauvaise posture. Et même si le colonel est hors de cause, elle a pu errer hors de sa voiture, étourdie par l'accident, et glisser. Bien sûr, tout ça reste entre nous.

Sykes garda le silence.

— Jim ?

— D'accord. Mais vous me promettez l'exclusivité, je compte sur vous ?

— C'est entendu.

Kenward et Sykes marchèrent vers l'écluse. Le policier salua les représentants de l'Office des eaux du Surrey et deux autres journalistes de sa connaissance. Une silhouette hésitait en marge du groupe, une élégante jeune femme en tailleur et manteau. Alors qu'il croisait son regard, elle avança pour se présenter : Mlle Crowe. Celle-là même qui avait tenté de lui tirer les vers du nez au téléphone.

— Bonjour, commissaire. Pouvez-vous m'expliquer ce que vous faites ici ?

— À quoi ça ressemble, d'après vous ? À une partie de pêche ?

Le commentaire lui valut des rires des hommes attroupés, mais Sykes semblait se retenir pour ne pas pousser la jeune femme dans l'eau.

— Je ne vous ai jamais vue. Vous êtes nouvelle ? demanda-t-il.

— Oui, en quelque sorte, répondit-elle.

— Pour qui travaillez-vous ?

— Eh bien, je suppose qu'on pourrait dire que je suis à mon compte.

— Je vois. C'est donc vous qui êtes venue à la pêche.

— Pardon ?

— À la pêche aux informations. Sans qu'un journal vous emploie ou vous envoie.

Elle rougit légèrement, mais Kenward sentit chez elle une sorte de feu sacré. Bien qu'elle s'exprimât comme une jeune fille très comme il faut, ses yeux brillaient d'une ardeur indéniable.

— Écoutez, dit-il, je ne vois pas d'inconvénient à ce que vous restiez. Mais tenez-vous à l'écart. Et ne tombez pas dans l'eau.

Cette dernière remarque déclencha de nouveau les rires de tous.

— Merci, je ferai attention, répondit-elle. Mais vous n'espérez tout de même pas la trouver ici, n'est-ce pas ?

— Je vous demande pardon ?

— Eh bien, si Mme Christie avait voulu mettre fin à ses jours, elle n'aurait sûrement pas choisi la noyade.

— Et d'où vous vient cette certitude ?

— De la lecture de ses romans, tout simplement. Si Mme Christie avait décidé de se suicider, elle aurait assurément employé une méthode moins théâtrale.

— Attendez : vous formulez votre hypothèse en vous basant uniquement sur le contenu de ses livres ?

— Ma foi, oui. On peut présenter les choses ainsi, j'imagine. Mme Christie est une spécialiste des poisons et des substances toxiques. Elle a travaillé comme infirmière volontaire dans un dispensaire, pendant la guerre.

— Vraiment ? fit Kenward sur un ton condescendant. Il regrettait de ne pas avoir renvoyé immédiatement la jeune femme.

— Oui, confirma Una, indifférente au sarcasme. Grâce à ses romans, vous comprendrez que les poisons exercent une sorte de fascination sur elle. Si elle avait voulu se tuer – ce dont je doute fortement par ailleurs –, elle aurait choisi une substance qui offre une mort discrète et sans souffrance.

— Merci, mademoiselle. Vous me semblez dotée d'une grande perspicacité. Cela dit, et ne le prenez pas mal, mais vos talents seront mieux employés dans la critique littéraire que dans le journalisme criminel.

Et il se détourna d'elle.

— Maintenant, au travail. Grimes ? Vous êtes prêt ?

Kenward donna le signal de l'ouverture ; presque immédiatement, un grincement sonore remonta du fond du bief. L'eau jaillit à gros bouillons, avec assez de force pour écraser un homme. Des nuages de fines gouttelettes s'élevèrent alentour, mouillant les visages à proximité de l'écluse. Quand il repéra une forme sombre, Kenward tendit le cou pour tenter de voir sous la surface. Mais l'écume ne lui permit pas d'identifier l'objet. Une fois le flot réduit à un filet, il distingua une chaussure marron et fit signe à un agent en cuissardes d'aller la récupérer.

— Quelle pointure ? cria Kenward.

— Quarante-quatre. Une chaussure d'homme, je dirais.

— Bon sang, pesta-t-il en se détournant. Rien d'autre dans les mailles ? Aucun objet susceptible de nous intéresser ?

— Apparemment, non, répondit l'agent, ses doigts explorant le filet.

— Vérifiez bien que rien n'est enlisé dans la boue, au fond. Quelque chose qu'on aurait lesté.

Il se retourna, refusant de montrer sa colère et sa frustration. Mme Christie n'avait tout de même pas pu disparaître sans laisser de traces ! Ça n'avait aucun sens. Une certaine douceur dans l'air le soulagea de la puanteur du méthane qui émanait du bief. Il leva la tête : encore cette fichue journaliste !

— Et maintenant ? s'enquit Una.

— Maintenant ?

— Oui, quelle conclusion en tirez-vous ? Comment comptez-vous poursuivre votre enquête ?

— C'était une opération de routine. Nous procédons par élimination. C'est un processus lent qui produit rarement des résultats immédiats. Vous avez encore beaucoup à apprendre, mademoiselle Crowe.

— Quelle est votre prochaine étape ?

— Continuer à chercher. Une fouille minutieuse des environs finira bien par porter ses fruits. C'est logique.

— Et dans le cas contraire ?

Kenward cligna des yeux avec incrédulité.

— Je n'envisage pas cette possibilité.

— Mais quelle est votre théorie ?

— Ma théorie ?

Il reporta son attention sur Sykes qui lui lançait des regards furieux. S'il voulait conserver de bonnes relations avec le journaliste, il allait devoir garder ses pensées pour lui. Après tout, il lui avait promis l'exclusivité.

— Aucune pour l'instant. Je ne travaille que sur des preuves.

— Mais justement, commissaire, tout suggère que Mme Christie est toujours bien vivante.

— Ah oui ? Certains le croient peut-être, mais pour moi, ce ne sont que des idées en l'air.

— Et ces personnes qui l'auraient vue ? Le *Times* s'en fait l'écho ce matin. Que leur répondez-vous ? insista Una, ouvrant son journal à la page 18. « Un témoin a déclaré avoir été approché par une femme samedi matin, une heure avant l'aube, à Newlands Corner. Elle lui aurait demandé de l'aider à démarrer. Visiblement, sa voiture avait passé la nuit dehors, dans le froid ; elle ne portait pas de chapeau et ses cheveux étaient couverts de givre. Elle avait un comportement étrange. Après que cet homme a réussi à la faire démarrer, la femme en question s'est éloignée en direction de Chandon. Deux heures plus tard, on a retrouvé son véhicule abandonné près de l'endroit où on l'a vue pour la dernière fois. »

— Vous avez terminé ? s'enquit Kenward sur un ton ironique.

— Pas tout à fait, non, répondit Una. Dans le même article : « Tôt samedi matin, une femme a abordé un porteur, le seul employé des chemins de fer de service à la gare de Milford, à quelques kilomètres de Godalming ; elle lui a demandé des renseignements sur les trains à destination de Portsmouth. Il était en train d'allumer les réverbères de la gare à ce moment-là, et n'a donc pas prêté une attention particulière à son apparence. Mais il a noté la présence de givre sur son chapeau, et son comportement étrange. Après lui avoir répondu, il s'est remis au travail et ignore dans quelle direction elle est partie. »

— Et maintenant, vous avez terminé ?

— Oui, mais vous admettrez…

— … que deux personnes se sont présentées pour donner leur opinion. Vous n'êtes pas sans savoir que le *Daily News* propose une récompense, je suppose ?

Una hocha la tête.

— La promesse d'un pactole de 100 livres ne vous semble-t-elle pas de nature à susciter des vocations chez de prétendus témoins ? Chaque fois qu'un torchon offre de l'argent, c'est la même chose, et l'action des forces de police se retrouve freinée par une surcharge de travail inimaginable. Vous manquez encore d'expérience, Mlle Crowe, mais accordez-moi le bénéfice du doute. En trente ans de métier, j'ai appris que la presse ne recule devant rien pour vendre du papier.

— Allons, Bill, intervint Sykes, vous êtes un peu sévère.

Le visage de Kenward s'assombrit ; il ne dissimulait plus sa colère à présent.

— Pourquoi le *Daily News* propose-t-il 100 livres en échange de « toute information qui permettra de savoir où se trouve Mme Christie – si elle est en vie » ? demanda-t-il. Pourquoi préciser « si elle est en vie » ? Et si cette pauvre femme est morte ? Ils y ont pensé ?

Il eut un silence.

— Non, bien sûr, poursuivit-il. Ces ordures me dégoûtent ; leur ignorance, leur bêtise me répugnent. Désolé, Mlle Crowe, je me laisse emporter.

Il leva les mains à ses tempes, sentant cette douleur à la tête qui se rappelait à son bon souvenir. Il respira à fond.

— Maintenant, si vous voulez bien m'excuser, je dois reprendre les recherches. Au revoir.

Kenward s'éloigna en direction de la retenue vide, jurant tout bas. Sans lui et ses hommes, ces chacals de journalistes n'auraient rien eu à se mettre sous la dent. Il ne devait jamais l'oublier, et ne pas laisser constamment leurs questions et leurs critiques influencer sa vision des choses. Il avait presque envie de les exclure de cette opération, mais il savait qu'à un moment ou à un autre, il aurait de nouveau besoin de leur aide.

Alors qu'il approchait, il se sentit encore plus déprimé. La vidange n'avait pas révélé une surface lisse et boueuse, comme il l'espérait, mais un creux presque entièrement tapissé d'épaisses algues vertes. La fouille s'annonçait difficile, mais ils devaient néanmoins essayer.

— C'est rempli de mauvaises herbes, commissaire ! lui lança un des agents déjà au fond. On ne distingue pratiquement rien.

— Je vois ça, Jones, répondit Kenward. Commencez à partir du bord de votre côté ; Lyons travaillera en direction de l'écluse.

— Mais…

— Mais rien du tout. Vous avez vos ordres. Si vous trouvez quoi que ce soit d'intéressant ou de suspect, prévenez-moi.

— Bien, commissaire.

Il regrettait presque d'avoir laissé ses cuissardes au commissariat. Une partie de lui aurait aimé pouvoir les enfiler et se joindre à ses hommes. Qu'on lui en donne l'occasion, et il était sûr de découvrir quelque chose dans la boue et les algues, un indice qui le mettrait sur une piste. Mais sa forme physique ne lui permettait plus ce genre d'activité. Maintenant, gravir quelques marches suffisait à l'épuiser. Naomi l'avait harcelé pour qu'il consulte leur médecin de famille. Il finirait sans doute par céder, mais il avait peur de ce que le docteur lui annoncerait. Rien de bon, probablement.

19

Una quitta le bief du moulin d'Albury absolument furieuse. Quel petit homme insupportable ! L'humilier ainsi devant les autres reporters ! Comment osait-il ? Elle faisait ses premières armes, soit, mais ce n'était pas une raison. Elle aurait pu donner à Kenward une information essentielle pour la suite de l'enquête, s'il lui avait témoigné un minimum de courtoisie. Mais après la façon dont il l'avait traitée, elle avait décidé de garder pour elle le contenu de la lettre découverte à Styles.

L'imbécile ! Pourquoi s'entêtait-il à croire Mme Christie morte, quand tout semblait prouver le contraire ? En outre, il ne lui avait pas paru en parfaite santé. Était-il vraiment l'homme de la situation ?

En arrivant à la voiture empruntée à son frère Eric – sa famille la pensait en visite quelques jours chez une amie à la campagne –, elle sortit le dossier renfermant l'ensemble des informations déjà réunies. D'abord, la lettre de Madge à sa sœur, Agatha, qui lui avait appris le nom de la maîtresse du colonel – Mlle Nancy Neele –, et également le fait qu'elle habite Rickmansworth. Sa prochaine mission consisterait à la retrouver. Jusqu'à présent, la presse avait tu le nom de cette femme, mais Una ne serait pas surprise s'il apparaissait dans les jours à venir. Elle ne s'attendait certes pas à ce que Mlle Neele lui réserve un bon accueil si elle se présentait sur le pas de sa porte pour une interview. Quelle excuse allait-elle inventer ?

Una sortit la carte de la boîte à gants afin de décider du meilleur itinéraire entre Newlands Corner et Rickmansworth. Une fois dans l'Hertfordshire, elle pensait trouver la bibliothèque municipale où elle consulterait annuaires téléphoniques et index géographiques qui lui permettraient aisément de mettre la main sur l'adresse de Mlle Neele. D'ici là, elle aurait probablement eu le temps d'imaginer un stratagème pour glisser un pied dans sa porte. Alors qu'elle démarrait et prenait la direction du nord, à travers le Surrey et le Berkshire, elle sentit l'excitation et l'enthousiasme monter en elle. Elle regrettait que son père ne puisse pas la voir ainsi : indépendante, heureuse et pleine d'énergie. S'il était encore de ce monde, elle ne doutait pas qu'il aurait donné sa bénédiction à sa nouvelle carrière. Bien sûr, dans les cercles qu'elle fréquentait, on n'avait que peu de considération pour les représentants de la presse, à la possible exception du rédacteur en chef du *Times* (« et même dans ce cas », aurait dit son père). Toutes ces vieilles badernes.

Si elle arrivait un jour aux manettes – par exemple, en marchant sur les pas de Mme Astor et en entrant au Parlement –, elle tenterait d'abattre ces murs stupides dressés entre les classes. Elle-même n'était pas à l'abri d'un certain snobisme parfois, mais ces habitudes d'antan devaient vraiment disparaître. D'autres changements lui trottaient dans la tête, mais les gens conservaient une vision très étroite de ces questions. Elle n'avait qu'à songer aux commentaires désagréables surpris à propos d'hommes tels que Davison, et aussi du propre fils de Mme Astor, Bobbie. De quel droit les gens fourraient-ils leur nez dans la chambre à coucher d'autrui ? Elle rit en se rappelant qu'elle s'était précisément rendue coupable d'une telle intrusion moins de vingt-quatre heures plus tôt. Quelle terrible hypocrite elle faisait !

Elle arriva à Rickmansworth de bonne humeur et se gara dans Church Street, juste devant un pub, The Feathers. Parcourant la jolie rue de province, elle trouva le commissariat et la caserne des pompiers, mais pas de bibliothèque. À côté d'un petit café, elle repéra un magasin de confection, plutôt à la mode d'ailleurs. Peut-être pouvait-elle tenter sa chance. Una se pencha légèrement et, invisible depuis la vitrine, elle tira sur l'ourlet de sa jupe plissée en crêpe de laine noire. Rien ne se produisit. Ouvrant son sac, elle en sortit une lime à ongles en métal avec laquelle elle entama le tissu. Cette fois, elle eut raison de la doublure en soie. Elle adorait cette jupe, mais le bruit de la déchirure lui procura une immense satisfaction. Quand elle estima avoir achevé son petit acte de destruction, elle poussa la porte ; une cloche tinta et elle entra dans le magasin.

— Bonjour, l'accueillit la dame au visage rougeaud et aux formes plutôt généreuses debout derrière le comptoir en bois.

Una sentit son regard qui évaluait la qualité, et le prix, de sa tenue. Le style d'une élégance discrète n'avait rien d'ostentatoire, mais toute personne au fait de ces choses saurait à quel genre de vêtements elle avait affaire, même s'ils n'étaient plus de toute première jeunesse.

— En quoi puis-je vous être utile ? ajouta-t-elle.

— Ah, oui, répondit Una, sans sourire. J'espère vraiment que vous pourrez me tirer d'embarras. J'ai déchiré l'ourlet de ma jupe. Vous voyez ?

— Laissez-moi jeter un coup d'œil.

Levant le comptoir, elle vint s'agenouiller pour examiner les dégâts.

— Une journée calme pour vous ? demanda Una.

— Oui, Dieu merci. Ces deux dernières semaines, je n'ai pas su où donner de la tête. Noël approche, et toutes mes clientes veulent être prêtes.

— C'est vrai, tout le monde est très occupé à cette période de l'année.

— Vous êtes de la région ?

— Non, de Londres. J'ai passé quelques jours chez des amis, et il a fallu que j'attende le moment de repartir pour trébucher sur un de leurs fichus labradors.

— Ne vous inquiétez pas, je suis sûre que nous pouvons raccommoder votre jupe. C'est du très beau travail.

— Oui, je l'ai achetée lors de mon dernier séjour à Paris.

— Jean Patou ?

— Chanel, corrigea Una. L'idéal, bien sûr, serait de trouver une stoppeuse, pour qu'on ne voie rien à la fin.

— Il m'arrive de travailler avec une dame, une ancienne employée des ateliers français. Ses petites mains font des merveilles. Mais vous devrez nous laisser votre jupe.

— Oh. Je n'ai pas autre chose à me mettre, à part une robe de soirée en dentelle blanche, difficilement portable en journée. Vous ne pouvez rien faire immédiatement ?

— Je pourrais tenter de la raccommoder moi-même, mais sans garantie que les points seront invisibles.

— Je vois, dit Una en fronçant les sourcils. Mes amis sont déjà repartis pour Londres, je ne peux donc rien leur emprunter. Mais je crois me souvenir qu'une amie de mon cousin habite près d'ici. Mlle Neele. Peut-être la connaissez-vous ?

— Nancy Neele ? Oh, oui, Mlle Neele est une de nos fidèles clientes.

— Malheureusement, j'ai oublié mon carnet d'adresses à Londres. Vous n'auriez pas ses coordonnées sous la main ?

— Voyons ça, répondit la couturière, qui se leva.

Elle retourna derrière le comptoir et ouvrir le couvercle d'un fichier en bois.

— Neele. La voilà. Oui, Mlle Neele vit à Croxley Green. Avec ses parents, je crois.

— Naturellement. Et le nom de la maison ?

— Rheola.

— Oui, quel nom bizarre ! Ça ressemble à du gallois. La famille est d'origine galloise ?

— Pas pour autant que je sache. Son père vient d'Hampstead, je crois.

— Comme c'est curieux. En tout cas, c'est parfait. Je vous propose de passer lui demander de me prêter quelque chose. Ensuite, je reviendrai déposer la jupe chez vous.

— Vous resterez quelques jours de plus dans la région ?

— Pardon ?

— Vous ne rentrez plus à Londres ?

— Non, vous avez raison. J'en profiterai pour rendre visite d'autres amis dans les parages.

— Ne manquez pas de saluer Mlle Neele de ma part. Une si charmante jeune femme.

— Oui, charmante.

— Et ses frères aussi, les jumeaux, comment s'appellent-ils déjà ?

— Hélas, je n'ai jamais eu l'occasion de les rencontrer. Pour être franche, je la connais à peine.

— Et ces amis à vous, où vivent-ils exactement.

Le bavardage de la couturière, naturel pour une personne de sa profession, tournait de plus en plus à l'interrogatoire.

— Oh, quelque part au fin fond de nulle part, répondit Una, restant volontairement vague. La campagne, c'est comme l'univers, ça n'en finit jamais…

— Trop loin pour les appeler ? Ils pourraient vous dépanner…

Una aimait de moins en moins de ton de l'autre femme.

— Eux ? Oh, non. Juliet et Baba, les sœurs de mes amis, ne savent tout bonnement pas s'habiller. En me mettant entre leurs mains, je cours le risque de ressembler à une vieille duchesse douairière du siècle dernier.

Ce trait d'esprit arracha un sourire à la couturière et toute trace de méfiance de sa part disparut.

— Bonne chance, alors. Et repassez nous voir dès que vous serez prête.

— Merci, je n'y manquerai pas. Au revoir.

Avec un profond soupir de soulagement, Una quitta le magasin. Elle ne s'attendait pas à subir l'Inquisition espagnole, mais pensait s'en être assez plutôt bien tirée. De retour dans sa voiture, elle étudia de nouveau la carte pour déterminer son itinéraire jusqu'à Croxley Green. Elle n'avait toujours pas trouvé le moyen d'entrer chez les Neele, à moins de s'introduire furtivement par la porte de derrière, tel un vulgaire cambrioleur. Sortant son poudrier en nacre de son sac à main, elle examina son reflet dans le miroir. Elle mentait avec de plus en plus d'aplomb, songea-t-elle, alors qu'elle retouchait son rouge à lèvres et se repoudrait le nez. Puis elle se mit en route. À Croxley Green, elle passa devant le parc communal avec son moulin à vent pittoresque et fit le tour du village, tendant le cou à la recherche de la bonne maison. Les grandes bâtisses victoriennes et édouardiennes qu'elle vit ne semblaient pas avoir de nom – à moins que la poussée vigoureuse des buissons de laurier et des ifs ne dissimule leur identité. Elle tournait à l'angle d'une rue quand elle aperçut un facteur et freina brusquement.

— Excusez-moi ! Excusez-moi ! cria Una, qui baissa sa vitre.

L'homme porta sa main à sa casquette pour la saluer.

— Mademoiselle ?

— Je cherche la maison de la famille Neele. Rheola, c'est bien ce nom ?

— Tout à fait. Voyons… Prenez la deuxième à gauche, puis la première à droite, et ce sera droit devant vous.

Les indications du facteur la menèrent à destination, comme promis. Elle coupa le moteur et nota que ses doigts tremblaient. Elle se passa la langue sur ses lèvres sèches, descendit de voiture et s'engagea dans l'allée, marquant un temps d'arrêt avant de sonner.

— Bonjour, madame, dit la bonne qui lui ouvrit. Je peux vous aider ?

— Oui. Je souhaite parler à Mlle Neele. Est-elle chez elle ?

Le regard de son interlocutrice se durcit.

— Qui la demande ?

— Clara Miller. Je suis une cousine de Mme Christie.

La jeune femme cligna des yeux, visiblement hésitante, mais le sourire d'Una sembla contribuer à la calmer un peu.

— Je vais voir si elle reçoit aujourd'hui. Je peux vous faire patienter ?

— Bien sûr.

— Veuillez me suivre.

Elle conduisit Una dans une serre pleine de plantes exotiques, de fougères aux vrilles indisciplinées, et de cactus sinistres hérissés d'épines vertes et rouges, qui évoquaient des dagues à la pointe ensanglantée. L'air était envahi d'une substance vaporeuse, comme si on avait pulvérisé une brume chaude de fines gouttelettes. Pendant qu'elle attendait, Una enfonça les ongles de sa main droite dans la paume de la gauche. Aurait-elle assez de cran pour mettre son plan à exécution ? Elle sentit la sueur perler sur son front et défit le col de son manteau. Depuis l'arrière de la maison – la cuisine, ou peut-être la buanderie –, Una surprit les chuchotements fébriles d'une dispute. Deux voix féminines étouffées, puis, plus distinctement, « Très bien, je vais la recevoir. » Un moment plus tard, une belle jeune femme aux cheveux bruns entra dans la serre, ses yeux noirs accusateurs et pleins de rancœur.

— Que puis-je pour vous ? demanda-t-elle avec impassibilité.

— Mademoiselle Neele ?

— Oui.

— Je sais que la situation peut vous paraître terriblement embarrassante, dit Una, qui continuait d'entendre les domestiques discuter derrière une des portes. Y a-t-il un endroit où nous pourrions parler ? En privé.

Una sourit, mais son sourire se figea sur ses lèvres quand Mlle Neele répondit :

— Quoi que vous ayez à me dire, vous pouvez le faire ici.

— Très bien, dit Una, qui s'éclaircit la voix. Comme vous le savez, Mme Christie a disparu. Naturellement, sa famille s'inquiète.

Son entrée en matière ne lui valut qu'un regard indifférent, frôlant le mépris.

— Je me demandais simplement si vous déteniez la moindre information qui pourrait se révéler utile. Plus tôt nous la retrouverons, plus tôt nous pourrons laisser cet épouvantable gâchis derrière nous. Ces événements sont éprouvants pour nous tous. Dieu merci, la mère de ma cousine Agatha s'est éteinte il y a quelques mois.

— J'ai cru comprendre que c'était en partie le problème, répondit Nancy.

— Pardon ?

— Archie – le colonel – a toujours pensé que Mme Christie n'était plus la même depuis qu'elle a perdu sa mère.

— C'est possible, d'autres facteurs ont dû jouer, n'est-ce pas ?

Una observa Mlle Neele grimacer légèrement, comme si elle cherchait à retenir un cri de douleur.

— Je ne vois pas en quoi je pourrais vous aider. Les Christie ne sont que de vagues connaissances. Alors, si vous voulez bien m'excuser, mademoiselle…

— Miller.

— Je suis vraiment très occupée, mais je vous remercie de votre visite.

Alors que Nancy se détournait déjà, Una sentit qu'elle allait devoir augmenter la pression d'un cran.

— La situation est très délicate, je suis sûre que vous en avez conscience. Ces journalistes qui campent devant chez vous sont des monstres. Imaginez de quoi ils seraient capables s'ils tombaient sur une preuve qui montre les choses telles qu'elles sont.

Nancy se figea. Elle tourna la tête et regarda Una.

— Que voulez-vous dire, exactement ?

— Oh, la presse se fait l'écho de tant de ragots et d'absurdités de nos jours. Parfois, en l'absence d'éléments solides, je soupçonne ces imbéciles d'inventer des rumeurs de toutes pièces. Mais s'ils entraient en possession d'indices sérieux permettant d'expliquer l'état d'esprit de Mme Christie et la raison de sa disparition… Gageons qu'ils auraient de quoi se sentir comblés.

Una ouvrit son sac et en sortit la lettre qu'elle avait subtilisée sur le bureau d'Agatha.

— Qu'est-ce que c'est ?

— Ça ? Oh, juste une lettre écrite par Madge – Margaret, la sœur de Mme Christie – qui décrit la situation et offre ses conseils.

Mlle Neele approcha d'un pas.

— Ce qui en fait tout l'intérêt, c'est ce côté intime. Vous savez comment sont les sœurs, je suppose.

— Non. Je n'ai que des frères, des jumeaux.

— Eh bien, les sœurs partagent tout. Y compris leurs affaires de cœur.

— Je vois, dit Mlle Neele, soudain consciente du caractère privé que prenait cette conversation, à portée de voix des domestiques. Mais je manque à tous mes devoirs, j'aurais dû vous accueillir au salon. Veuillez me suivre, s'il vous plaît.

Dès qu'elle sortit de la serre, Una respira de nouveau normalement.

— Vous possédez une extraordinaire collection de plantes, observa-t-elle, pour tenter de détendre l'atmosphère.

— Oui, c'est le petit passe-temps de ma mère, expliqua Mlle Neele, alors qu'elle menait Una à travers la maison, jusqu'au salon. L'un de ses spécimens les plus bizarres se nourrit de mouches ! Il les ingère, avant de les dissoudre.

Malgré cet échange de banalités, la tension ambiante ne retomba pas. En fait, ce bavardage avait même contribué à accentuer le malaise d'Una. Mlle Neele l'invita à entrer dans un salon vert foncé, puis ferma la porte sans bruit.

— Voulez-vous vous asseoir ?

— Oui, merci.

Una prit place sur un canapé en velours noir, tandis que Mlle Neele s'installait en face d'elle sur une chaise à haut dossier en cuir brun.

— Donc, vous disiez ? reprit Mlle Neele, avec un regard en direction de la lettre qu'Una tenait toujours à la main.

— Ah, oui, ça. Eh bien, je suis à la recherche de réponses, tout ce qui permettra à la famille de retrouver Agatha. La police paraît convaincue de sa mort, ce qui est ridicule. Quant au colonel, comme beaucoup d'hommes dans ce genre de situation, il semble s'être replié sur lui-même. J'espérais pouvoir compter sur votre aide.

— Je vois. Et vous n'envisagez pas d'impliquer les journaux ?

La femme aux cheveux bruns ressemblait soudain à une petite fille hésitante, effrayée.

— Oh, non. Vous n'avez pas à vous inquiéter. Des informations, c'est tout ce qui nous intéresse. De quoi mettre un terme à cette histoire affligeante.

— Entendu. Je n'ai sans doute pas grand-chose à vous apporter, mais je suis prête à partager le peu que je sais avec vous.

— Merci.

— Vous êtes manifestement au courant pour le colonel et moi. Ne me jugez pas mal, s'il vous plaît. Je ne suis pas celle que vous croyez. Archie et moi sommes amoureux et avons l'intention de nous marier. Nous espérions que Mme Christie entendrait raison et rendrait sa liberté au colonel. Nous, enfin Archie savait que sa femme pouvait parfois être un peu… eh bien, qu'elle débordait d'imagination. Mais aucun de nous ne s'attendait à ça, à un tel scandale. Mes parents sont furieux, comme vous pouvez vous en douter. Ils sont sur le point de m'envoyer à l'étranger ; Archie et moi serons donc séparés pendant un moment, mais quand tout sera rentré dans l'ordre, j'espère seulement pouvoir revenir auprès de lui, pour de bon.

Una vit les larmes qui commençaient à briller dans les yeux sombres de Mlle Neele. Elle se leva pour lui offrir un mouchoir fraîchement amidonné, tiré de son sac à main.

— Merci, dit Nancy, qui venait de remarquer les initiales brodées dans un coin du carré de coton bleu léger. « U. C. » Qui est-ce ?

— Pardon ?

— Ces initiales, là. À qui appartiennent-elles ?

Una comprit immédiatement son erreur, mais tenta de prendre la chose à la légère.

— Oh ! À une de mes amies, chez qui j'ai passé le week-end. Unity Crawford. Elle est adorable. Vous connaissez les Crawford ? Ils sont tous tellement extravagants.

— Non, je ne crois pas les connaître. Vous devez me trouver ridicule, mais à force de garder tout ça pour moi… Je n'en peux plus. Et maintenant, je risque même de devoir quitter le pays.

— Je sais. Et je suis désolée de vous avoir forcé la main de cette manière, dit Una. J'ai dû vous paraître terriblement grossière.

— Eh bien, j'admets qu'en vous voyant, j'ai pensé que vous ne manquiez pas de toupet.

Les deux femmes éclatèrent de rire et Nancy sécha enfin ses dernières larmes.

— Mais, honnêtement, je ne crois pas pouvoir vous aider davantage. Archie a été le premier surpris. Agatha lui semblait plus tendue que de coutume – il m'a dit qu'ils s'étaient disputés ce matin-là, le vendredi de sa disparition – mais rien ne suggérait qu'elle agirait de la sorte.

— Que s'est-il passé, à votre avis ?

— Ma théorie, qu'Archie refuse d'envisager, est celle d'une vengeance mesquine. Elle s'est probablement volatilisée pour le faire souffrir. Pour lui rendre la monnaie de sa pièce. Je peux comprendre, jusqu'à un certain degré. Mais de là à impliquer la police ? Et maintenant, cet imbécile responsable de l'enquête, comment s'appelle-t-il déjà… ?

— Le commissaire William Kenward.

— Oui, c'est lui. D'après certaines rumeurs, il soupçonne Archie de meurtre. Vous imaginez ? C'est scandaleux !

— Affreux, renchérit Una, qui retourna s'asseoir sur le canapé. Vous n'avez donc pas la moindre idée de l'endroit où Mme Christie aurait pu aller ?

— Non, aucune, j'en ai peur. Mais je suis convaincue qu'elle n'est pas morte. Elle doit drôlement bien s'amuser quelque part, pendant qu'Archie est au supplice.

— Je n'en serais pas si sûre, réagit Una. Cette situation lui déplaît probablement plus qu'au reste d'entre nous.

— Peut-être.

— Et le colonel ? N'a-t-il rien laissé échapper dans la conversation qui vous permette de deviner où elle se trouve ?

— Non. Bien sûr, nous connaissons tous son attachement pour Ashfield, la maison où elle a passé son enfance, à Torquay. Mais, comme vous le savez, personne ne l'a vue là-bas.

— Oui, confirma Una en baissant les yeux sur la lettre. Puis-je vous demander si quelqu'un d'autre est au courant de vos relations avec le colonel ?

Le regard de Mlle Neele flamboya de nouveau.

— Juste nos amis, M. et Mme Sam James, qui nous avaient invités vendredi soir. Et chez qui nous aurions dû passer le week-end si Archie n'avait pas reçu ce maudit coup de téléphone samedi matin. Depuis, notre vie est un enfer.

— Et vos parents ?

— Ils savaient qu'Archie et moi étions de bons amis, mais ils n'ont pris conscience de la nature exacte de nos rapports que depuis quelques jours. Pour eux aussi, ç'a été l'enfer.

— Oui, je peux imaginer. Personne d'autre de votre entourage, alors ?

— Non, je me suis efforcée de garder le secret. Pas parce que je me sentais coupable ; les apparences sont contre nous, mais je peux vous assurer que les intentions du colonel étaient – et sont toujours – parfaitement honorables.

— Je veux bien vous croire. Quelqu'un d'autre ?

— Non, à part mon médecin. Je souffre des nerfs depuis quelques mois. Un jour, en consultation, je me suis effondrée. J'ai dû tout lui avouer. J'étais dans un état épouvantable, et il m'a été d'un grand secours. Je n'aurais sans doute pas réussi à m'en sortir sans le docteur Kurs.

La sonnerie du téléphone dans le couloir vint interrompre le fil de ses pensées. Les deux femmes écoutèrent une domestique décrocher. Un moment plus tard, la porte du salon s'ouvrit.

— Excusez-moi, madame. Un appel pour vous.

— Davies, vous voyez bien que j'ai une conversation privée.

— Je suis vraiment désolée, madame. Mais c'est urgent.

— Qui est-ce ?

— Mme Peabody, la couturière.

Una crut se sentir mal. Heureusement, elle était assise.

— Que me veut-elle ? J'étais chez elle il y a à peine quelques jours. Ça ne peut donc pas attendre ?

— Je suis désolée, madame. Je lui ai expliqué que vous étiez occupée, mais elle insiste. Elle m'a parlé d'une jupe déchirée, je n'ai rien compris.

— C'est ridicule. Je suis confuse, mademoiselle Miller ; vous voulez bien m'accorder un moment ?

Alors que Mlle Neele se levait, Una baissa les yeux vers l'accroc dans le tissu.

— C'est moi qui m'excuse, je vous ai déjà bien assez importunée, dit-elle, tâchant de ne pas laisser transparaître dans sa voix sa panique grandissante. Encore, merci. Espérons que la vie reprendra bientôt son cours normal.

— Absolument.

— Je vous souhaite bonne chance, sincèrement.

— Merci, dit Nancy. Vous ne pouvez pas attendre ? Je ne devrais pas en avoir pour longtemps.

— Non, je dois y aller, dit Una, qui se dirigeait vers la porte.

— Très bien, mais… et votre mouchoir ?

— Oh, gardez-le. Unity ne m'en voudra pas.

Le temps que les deux femmes arrivent dans l'entrée, Davies avait repris le combiné et fronçait les sourcils.

— Madame ? dit-elle soudain.

— Encore merci, dit Una, qui prit l'initiative d'ouvrir la porte et d'avancer sur le seuil.

— Madame ? siffla Davies.

— Enfin ! s'emporta Nancy. Dites à Mme Peabody de patienter.

— Mais…

— Je suis vraiment désolée, mademoiselle Miller.

— Au revoir.

Dès qu'elle se retrouva seule, Una courut vers la voiture. Elle ouvrit la portière et tenta de démarrer, mais le moteur toussa. Eric l'avait prévenue : cette fichue automobile pouvait se montrer capricieuse. Mais elle choisissait fort mal son moment. Alors qu'Una faisait un nouvel essai, Nancy réapparut sur le seuil de sa maison.

— Attendez ! cria-t-elle.

Le moteur ne voulait toujours rien savoir. Una n'osa pas lever la tête, mais elle sentait que Mlle Neele approchait.

Una se força à laisser la voiture au repos un instant, mais ces quelques secondes suffirent à Mlle Neele pour accourir dans l'allée. Le crissement du gravier gagna en volume. Elle se trouvait assez près à présent pour qu'Una lise la panique et la confusion dans ses yeux. Alors qu'elle appuyait de nouveau sur la pédale, Mlle Neele se mit à cogner contre la vitre, le mouchoir toujours serré dans sa main. Enfin, la voiture entendit raison et elle s'éloigna à vive allure, tandis que les cris de « Qui êtes-vous ? Qui… » résonnaient derrière elle.

20

Après m'être débarrassée de l'ignoble paquet contenant la patte ensanglantée dans une poubelle derrière l'hôtel, je marchai jusqu'à la gare et montai dans le premier train pour Leeds. Dans mon calepin, je consignai une série de points, les énumérant tous sous la lettre « M », pour meurtre. Je serrai mon sac à main tout contre moi. J'avais glissé à l'intérieur l'étui en cuir récupéré sous le plancher à Styles, avec les ampoules de poison. Je dressai la liste des substances mortelles en ma possession.

J'avais toujours eu un faible pour la belladone – quel nom merveilleux ! – parfois appelée belle-dame, cerise du diable ou encore morelle perverse. Chose intéressante, elle ne se limitait pas à ses utilisations funestes – l'empereur Auguste l'aurait employée pour tuer des ennemis sans méfiance. À l'instar de nombreux poisons, elle pouvait également avoir des effets bénéfiques. À la Renaissance, les femmes en appliquaient quelques gouttes sur leurs yeux pour paraître plus séduisantes ; elle avait aussi servi d'anesthésique en chirurgie.

La petite fève de Calabar semblait si inoffensive. Couleur chocolat, ni son goût, ni son odeur, ni son aspect ne trahissaient sa nature létale. Pourtant, une fois ingérée, elle provoquait une hypersalivation, la perte du contrôle des intestins, de la vessie et des voies respiratoires, et enfin la mort par asphyxie. Curieusement, les deux poisons, l'atropine dans la belladone et l'ésérine dans la fève de Calabar, avaient la capacité de se neutraliser l'un l'autre. Mais cela nécessitait un dosage minutieux, comme me l'avait appris un article ô combien utile de Sir Thomas Fraser sur le sujet. L'atropine pouvait sauver la vie d'un sujet qui aurait pris une quantité d'ésérine trois fois et demie supérieure à la dose fatale ; au-delà de quatre fois, elle ne faisait qu'accélérer le processus.

Mais qu'avais-je en tête ? Aucun d'eux n'aurait le résultat escompté. J'avais besoin d'un poison qui imite la mort elle-même. Alors que je passais en revue la liste de toxines et leurs qualités particulières, je m'aperçus que seule l'une d'entre elles correspondrait à mon objectif : la tétrodotoxine.

J'en avais entendu parler pour la première fois par un curieux petit homme, en Afrique du Sud. Un soir de 1922, pendant notre long voyage autour du monde, Belcher – le responsable officiel de notre groupe – avait lourdement insisté au cours du dîner sur ma passion pour les poisons. Particulièrement agacée par l'image quelque peu morbide qu'il donnait de moi, j'avais tenté de changer de sujet, mais le regard de l'un des convives, M. Bowes, d'ordinaire très ennuyeux, avait soudain paru s'animer. Plus tard, alors que nous sortions de table, il m'avait rejoint d'un pas traînant et m'avait avoué son propre intérêt pour la chimie, en particulier la branche qui étudiait les substances capables de tuer. Puis, à mesure que nous discutions, il m'avait proposé de me présenter un certain Boreng, professeur de biologie à l'université locale qui recueillait des venins de serpent et d'autres toxines présentes dans la nature.

Un matin, j'avais donc eu droit à une visite guidée de son laboratoire. Bien sûr, j'avais trouvé cela absolument fascinant : flacons et ampoules de liquides incolores, d'allure aussi innocente que de l'eau, s'alignaient sur les étagères. Pourtant, la pièce contenait du poison en quantité suffisante pour supprimer tous les habitants d'une ville moyenne. Boreng, un petit homme au visage marqué de curieuses cicatrices, sembla apprécier mon enthousiasme et ma connaissance du sujet. À la fin de la visite, il me demanda de patienter un instant. Ouvrant un tiroir à l'aide d'une clé dorée, il en sortit une ampoule minuscule.

— Qu'est-ce que c'est ?

— L'une des substances les plus dangereuses au monde, répondit-il.

— Provient-elle d'un serpent ?

Boreng secoua la tête.

— Avez-vous entendu parler du poison de Lazare ?

— Non, je ne pense pas.

— Une toxine qui provoque un état de mort, duquel, si vous êtes assez habile, vous pouvez « ressusciter » un individu ?

Je fis non de la tête.

— Ce n'est certainement pas possible.

— C'est difficile à croire, mais j'en ai moi-même été témoin. Le poison est extrait du poisson-globe. Mais on le trouve chez d'autres espèces, comme le poisson-perroquet, certaines grenouilles et étoiles de mer, et même le poulpe à anneaux bleus. Mais celui-ci est le plus violent, le plus meurtrier, le plus efficace. Un collègue m'en a rapporté une certaine quantité d'Haïti. En fonction de la dose, il peut réellement provoquer la mort, ou plonger un sujet dans un état qui en donne l'illusion. Je vous l'offre. Qui sait, au cas où vous voudriez revenir d'entre les morts, un jour ?

Quelle drôle d'idée, avais-je pensé à l'époque. Je l'avais néanmoins remercié, et accepté l'ampoule que j'avais ajoutée à ma collection. Depuis, je m'étais documentée à propos de la tétrodotoxine ; j'avais tout appris de son histoire, la mention qui en est faite dans le journal de bord du capitaine James Cook, et son isolation par des scientifiques japonais en 1909.

Comme avec tous les poisons, le secret résidait dans le dosage. Mon plan consistait à administrer juste la bonne quantité pour réduire le pouls de Flora au point de le rendre presque inexistant. J'appellerais un médecin pour qu'il constate le décès et prévienne le plus proche parent de Flora. Kurs recevrait alors un télégramme de sa part, lui confirmant que je m'étais acquittée de ma mission. Je connaissais l'étape suivante, mais j'osais à peine l'envisager.

La question était : serais-je capable de ressusciter Flora ? Et si j'échouais ? Et si elle mourait pour de bon et qu'on me déclare coupable de meurtre ? Comment réagirait Rosalind en apprenant que sa mère avait fini à la potence pour le plus odieux des crimes ? Aux yeux de Dieu, toute mauvaise action était condamnable, j'en avais conscience, mais si je commettais un meurtre pour en empêcher un autre, serais-je jugée avec plus de clémence ? J'avais beaucoup réfléchi ; maintenant, je devais agir.

À la gare de Leeds, j'entrai dans les toilettes. Alors que je m'examinais dans la glace, je vis le reflet d'une dame respectable d'âge moyen. Avec la robe brune en crêpe de Canton, le boléro rouge et l'élégant manteau beige que j'avais achetés à Harrogate, je ne ressemblais pas à une criminelle en puissance. Mais les apparences sont parfois trompeuses.

Suivant les instructions de Kurs, je montai dans un taxi qui me conduisit de la gare à Calverley Lane, dans une banlieue verdoyante à l'ouest de la ville. Après avoir réglé ma course au chauffeur, je pris un moment pour observer la maison, une immense bâtisse victorienne dressée au milieu d'un grand jardin. Il faisait sombre et lourd, les nuages gris et bas permettaient à peine de deviner le soleil. Bien qu'il soit seulement midi, une lampe brillait dans la pièce en façade. Je montai les marches du perron et sonnai. À la bonne venue m'ouvrir, je me présentai comme une connaissance du docteur Kurs, porteuse d'un message important destiné à sa femme. Mon demi-mensonge m'entraîna dans un vestibule carrelé et jusqu'au salon. Une femme au teint pâle et aux cheveux auburn m'y attendait près du feu, étendue sur une méridienne. Son corps frêle me fit penser à un oiseau malade que j'avais tenté de sauver pendant mon enfance. Je ne me souvenais pas avoir réussi.

— Excusez-moi de ne pas me lever, dit-elle, mais je me sens un peu fatiguée aujourd'hui. Je n'ai pas saisi votre nom.

Flora me reconnaîtrait-elle grâce à certaines des photos parues dans les journaux ? Celles qu'avait reproduites la presse ne me ressemblaient pas ; j'étais objectivement beaucoup plus séduisante dans la réalité.

— Je suis Mme Price-Ridley, répondis-je.

J'ignorais ce qui m'avait inspiré ce nom, mais pour une raison qui m'échappait, il me plut.

— Soyez la bienvenue, m'accueillit Flora en souriant. Mais approchez, venez vous asseoir à côté de moi. Il fait terriblement frais dehors, n'est-ce pas ?

— Merci, répondis-je, alors que je prenais place dans un fauteuil directement en face de la méridienne.

— On m'a dit que vous aviez un message pour moi ? De la part de mon mari ?

Elle prononça ce dernier mot comme si elle avait du mal à croire qu'elle avait toujours un mari.

— Oui, oui, un message. En quelque sorte.

— Oh, mais je manque à tous mes devoirs ! Je ne vous ai pas proposé de thé. En prendrez-vous une tasse ?

— C'est très aimable à vous, merci.

Flora saisit une clochette en porcelaine posée à côté d'elle et l'agita plusieurs fois. La bonne apparut à la porte.

— Curston, apportez-nous du thé, s'il vous plaît. Alors, madame Price-Ridley, d'où venez-vous ?

— D'Harrogate.

— J'adore cet endroit ! Puis-je vous demander la raison de votre séjour là-bas ? Votre santé ?

— Indirectement, oui. On peut présenter les choses ainsi.

— Ça, par exemple. Je vous trouve bien mystérieuse. Mais ne vous inquiétez pas. Nous allons prendre le thé, et vous pourrez me dire ce qui vous tracasse. Parce que, je le vois bien, vous êtes soucieuse. Et ça, ce n'est jamais bon. Ça peut même réduire votre durée de vie, à ce qu'on dit.

Je souris nerveusement, alors que la bonne revenait au salon avec un plateau.

— Merci, Curston.

Flora attendit qu'elle quitte la pièce pour se tourner vers moi.

— J'espère que mon mari ne vous a causé aucun ennui. Je ne l'ai pas vu depuis longtemps, et il a beaucoup changé.

J'empoignai mon sac que je posai sur mes genoux.

— Non, il m'a simplement demandé de vous remettre un message en personne. Il n'a pas voulu écrire, de peur que sa lettre ne tombe dans de mauvaises mains.

— Vraiment ? Le mystère s'épaissit, ajouta-t-elle, alors qu'elle servait le thé. Mon mari, je suis sûre que vous en avez conscience, est un individu des plus singuliers. Il est très intelligent, je vous l'accorde, peut-être trop, mais récemment, il a souffert de ce que je ne peux décrire que comme, comme…

Flora fondit en larmes sous mes yeux, des sanglots silencieux qui agitèrent doucement son corps mince et affaibli. Je doutais qu'un moment plus opportun se présente. Sentant ma respiration accélérer et mon cœur se mettre à battre la chamade, j'ouvris mon sac pour en extraire lentement la petite ampoule.

— Veuillez m'excuser, dit Flora, tirant un mouchoir de la manche de sa robe. J'ai été malade ces derniers temps, des problèmes de santé dont mon mari est en grande partie responsable.

Elle cligna des yeux et reporta de nouveau son attention sur moi.

— Mais revenons à votre message, ma chère. J'espère que Patrick ne s'est pas montré aussi cruel avec vous qu'avec moi. Je ne peux plus le voir, c'est au-dessus de mes forces. Il demande le divorce, mais je ne veux pas le lui accorder. Bien que ma mère et mon père ne soient plus de ce monde, j'ai le sentiment que ce serait mal, une insulte à leur mémoire. Mais écoutez-moi radoter. Je suis sûre que vous n'avez pas envie d'entendre ces bêtises. C'est mon fardeau, et ça ne concerne que moi.

Je cachai la minuscule ampoule dans mon poing.

— Ah, oui, le m-message, dis-je.

— Vous l'avez là, dans votre sac ?

— En effet.

— Vous êtes toute pâle. Quelque chose ne va pas ?

Une image de moi debout tout au bord d'une falaise me traversa l'esprit. Je ne pouvais pas voir au fond du précipice, mais je savais qu'une infinité de ténèbres m'attendait si j'avançais d'un pas vers l'abîme terrifiant.

Je serrai l'ampoule, au risque de l'écraser dans ma main. Une goutte de sueur froide coula entre mes omoplates. À cet instant, Flora laissa tomber son mouchoir sur le sol et se baissa pour le ramasser. Mais au lieu de profiter de son inattention pour verser le poison dans sa tasse, je me figeai. J'étais incapable d'aller jusqu'au bout.

— Je suis désolée, je ne peux pas, dis-je.

— Pardon ? réagit Flora, qui relevait la tête, légèrement perplexe.

— Je ne peux pas le faire.

— Quoi ? Me remettre son message ?

— Non… ça, répondis-je, ouvrant mon poing pour lui montrer l'ampoule de poison.

— Par exemple ! dit Flora en écarquillant les yeux.

— Si vous voulez appeler la police, je comprendrai. J'étais prête à accomplir un acte épouvantable. Vous devriez prévenir les autorités.

— Pas de précipitation. Je suppose que Patrick a quelque chose à voir avec ça ?

Alors que je hochais la tête, des larmes se mirent à couler sur mes joues. Toutes les horreurs des derniers jours trouvèrent à s'exprimer dans mes pleurs. Flora se leva et approcha à côté de moi.

— Prenez votre temps, et dites-moi ce que cette brute vous a demandé, dit-elle, posant sa main sur mon épaule. Et n'omettez rien par égard pour moi.

— Ma fille… il a dit qu'il…

Mais je ne pus continuer.

— La bassesse de cet homme a depuis longtemps cessé de me surprendre, madame Price-Ridley.

— Mais je… je ne suis pas…

— Oui ?

— Ce n'est pas mon nom. Je suis Mme Christie. Mme Agatha Christie.

Flora retourna s'asseoir sur la méridienne, directement face à moi, et m'observa attentivement.

— L'écrivain ? Bien sûr, je savais que votre visage m'était familier. C'est inouï ! Vous devez tout me raconter. Mais d'abord, buvez votre thé.

Elle me tendit une tasse, puis saisit l'autre et avala elle-même une gorgée, avec un enthousiasme un peu forcé.

— Et regardez, je suis toujours en vie ! Même si elle ne tient qu'à un fil, ajouta-t-elle en riant.

Son geste me fit sourire, et je parvins à boire à mon tour, une ou deux petites gorgées, avant de lui narrer les événements récents.

— En fait, je n'ai jamais eu l'intention de vous tuer. Je croyais pouvoir vous faire passer pour morte ; un médecin aurait constaté le décès et, votre mari, prévenu par télégramme, m'aurait enfin libérée de ce cauchemar.

— Et vous pensiez réellement pouvoir réussir ? demanda Flora.

— Je l'ignore. Comprenez-moi, je n'avais pas le choix, pas vraiment. Pas si je voulais éviter que ma fille souffre d'une manière que je préfère ne pas imaginer.

— Bien sûr. Et maintenant, qu'allez-vous faire ?

— Maintenant ?

— Oui.

— Je n'en sais trop rien, répondis-je. C'est épouvantable, tout simplement épouvantable.

— Et vous n'envisagez pas d'impliquer la police ?

— Eh bien, le docteur Kurs – votre mari – a été très clair : un seul mot de son plan aux autorités, et son complice, une espèce de dégénéré…

— Probablement Tanner. Alfred Tanner ?

— Il n'a jamais mentionné son nom devant moi. Il existe donc bel et bien ?

— J'en ai peur. À l'époque où j'étais au plus bas, et où je me sentais particulièrement vulnérable, Patrick prenait un malin plaisir à me raconter certains aspects de la vie de cet individu. Ça n'avait rien d'agréable, je vous assure.

— Et il n'a jamais été condamné ? Pourquoi n'est-il pas en prison ?

— Par je ne sais quel miracle, il semble avoir réussi à échapper à l'attention des autorités.

— Le docteur a menacé de laisser cet homme donner libre cours à ses pires instincts sur ma fille. Les choses qu'il a suggérées, je ne pouvais simplement pas…

— N'y pensons plus, d'accord ? Je suis sûre que nous allons trouver une solution.

— Vraiment ?

— Oui. Mais d'abord, voulez-vous une autre tasse de thé ? Vous savez, Patrick n'a pas toujours été comme ça, poursuivit-elle, alors qu'elle servait. Non. Au début, il était tout à fait normal, et même gentil.

— Comment avez-vous fait connaissance ?

— À un bal.

— Oh, comme moi avec Archie, mon mari. Hélas, notre mariage bat de l'aile depuis quelque temps.

— Je suis désolée.

— Et je crains qu'il ne survive pas à cette épreuve. Archie veut un divorce, lui aussi.

— Vous comptez le lui accorder ?

Je réfléchis un moment.

— Si je sors vivante de toute cette histoire, oui, je crois que j'accéderai à sa demande. Mais ce serait plus commode pour lui si je mourais.

— Ne dites pas de bêtises.

— Je sais, je ne devrais pas, mais ces derniers jours ont été si affreux, vous n'avez pas idée.

— Détrompez-vous. Vous oubliez que j'ai épousé cet homme.

— Comment le supportez-vous ?

— Eh bien, tant qu'il habitait ici, à Leeds, il se comportait comme une personne apparemment équilibrée. Nous menions une vie normale. Certes, Patrick a toujours été extrêmement ambitieux. Je suis d'ailleurs persuadée qu'il m'a choisie en partie pour cette raison. Mes parents étaient riches ; il savait donc qu'un jour, j'hériterais de beaucoup d'argent.

— Je vois.

— Mais quand nous avons déménagé dans le Sud, ses fréquentations ont changé, il est devenu obsédé par ce que nous possédions ou pas. C'est lui qui m'a convaincue de demander à mon père de me verser en une fois une somme suffisante pour acheter une maison plus grande à Guildford. Puis elle n'a plus été assez grande ou luxueuse, il en voulait toujours plus. Je l'aimais alors, du moins le pensais-je, et je m'efforçais de faire tout ce qui était en mon pouvoir pour le rendre heureux. Mais les choses ont vraiment empiré après l'accident.

— L'accident ?

— Une collision. Il revenait d'un accouchement, en pleine nuit, quand un autre automobiliste a perdu le contrôle de son véhicule et l'a percuté. La femme qui se trouvait également à bord a été estropiée pour la vie, horriblement défigurée ; son compagnon est mort sur le coup. Patrick a été retrouvé inconscient. Les médecins ont pensé qu'il s'était cogné la tête sur le volant. Bien qu'il ait semblé se remettre complètement, j'ai remarqué des changements dans son comportement quelques mois après l'accident. Son haleine s'est mise à dégager une odeur fétide, il entrait facilement dans des colères noires qui me terrifiaient. Dieu merci, nous n'avions pas d'enfant. Bien sûr, il en voulait – un fils, en tout cas. Mais nous ne pouvions pas. Après l'accident, il a commencé à me punir pour ça.

— De quelle manière ?

— Il n'acceptait pas que Dieu, la nature ou moi puissions nous liguer pour lui refuser ce qu'il considérait comme son droit. Celui d'avoir un fils. Son image sur cette terre. Cette idée s'est transformée en obsession, et il m'a forcée à subir plusieurs traitements terriblement éprouvants. Je vous épargne les détails, ma chère, mais sachez que si vous me voyez telle que je suis aujourd'hui, c'est à cause de ce qu'il m'a fait.

Le silence retomba sur la pièce. J'entendais le vent dans les arbres dehors. Au loin, un chien se mit à hurler.

— Êtes-vous très malade ?

— Je le crains, répondit Flora, qui s'épongea le front de sa main décharnée. Je ne l'ai dit à personne pour l'instant, de peur que Patrick l'apprenne, mais il n'y a plus aucun espoir.

— Que voulez-vous dire ?

— Une tumeur grossit dans mon utérus. C'est trop tard. Plus personne ne peut rien faire.

Flora tenta de sourire bravement, mais sa souffrance, tant physique que psychologique, se lisait sur son visage.

— Alors, vous voyez, je peux tout de même vous être utile, conclut Flora.

— Excusez-moi, je ne comprends pas.

— Votre plan. Rien ne vous empêche de le mettre à exécution.

— Sur vous ? Oh, non, il n'en est pas question.

— Ne nous voilons pas la face, ma chère. Il me reste moins de quelques mois à vivre. Si je peux vous aider à sauver votre fille, vous devez saisir cette chance. C'est la chose à faire, la seule.

Je scrutai les yeux verts de Flora, qui semblaient posséder des réserves inépuisables de bonté.

— Et si la probabilité que ça tourne mal est faible… ajouta-t-elle.

— Je ne peux rien garantir, je ne suis pas sûre d'avoir les compétences nécessaires.

— Pourtant, vous étiez prête à courir ce risque en arrivant, n'est-ce pas ?

— Oui, mais…

— Mais rien du tout. Vous savez très bien que vous n'avez pas vraiment d'autre possibilité. Répondez à cette question : voulez-vous que votre fille souffre aux mains de…

— Excusez-moi, la coupai-je, sentant la colère monter en moi. Je ne vois pas comment…

— Vous ne voyez pas comment ce monstre pourrait lui faire du mal ? Mon mari n'hésite pas à recourir aux services d'individus fort peu recommandables. Je n'ai jamais pu le prouver, mais je reste persuadée qu'il est, directement ou par l'intermédiaire d'un de ses complices, responsable de la mort de mes parents. Tout le monde, y compris la police, a pensé à un simple accident de voiture, et l'enquête du coroner a bel et bien conclu à une mort accidentelle. Mais j'ai longtemps soupçonné Patrick ou l'un de ses acolytes dans la pègre d'avoir quelque chose à se reprocher.

— Que s'est-il passé ?

— Au retour d'un dîner à Leeds, après une soirée au théâtre, mon père, qui aimait boire, je le reconnais, aurait perdu le contrôle de son véhicule et percuté un arbre.

— Oh, mon Dieu ! Les pauvres. Et qu'est-ce qui vous suggère que…

— Que ce n'était pas un accident ? Juste l'impression que Patrick aurait eu l'esprit assez tordu pour décider de se venger de moi de cette façon. Il me reprochait de ne pas lui donner de fils, mais je pense qu'il n'était pas dupe. Il comprenait ce que lui avait coûté son propre accident et cherchait à me punir. Bien sûr, je n'ai aucune preuve. Peut-être n'y était-il pour rien. Mais j'ai appris à ne pas sous-estimer Patrick.

Je sentis un frisson me chatouiller au creux des reins.

— Mais vous tremblez ! s'exclama Flora, qui me prit la main. Et vous êtes gelée. Attendez, juste un moment.

Elle alla récupérer un châle à motif cachemire rouge foncé et pourpre sur le dossier d'une chaise de l'autre côté de la pièce.

— Tenez, couvrez-vous, dit-elle, en le drapant sur mes épaules.

— Merci, répondis-je. J'ai un peu froid.

Quand je lui confiai que je le trouvais ravissant, elle insista pour que je le garde. Mais je secouai la tête, je ne pouvais pas accepter.

— Vous semblez prendre un malin plaisir à rejeter mes demandes, observa Flora avec une lueur espiègle dans le regard. Un refus de votre part pourrait me vexer – dans un cas comme dans l'autre.

J'ignorais comment réagir. Un épisode de mon enfance me revint en mémoire. J'avais à peine cinq ans, je crois, quand mes parents m'avaient offert un Yorkshire terrier pour mon anniversaire. J'avais été si émue que j'avais dû aller m'enfermer dans les toilettes, parce que je ne savais pas quoi dire.

— Ce châle vous va très bien, renchérit Flora. Et maintenant, si vous m'expliquiez exactement ce que vous aviez prévu ?

21

Una reposa l'édition du *Times* du matin sur la table et ouvrit son carnet. Elle souligna l'adresse du docteur Kurs et l'ajouta à sa liste des tâches de la journée. La veille, après avoir fui le domicile de Nancy Neele à Croxley Green, elle avait fini par trouver une bibliothèque municipale à Watford où elle avait pu glaner quelques informations sur ce médecin. Il avait étudié et obtenu son diplôme à Londres, avant d'exercer à Leeds ; plus tard, il avait déménagé dans le Sud, à Guildford dans un premier temps, puis il avait ouvert un cabinet à Rickmansworth. Il avait publié quelques articles sur le soulagement de la douleur et les soins palliatifs. Une petite visite ne pouvait pas faire de mal.

La veille au soir, quand elle avait appelé Davison depuis la chambre simple, mais confortable, de son hôtel à Guildford, elle l'avait mis au courant de certaines de ses découvertes. Elle avait préféré garder certains détails pour elle, parce qu'elle savait qu'il désapprouverait ses méthodes. Elle l'imaginait, apprenant qu'elle s'était introduite chez le colonel Christie sous un faux nom ou qu'elle avait délibérément déchiré l'ourlet de sa jupe pour papoter avec une couturière dans le but de lui soutirer l'adresse de Mlle Neele, la maîtresse du colonel ; enfin, qu'elle avait pénétré chez Mlle Neele en se faisant passer pour une parente de Mme Christie. Non, mieux valait taire certaines choses. Quand elle tiendrait son scoop, et que son histoire ferait sensation, elle pourrait informer Davison des moyens peu scrupuleux auxquels elle avait eu recours pour y parvenir. Mais pas avant.

Après le petit déjeuner, elle quitta son hôtel et Guildford, en direction de Rickmansworth, prenant soin d'éviter le centre, au cas où elle croiserait la redoutable Mme Peabody. Elle se gara au bout de Rectory Lane et marcha jusqu'à la maison qui servait à la fois de cabinet et de domicile au docteur Kurs. Sa secrétaire, une Écossaise, lui annonça que le docteur serait de retour vers midi. Una ne laissa pas son nom, mais répondit qu'elle reviendrait plus tard. Au lieu de repartir vers le centre, elle descendit au bord du canal pour réfléchir. Elle était sûre de tenir une piste, quelque chose qui pouvait changer sa vie.

De retour au cabinet, Una déclina son identité à l'accueil. Pendant qu'elle patientait, elle regarda la pièce avec sa baie vitrée qui donnait en façade. Il s'en dégageait une impression d'ordre. Chaque chose était à sa place. Derrière le bureau de la secrétaire se dressait une grande bibliothèque remplie de revues médicales et d'ouvrages de référence. Des fleurs dans un vase égayaient une étagère, tandis qu'une collection d'instruments d'examens anciens en occupait une autre. À l'intérieur d'une vitrine se trouvaient plusieurs flacons bleus striés. Alors qu'Una plissait les yeux pour déchiffrer les caractères sur l'un d'eux, un homme barbu entra à grands pas dans le cabinet.

— Et comment allons-nous ce matin, madame Johnston ? dit-il d'une voix grave et chaude, qui ne devait pas manquer de mettre en confiance ses patients.

— C'est déjà presque l'après-midi, docteur.

— C'est vrai, vous avez raison. Et qui avons-nous là ? demanda-t-il en se tournant vers Una. Je ne crois pas vous connaître, n'est-ce pas ?

— Non, effectivement, répondit Una en se levant. J'habite Londres, mais je séjourne chez des amis dans la région. Je… j'aimerais avoir votre opinion sur un problème.

— Vraiment ? dit-il en haussant un sourcil. Eh bien, donnez-vous la peine d'entrer, ajouta-t-il en la conduisant vers le cabinet de consultation à l'arrière de la maison. Asseyez-vous. De quoi s'agit-il ?

Una avait récemment découvert que ses supercheries fonctionnaient souvent mieux quand elles contenaient une part de vérité. Peut-être était-il souhaitable d'appliquer la même stratégie dans ce cas.

— Je… Ce sont mes nerfs, docteur.

— Mais encore ?

— Eh bien, j'ai perdu mon père, il y a déjà dix-huit mois…

— Vous étiez très proches ?

— Oui. De ses enfants, j'étais sa préférée. J'aimais à le penser, en tout cas. Peut-être était-ce le fruit de mon imagination, mais, j'ai toujours senti un lien particulier entre nous. Bref, depuis sa disparition, j'ai l'impression que je ne pourrai plus jamais être heureuse. Sourire, sans parler de rire de nouveau un jour, sont ces choses qui me semblent hors de portée.

— C'est une réaction tout à fait normale, ma chère, répondit Kurs, qui se leva et contourna son bureau pour se tenir à côté d'Una.

Alors qu'il se mettait à parler, Una sentit la puanteur abominable de son haleine. Elle voulut prendre son mouchoir dans son sac à main, mais se rappela qu'elle n'en possédait plus.

— Chaque individu affronte le deuil à sa manière. Certains de mes patients ont été terrassés après la mort d'un parent, tandis que d'autres y ont vu une chance.

— Une chance ? répéta Una.

— Oui. Si curieux que ça puisse paraître, certaines personnes semblent s'épanouir suite au décès d'une mère ou d'un père. Peut-être parce qu'elles ont le sentiment de n'avoir jamais pu s'affirmer lorsque ledit parent était en vie. Et maintenant qu'il est mort, eh bien, elles éprouvent une sensation de liberté nouvelle.

— Quelle idée bizarre ! J'ai du mal à l'imaginer. Pour ma part, je peine à décrire exactement ce que je ressens, mais c'est plus proche de l'impression d'une catastrophe imminente. Comme une obscurité, un vide en moi qui ne partira jamais. Pensez-vous pouvoir m'aider ?

— Je peux toujours vous prescrire un fortifiant. Et certains calmants soulageraient vos nerfs. Mais me permettez-vous de vous poser d'abord une question ?

— Bien sûr.

Kurs saisit le fin poignet d'Una et prit son pouls.

— Votre cœur bat un peu plus vite que je ne m'y attendais.

— Vraiment ?

— Oui. Puis-je vous demander : hormis ce sentiment de perte lié à votre père, rencontrez-vous d'autres difficultés, quelles qu'elles soient, dans votre vie ?

— Non, rien qui me vienne à l'esprit, répondit Una. J'ai bien une de mes amies qui traverse une épreuve en ce moment ; il est possible que j'en ressente les effets, je suppose.

— De quel genre de situation s'agit-il ?

— Oh, c'est tout bonnement terrible. C'est elle qui vous a recommandé, d'ailleurs. Son cas ne vous est donc probablement pas inconnu.

— Ah, bon ? Qui est-ce ?

— Mlle Neele. Nancy Neele.

Una observa une lueur d'intérêt dans les yeux sombres de Kurs.

— Je suppose qu'elle a dû vous mentionner ces problèmes actuels, poursuivit-elle. Je la plains. Je suis persuadée qu'elle n'a jamais envisagé que quelque chose de ce genre puisse se produire quand elle s'est engagée dans son… son amitié avec le colonel Christie.

— Vous comprendrez que mes échanges avec mes patients entre ces quatre murs restent entièrement confidentiels. Je ne sais rien de cette affaire, sauf ce que j'ai lu dans la presse. Des ragots, pour l'essentiel, selon moi.

— Mlle Neele ne vous a donc rien dit ?

Kurs sortit son stéthoscope de sa trousse en cuir noir, le plaça lentement dans ses oreilles et fit un geste vers la poitrine d'Una. Elle se mordit la lèvre, alors que son haleine l'enveloppait dans un nuage toxique.

— Permettez ?

— Bien sûr, répondit Una, qui se mit à déboutonner son chemisier.

Le contact du métal froid sur sa peau lui coupa le souffle.

— Votre cœur semble effectivement avoir tendance à battre la chamade. Je ferais peut-être mieux de vous donner un petit quelque chose pour vos nerfs.

— Un fortifiant ?

— Oui. Excusez-moi un moment, voulez-vous ?

Kurs ouvrit la porte et commença à s'adresser à sa secrétaire. Una entendit le son d'un trousseau de clés extrait d'un tiroir, suivi par une conversation étouffée.

— Ça devrait faire l'affaire, dit Kurs, revenant vers elle avec un flacon incolore et un verre d'eau.

— D'accord, répondit Una. Qu'est-ce que c'est ?

— Ne vous inquiétez pas pour ça. De ce que vous m'avez dit, je déduis que vous avez trop de choses à l'esprit actuellement. Vous avez besoin de repos. Avec toutes ces pensées qui se bousculent dans votre tête, pas étonnant que votre pouls soit si élevé et que votre cœur batte trop vite.

De l'un des tiroirs de son bureau, Kurs sortit une pipette avec laquelle il préleva quelques gouttes du liquide incolore. Ensuite, il les déposa dans le verre d'eau. Alors que les deux solutions se mélangeaient, le contenu vira au blanc laiteux.

— Vous voulez que je le prenne maintenant ? réagit Una, la peur se glissant dans sa voix.

À présent, elle regrettait d'avoir abordé le sujet de son anxiété.

— Oui. Vos nerfs risquent de vous lâcher définitivement, si vous ne faites rien immédiatement.

— Ça ne peut pas attendre que je sois rentrée chez moi ?

— Il est préférable que ce soit pris sous surveillance médicale, répondit Kurs en souriant.

Una n'aimait pas ce sourire. Ni ce docteur, en fait.

— Buvez, maintenant, dit-il en lui tendant le verre. Vous n'en apprécierez peut-être pas le goût, mais je peux vous garantir que vous commencerez à vous sentir mieux en quelques minutes.

— Ça a l'air d'un remède miracle, commenta Una, qui posa le gobelet sur le bureau. Presque trop beau pour être vrai.

— Certains de mes patients m'ont confié que ce remède-là les a aidés bien plus qu'ils n'auraient pu l'imaginer. Il calme les nerfs, mais il force également le corps à se détendre. Il rompt le cercle vicieux de l'anxiété, si épuisant parfois.

— Mlle Neele ne m'en a pas parlé. Elle m'a dit que vous lui aviez donné quelque chose de très efficace pour ses nerfs. Peut-être s'agissait-il du même genre de fortifiant.

— C'est possible, Mlle Crowe, dit Kurs en lui passant le verre. Maintenant, buvez quelques gorgées et vous en sentirez vous-même immédiatement les effets.

Una porta la solution à ses lèvres, songeant que, si déplaisant fût-il, le docteur ne pouvait réellement vouloir lui nuire. Après tout, son métier consistait à veiller sur la santé de ses patients. Par ailleurs, il ignorait tout de ses véritables intentions. Peut-être valait-il mieux qu'elle avale un peu de cette potion ? Qui sait, elle pouvait même lui faire du bien. Et ainsi, elle gagnerait la confiance du médecin.

— Elle m'a dit qu'après avoir pris le médicament que vous lui avez préparé, elle a eu l'impression de flotter dans l'air – je crois que ce sont ses propres termes.

Ça semble merveilleux. Avec la mort de mon père, et ensuite les problèmes de Mlle Neele, j'aurais bien besoin de ce genre de soulagement.

Una posa ses lèvres autour du bord du gobelet qu'elle leva un peu plus. Elle commençait à sentir le liquide froid et soporifique.

— Vous savez, elle regrette d'avoir rencontré cet homme. Le colonel, précisa-t-elle. Quel scandale ! Qu'en pensez-vous, docteur ?

— Ce que j'en pense ?

— Oui, de toute cette histoire épouvantable, insista Una, qui posa le gobelet sur le bureau. La disparition de Mme Christie.

— Oh, pas grand-chose.

— Même d'un point de vue professionnel ?

— D'un point de vue professionnel ? répéta Kurs qui, saisissant le médicament, le tendit de nouveau à sa patiente.

— Oui, je me demandais si le spécialiste que vous êtes avait une suggestion, quelque chose susceptible d'expliquer cette disparition.

— J'ai bien peur que non. Maintenant, buvez, j'insiste. C'est pour votre bien. Votre esprit, de votre propre aveu, subit une pression terrible. Et votre intérêt pour cette affaire n'arrange rien. Vous feriez mieux d'oublier tout ça.

— Oui, vous avez sans doute raison.

Les mains tremblantes, Una porta de nouveau le gobelet à ses lèvres.

— Vous vous sentirez léthargique, et un peu fatiguée, mais dans moins d'une heure, après une période de repos, tout devrait redevenir normal. Vous pourrez enfin reprendre le cours de votre vie, libérée de ce pessimisme qui vous pesait, de cette morosité. Pour un temps, du moins. C'était bien le motif de votre visite, n'est-ce pas ?

— Oui, merci, dit-elle.

Quel choix avait-elle avec les yeux du docteur rivés sur ses mains et sa bouche ?

— À présent, buvez une ou deux petites gorgées, l'encouragea-t-il. S'il vous plaît.

La gorge d'Una se serra.

— Je me sens juste…

Il plaça sa main sous le gobelet, le poussant vers sa bouche. Una sentit le goût amer du liquide.

— Très bien ; maintenant, avalez, dit Kurs. C'est ça. Encore une gorgée. Et une autre.

Il lui reprit le verre qu'il posa sur son bureau.

— Le médicament devrait commencer à faire son effet.

La tension quitta immédiatement son corps. Puis vint une immense fatigue, comme si elle voulait dormir. Elle s'étudia, telle une observatrice qui se trouverait ailleurs dans la pièce : elle s'était comportée comme une idiote. Elle vit la barbe de Kurs approcher. Obligée de subir son souffle métallique, elle n'avait plus la force de réagir. Elle sentit ses yeux se fermer et s'imagina enveloppée dans un linceul de velours noir.

Vingt minutes plus tard, elle se mit à bouger.

— Où… ? Qu'est-ce que… ? dit-elle, levant la main vers sa tête.

— Tout va bien, mademoiselle Crowe. Vous me remettez ? C'est moi, le médecin que vous êtes venu consulter.

— Oh là là, fit Una, qui eut l'impression qu'elle allait vomir. S'il vous plaît…

— Oui, tenez, réagit Kurs en lui passant une cuvette et un linge. Vous êtes nauséeuse, c'est normal.

— Merci, mais je ne…

— Vous ne vous rappelez rien. C'est parfaitement naturel. C'est l'un des effets secondaires immédiats du traitement. Mais je suis sûr que vous n'allez pas tarder à en sentir les bienfaits.

— Vraiment ?

Una lança des regards furtifs autour de la pièce.

— Je me sens juste tellement mal. Et je ne parviens même pas à me souvenir de vous avoir parlé.

Elle fit mine de se lever de sa chaise, mais dut immédiatement se rasseoir.

— Ma tête. J'ai aussi un violent mal de tête.

Que s'était-il donc passé ? Elle se rappelait son arrivée au cabinet. Sa conversation avec la secrétaire. Elle aurait pu décrire la pièce d'à côté.

— Quand la nausée et le mal de tête auront disparu, vous vous sentirez l'esprit beaucoup plus léger. Beaucoup de patients comparent cette sensation au fait d'ouvrir les rideaux et de voir le soleil entrer dans leur vie pour la première fois. Bien sûr, vous continuerez à éprouver de la tristesse à cause de la mort de votre père, mais vous n'en serez plus affectée de la même manière.

— Mon père ?

— Oui, au cours de la consultation, vous m'avez demandé de vous aider à surmonter cette perte. Vous avez oublié ?

— Oui… non… répondit-elle, alors que des larmes coulaient sur ses joues.

Elle ouvrit son sac pour y prendre son mouchoir, mais ne parvint pas à le trouver.

— Permettez, dit-il, sortant un mouchoir d'un des tiroirs de son bureau.

— Merci, dit Una, qui pressa un coin de lin récemment amidonné contre son nez.

Qu'avait-elle bien pu faire du sien ? Elle se rappela vaguement l'avoir donné à quelqu'un, une femme. Soudain en proie à la panique, elle eut le sentiment d'être en danger. Elle s'agrippa aux côtés de sa chaise pour se calmer. Par bribes, les événements des derniers jours lui revinrent à l'esprit : sa fouille du bureau de Mme Christie et la découverte de la lettre à propos de Nancy Neele ; sa visite chez la couturière ; la terrible scène avec Mlle Neele elle-même. Mais elle ne comprenait pas pourquoi elle avait pris rendez-vous chez le docteur. Certes, le décès de son père l'avait beaucoup affectée, mais elle pensait avoir réussi à surmonter ces sentiments.

— Et la prochaine fois que vous verrez Mlle Neele, ne manquez pas de la saluer pour moi, ajouta Kurs. Je me réjouis qu'elle ait jugé opportun de vous recommander mes services.

— Mlle Neele ?

— Oui, votre amie ?

— Ah, oui, bien sûr, dit Una, se rappelant soudain les raisons de sa visite.

Mais que diable s'était-il passé entre eux, dans ce cabinet ?

— Et n'hésitez pas à me tenir au courant des progrès de votre carrière – un choix de profession très intéressant pour une jeune femme moderne. Tous mes vœux de réussite vous accompagnent.

Una le regarda d'un air ébahi. Elle ne se rappelait pas lui avoir parlé de son enquête, mais elle supposa qu'elle devait l'avoir fait. Soudain, elle se sentit terriblement stupide.

— Vous savez, je trouve la disparition de cette romancière tout à fait fascinante, poursuivit-il. Si jamais vous souhaitez entendre le point de vue d'un professionnel à ce sujet, si limité soit-il, je suis tout disposé à vous en faire profiter.

— Vraiment ? Oui, bien sûr, j'aimerais beaucoup que vous me donniez quelques lumières.

— Avez-vous besoin d'aide ? Dois-je vous appeler un taxi ? Ou préférez-vous attendre ici, le temps que les effets négatifs du médicament se dissipent ?

— Non, non merci, répondit Una. Je vais m'asseoir un moment dans ma voiture, je pense.

Alors qu'Una se tournait vers la porte, elle entendit le docteur s'éclaircir la voix.

— Avez-vous parlé à beaucoup de monde ?

— Oui, beaucoup, confirma Una.

Ce n'était pas tout à fait vrai ; certes, elle avait rencontré une poignée de gens, mais personne d'important, hélas. À part Nancy Neele, bien sûr, qui ne lui avait pas appris grand-chose. Toutefois, elle ne devait pas se décourager. Elle gardait une longueur d'avance sur la plupart des journaux, elle en était persuadée.

— Et Nancy n'a pas manqué de se confier à vous, je suppose ?

— Oui, absolument, dit nerveusement Una.

— Où se trouve Mme Christie en ce moment, d'après vous ? Ou la croyez-vous morte ?

— Oh, je n'ai aucune certitude. Mais non, je ne pense pas qu'elle soit morte. Peut-être a-t-elle simplement voulu punir son mari, lui rendre la monnaie de sa pièce après ce qu'il lui a fait endurer.

— Oui, c'est une théorie intéressante, dit-il, marquant une pause. Mlle Neele a également mentionné quelques détails qui allaient dans ce sens.

— Vraiment ?

— Oui, je me rends compte à présent qu'elle a suggéré une idée comparable à la vôtre. Quelle jeune femme charmante, n'est-ce pas ?

— Oui, un ange.

— Vous vous connaissez depuis longtemps ?

— Quelques années.

— Par votre famille ?

— Oui, du côté de mon père.

— Et qu'éprouvez-vous maintenant, à propos de votre père ? Quand vous êtes entrée dans mon cabinet, la simple mention de son nom vous faisait monter les larmes aux yeux. Grâce à mon traitement, vous devriez déjà aller beaucoup mieux.

— Oui, je suis sûre d'en ressentir les bienfaits avec le temps.

— Bien sûr, je n'écarte pas la possibilité que vous ayez besoin de reprendre ce traitement.

— Je vois.

— Et si nous fixions un rendez-vous ? proposa Kurs, qui consulta un agenda sur son bureau. Je dois m'en assurer auprès de Mme Johnston, mais que diriez-vous de vendredi matin, 11 heures, cette semaine ? Ça vous convient ?

— Si tôt ?

— Oui, le fortifiant est plus efficace pris deux fois au cours de la même semaine.

Una parut hésiter.

— Et bien sûr, nous en profiterons pour parler du cas de Mme Christie après la consultation. En revanche, j'insiste pour que vous ne citiez pas mon nom en lien avec cette affaire. Vous ne pourrez utiliser ce que je vous dirai que pour votre propre information et vos recherches. Acceptez-vous cette condition ?

— Oui, absolument, merci.

— J'aimerais poursuivre cette conversation, mais, malheureusement, une autre patiente m'attend. Je doute qu'elle passe la nuit, la pauvre. Et si jeune. À peine huit ans. Parfois, la vie peut se montrer terriblement cruelle, n'est-ce pas, mademoiselle Crowe ?

— Oui, c'est vrai. Au revoir, docteur.

— Si vous voyez Mme Johnston en sortant, veuillez l'informer de notre rendez-vous vendredi matin.

— Merci.

Una tenta de quitter le bâtiment en marchant aussi calmement que possible, mais elle craignait que ses jambes se dérobent à tout moment. Elle ne s'arrêta pas au bureau de la secrétaire, se contentant d'un signe de la tête pour la saluer au passage. Puis elle se précipita hors du cabinet et dans la rue bordée d'arbres. Elle haleta, comme si elle venait juste de crever la surface après avoir été plongée en eau profonde.

22

Kenward se dit qu'il était temps de poser quelques questions embarrassantes au colonel Christie. Il avait fait son possible pour rester courtois et le traiter en gentleman, mais Kenward avait des doutes concernant ce dernier point. Il les avait néanmoins gardés pour lui, même s'il avait confié à deux de ses hommes la mission de suivre le colonel. Mais à ce jour, Christie n'avait rien fait qui sorte de l'ordinaire : chaque jour, il quittait sa résidence de Sunningdale pour se rendre au travail à la Rio Tinto Company, dans la City ; le soir, il rentrait à Styles. Le scandale provoqué par la disparition de sa femme semblait avoir momentanément eu l'effet d'une douche froide sur ses relations avec Mlle Neele. D'après les policiers qui le filaient, ces deux-là ne s'étaient pas revus depuis que l'affaire avait éclaté.

Le tact et les bonnes manières n'ayant manifestement rien donné, un changement de tactique s'imposait. Il avait ordonné qu'on lui amène le colonel pour interrogatoire. Il était arrivé une demi-heure plus tôt, mais Kenward avait décidé de le laisser mijoter un peu dans son jus. L'expérience lui avait montré que cette méthode permettait souvent d'obtenir des résultats. Il se leva et demanda au brigadier de faction devant son bureau de chercher le colonel. Quelques instants plus tard, Christie entra en fulminant.

— Qu'est-ce que ça signifie ? s'emporta-t-il, agitant son chapeau en direction de Kenward.

— Veuillez vous asseoir, colonel.

— Certainement pas. Pas avant d'avoir entendu vos explications : à quel jeu croyez-vous jouer ? Envoyer une voiture à mon domicile et me convoquer ici de cette manière ! La presse va en faire ses choux gras.

— Si vous n'avez rien à vous reprocher, vous n'avez aucune raison de vous inquiéter.

— Qu'est-ce que vous insinuez ?

— Écoutez, colonel, commencez par vous asseoir ; j'ai quelques questions à vous poser.

— Vous ne pensez pas sérieusement que j'ai fait quoi que ce soit à ma femme ?

— Je n'en sais vraiment rien. Mais après notre conversation, j'aurai peut-être les idées plus claires. Maintenant, prenez place.

Christie s'exécuta, et Kenward regagna son fauteuil derrière son bureau. Il ouvrit lentement son dossier et parcourut plusieurs dépositions.

— Je tiens d'abord à préciser une partie de la chronologie des événements du vendredi soir et du samedi matin.

— Je vous ai déjà tout dit. Vous savez où j'étais et ce que je faisais. J'ai un alibi inattaquable.

— Oui, votre alibi, dit Kenward, prenant une feuille de papier. Confirmé par vos amis.

— Vous leur avez parlé, il me semble. M. et Mme James, et…

— Oui, l'autre invitée à Hurtmore Cottage ce week-end-là, Mlle Neele.

— Je ne veux pas que son nom soit mêlé à cette histoire. La presse la harcèle déjà bien assez comme ça. Une journaliste n'a pas hésité à se faire passer pour une cousine de ma femme pour s'introduire chez elle ! Tout ça est très pénible pour elle ; ses parents ont même menacé de l'envoyer à l'étranger. Bien sûr, j'ai dû cesser de la voir, mais je ne vous apprends rien, n'est-ce pas ?

Le colonel avait prononcé la dernière phrase d'un ton lourd de sous-entendus, comme pour attirer l'attention sur le fait qu'il n'ignorait pas que Kenward avait suivi ses moindres faits et gestes.

— Eh bien, je crains de ne pas pouvoir faire grand-chose pour contenir les appétits de la presse populaire. Mais revenons plutôt à vos mouvements du vendredi soir.

Le commissaire soutint froidement le regard furieux que lui lança le colonel. Leur duel silencieux se prolongea pendant quelques instants, jusqu'à ce que le suspect jure à mi-voix et se mette à parler.

— Comme je vous l'ai déjà dit, je suis arrivé à Hurtmore Cottage, près de Godalming, juste après le travail, aux alentours de six heures et demie. J'y ai retrouvé mes amis, M. et Mme James, et plus tard, Mlle Neele nous a rejoints pour le week-end. Nous avons pris un verre tous les quatre, avant de dîner. Ensuite nous sommes allés nous coucher vers 11 heures. Après une bonne nuit de sommeil, je n'ai été informé que le samedi matin, par un coup de téléphone de Charlotte Fischer, la secrétaire de ma femme, de la disparition de Mme Christie. Mais vous savez déjà tout ça, je vous l'ai répété un millier de fois. Je ne vois vraiment pas la nécessité de revenir là-dessus.

— Vous êtes donc certain de ne pas avoir quitté Hurtmore Cottage la nuit du trois décembre, ou aux premières heures du quatre ?

— Oui, absolument.

— Et votre voiture – où se trouvait-elle ?

— Au garage, à Hurtmore Cottage.

— Et vous êtes sûr d'être resté chez vos amis ?

— Oui, persuadé, répondit le colonel, avec une forte dose de sarcasme. Maintenant, je pense qu'il est grand temps que vous vous mettiez au…

— Asseyez-vous, colonel. C'est moi qui déciderai quand cet entretien sera terminé.

— Vous me faites déjà suivre par vos hommes jour et nuit. C'est humiliant. Autant me déclarer coupable.

— Je suis navré que vous le preniez ainsi, la procédure l'exige.

— Ça m'est égal. J'ai le sentiment qu'on me traite comme un vulgaire criminel.

Kenward ne réagit pas, laissant les mots du colonel parler d'eux-mêmes.

— Revenons-en à la nuit du trois décembre, voulez-vous ? Je lis dans ces dépositions que M. et Mme James déclarent ne pas vous avoir entendu sortir.

— Oui, c'est juste.

— Pourtant, ils devaient dormir ?

— En effet. Mais si j'avais tenté de quitter la maison et de faire démarrer ma voiture, les aboiements du chien auraient réveillé tout le monde.

— Le chien ?

— Oui. Il n'est pas bien gros, mais il fait un boucan d'enfer.

— Et Mlle Neele. Aurait-elle été en position d'attester si vous vous êtes absenté ou non ?

— Si vous insinuez que…

— Je me moque de votre vie privée, colonel. Mon travail consiste à réunir les faits. Si vous refusez de répondre à ma question, je crains de devoir convoquer Mlle Neele pour le faire à votre place.

— Je vous l'interdis ! À cause de ces événements, Nancy – Mlle Neele – est déjà à bout de nerfs. Ma femme est une enquiquineuse et tout le monde se porterait bien mieux si elle…

Le colonel s'interrompit.

— … si elle était morte ? suggéra Kenward.

— Ne soyez pas ridicule, enfin ! Je voulais dire qu'elle aurait pu s'abstenir de bouleverser nos vies en provoquant en tel scandale.

— Peut-être n'aurait-elle pas eu à le faire si vous aviez été un mari plus dévoué.

— Balivernes ! Mme Christie est une femme extrêmement intelligente, capable des manipulations les plus complexes. Je regrette que personne ne s'intéresse à ma version des faits au lieu de tirer des conclusions hâtives – et grotesques.

— Vous niez donc catégoriquement l'avoir vue la nuit ou le matin de sa disparition ?

— Combien de fois devrais-je le répéter ?

— Vous n'êtes pas non plus sorti furtivement de la maison cette nuit-là pour vous rendre à Newlands Corner dans votre voiture ?

— Non.

— Vous n'y avez pas rencontré votre femme, avec qui vous êtes brouillé ?

— Non.

— Et vous n'avez pas eu une dispute, dispute qui s'est envenimée ?

— Non, c'est…

— Et au cours de cette dispute, vous ne l'avez pas violemment frappée ? Peut-être trop, au point de vous inquiéter des conséquences ?

— Non, c'est…

— Et ensuite ? Vous l'avez tuée ? Comment ? L'avez-vous étranglée, colonel Christie ?

— Non, enfin, j'ai dit que…

— Et le corps, qu'en avez-vous fait ? Où vous êtes-vous débarrassé de votre femme ? L'avez-vous enterrée quelque part ?

— Non ! Vous devez avoir perdu la raison, si vous me croyez capable d'une chose pareille. Vraiment, je maintiens que votre comportement est inacceptable.

Le colonel repoussa sa chaise en arrière et se leva brusquement. Le démon de la fureur déformait ses traits d'ordinaire séduisants. Il avait le visage cramoisi et les yeux exorbités.

— Si vous continuez à me traiter de la sorte, j'exige que mon avocat soit présent. En fait, j'ai bien envie de l'appeler de toute façon. C'est de l'intimidation. Vous n'avez aucune preuve et vous le savez. Et la raison en est simple : je suis innocent.

Peut-être était-il allé trop loin, pensa Kenward. Mais autrement, comment expliquer cette disparition ? Une femme ne pouvait tout de même pas juste se volatiliser sans laisser de traces ? Il sentit qu'il était dans l'impasse – le colonel ne lui cédait pas un pouce de terrain. Une approche différente s'imposait.

— Je suis sûr que nous finirons par élucider ce mystère, conclut Kenward en se levant à son tour. Je ne vous retiens pas plus longtemps, colonel. Mais peut-être pourrons-nous avoir une autre conversation dans les prochains jours.

— Je ne pense pas. Si vous voulez m'arrêter, faites-le. Sinon, j'ignore totalement comment je pourrais vous aider dans votre enquête. Au revoir.

Kenward attendit que le colonel ait quitté la pièce pour sortir la bouteille du tiroir de son bureau. Il se hâta d'avaler une petite gorgée, puis une seconde, avant de décrocher son téléphone. Le temps était venu d'utiliser des méthodes plus sournoises. Si le colonel ne voulait pas jouer franc jeu, il aurait à en subir les conséquences. Le commissaire composa le numéro de la Press Association et demanda à être mis en relation avec son contact aux faits divers, Alexander Massey.

— Massey ? Kenward à l'appareil. J'ai peut-être quelque chose pour vous. Oui, ça concerne ce dont je vous ai parlé l'autre jour. Oui, l'affaire Christie. Je pense qu'on a de quoi faire craquer le mari.

23

Les gens heureux n'ont pas d'histoire. Qui a écrit cela ? Probablement un de ces Russes lugubres. Le sens profond de cette phrase m'avait toujours échappé, mais à présent, je croyais comprendre. Avec le recul, l'Agatha d'autrefois m'apparaissait comme une sorte de page blanche. Les jours heureux – les heures passées à jouer au soleil dans notre jardin d'Ashfield, les papotages avec ma mère, les longues séances de patin à roulettes sur la promenade à Torquay – semblaient avoir quelque chose d'irréel. Successivement, le décès de ma mère, puis la trahison d'Archie, et maintenant la figure menaçante du docteur Kurs m'avaient marquée.

Je me rappelai ma mère, nous enjoignant de méditer sur la mort et de vivre comme un pèlerin ou un étranger sur cette terre. Nous ne faisions que passer. « Demain est un jour incertain », disait-elle, citant *L'Imitation de Jésus-Christ*, un livre qu'elle gardait toujours sur sa table de chevet.

Peut-être était-ce l'attitude de Flora. Sa force morale me stupéfiait. Elle semblait si insouciante face à la mort. Nous avions passé une bonne partie de la journée ensemble, et durant cette période, j'avais le sentiment d'avoir noué un lien particulier avec elle. Avec une logique qui n'acceptait aucune discussion, elle m'avait exposé les raisons qui lui paraissaient justifier son sacrifice pour sauver ma fille. Si j'échouais, et que je ne parvenais pas à la ranimer, elle partirait en sachant que son trépas n'avait pas été vain. Elle insistait pour rédiger une lettre de suicide ; ainsi, je ne serais pas inquiétée si elle devait succomber au cours de la procédure. Elle se disait impatiente de tenter l'expérience, qu'elle l'envisageait comme une sorte de répétition générale, avant l'inévitable, d'ici quelques mois. Néanmoins, même si mon plan fonctionnait, le « décès » de Flora ne me permettrait que de gagner un peu de temps. L'horreur véritable interviendrait ensuite, à son réveil. Que ferais-je, alors ?

Enfant, l'histoire de Lazare de Béthanie, que Jésus avait ressuscité quatre jours après sa mort, m'avait toujours fascinée. Je me rappelai ma mère me lisant l'évangile selon Jean ; comme j'avais pleuré au passage où la pierre du tombeau roulait, révélant un homme dans ses vêtements funéraires ! Tenter quelque chose de semblable tenait du blasphème, j'en avais conscience. Pourtant, je n'avais pas le choix. J'espérais juste ne pas être damnée pour l'éternité.

24

— Entrez, entrez, dit Davison. Où diable étiez-vous passée ?

— Berkshire, Surrey et Hertfordshire, répondit Una, franchissant le seuil de l'élégant appartement au premier étage de l'Albany.

— Je vous plains. Heureusement, vous avez retrouvé la civilisation.

— Ce n'était pas si terrible. Le pire, c'est que je dois y retourner demain.

Elle remarqua l'exquise collection de gravures et de portraits qui ornait les murs du couloir. Davison savait apprécier les belles choses, cela ne faisait aucun doute ; sa fortune personnelle lui permettait également de s'adonner à ses passions.

— Asseyez-vous. Du thé ?

— Volontiers.

— Je commençais à me demander si vous ne vous étiez pas enfuie avec un riche prétendant.

— Je n'ai pas eu cette chance. Non, j'étais sur la piste de Mme Christie.

— Et ? Vous tenez votre scoop ? Les journaux de ce matin ne parlent de nouveau que de cette affaire.

— Non, pas encore. Mais je touche au but, j'en suis convaincue.

— Je veux tout savoir. Accordez-moi juste un instant, ajouta Davison, qui disparut dans la cuisine pour préparer le thé.

Una prit place dans un fauteuil bordeaux foncé près du feu. Elle aimait arriver chez lui à l'improviste, elle espérait toujours le surprendre en compagnie d'un intime. Elle n'avait jamais eu l'occasion d'en rencontrer ; pourtant, elle sentait qu'elle pourrait les apprécier. Dans le passé, elle avait parfois attendu que Davison s'absente brièvement pour poster une lettre ou aille répondre au téléphone pour fouiner. Elle avait fouillé dans les commodes, les tiroirs des bureaux, elle avait lu son courrier, mais en vain. Sur la table, une pile de revues et de journaux attira son regard, un mélange pour le moins éclectique.

— Intéressant, ce qu'on apprend à propos de cette fille, n'est-ce pas ? lui lança Davison.

— Quelle fille ?

— Celle que la presse de ce matin appelle une « amie des James ». C'est clairement la femme avec qui le colonel avait une liaison.

Una estima qu'elle n'avait plus aucune raison de taire certains détails.

— Oh, Mlle Neele ? Je suis déjà allée la voir.

Une seconde plus tard, Davison apparut dans l'embrasure de la porte, mais sans le plateau à thé.

— Ah, bon ? J'aurais cru qu'elle préférerait rester en dehors de tout ça.

— Oui, sans doute. Mais j'ai ma botte secrète.

— Laissez-moi deviner… répondit Davison en souriant d'un air narquois.

— Pour qui me prenez-vous, enfin ? Vous êtes un monstre, le réprimanda Una en riant. Je me suis simplement fait passer pour une cousine de Mme Christie. Elle a accepté de me parler, ce qui m'a permis de glaner quelques informations importantes.

— Lesquelles ?

— Je ne peux rien dire pour l'instant. Vous allez devoir attendre la parution de mon scoop, comme tout le monde. Et ce thé, alors ?

— D'accord. Mais vous ne repartirez pas sans m'avoir révélé quelques détails croustillants.

Dans l'*Express,* Una lut un article qui reprochait aux polices du Surrey et du Berkshire de n'avoir toujours pas fait appel à Scotland Yard. Le *Times*, lui, se faisait l'écho d'une nouvelle battue infructueuse des environs de Newlands Corner, menée pour l'essentiel par des volontaires de la région et l'équipage de beagles de Guildford et Shere. Toutefois, à la fin du premier paragraphe, un fait lui sauta aux yeux, qui méritait sans doute qu'on s'y intéresse de plus près. Apparemment, avant sa disparition, Mme Christie avait écrit et envoyé une lettre à son beau-frère, Campbell Christie. Sur l'enveloppe, le cachet de la poste indiquait qu'elle avait été oblitérée dans le district postal SW1. Peut-être Davison aurait-il un contact au sein des Postes et Télécommunications ; cela ne coûtait rien de demander.

— Et où avez-vous trouvé Mlle Neele ? s'enquit Davison, qui apportait le thé.

— Juste à l'extérieur de Rickmansworth, dans l'Hertfordshire.

— Je ne crois pas être déjà allé dans l'Hertfordshire. Oh, si, ça me revient, maintenant. Un vieil ami d'Hartford m'a invité pour un de ces week-ends à la campagne à périr d'ennui. Et sa maison, une immense bâtisse près de St Albans, quelle horreur ! Hartford m'avait entraîné là-bas sous prétexte que ce serait intéressant de le rencontrer, mais je m'en souviens comme d'un des pires week-ends de mon existence.

— Eh bien, quand cette affaire sera terminée, je doute d'y retourner.

— Vraiment ?

— Oui, même si ç'a été une expérience enrichissante, pas du tout ce à quoi je m'attendais. Mais le plus merveilleux, c'est que j'ai enfin la certitude d'avoir trouvé ma vocation.

— Je suis ravi de l'entendre.

— Je pensais qu'après une première tentative, je pourrais me lasser. Au contraire, enquêter s'est révélé absolument palpitant. En particulier s'agissant d'affaires criminelles. Tous ces meurtres horribles, c'est tellement fascinant.

— Vous êtes sûre ? Ce n'est pas dans ce milieu que vous risquez de trouver un mari convenable – si telle était votre intention. Maintenant, vous savez ce qu'on dit : nécessité fait loi.

Una éclata d'un rire sonore et contagieux.

— Moins fort, la gronda gentiment Davison. Que vont penser mes voisins ?

— Ça alimentera la rumeur. Reconnaissez que vous avez besoin de vous encanailler un peu.

— Je préfère ne pas m'étendre sur le sujet. Maintenant, dites-m'en plus sur ce que vous avez découvert.

À la réflexion, Una décida d'être sélective. Davison pouvait se montrer terriblement protecteur, c'en devenait même agaçant parfois. Or, son travail nécessitait qu'elle ait les coudées franches.

— Comme je m'y attendais, je n'ai pas pu compter sur la coopération de la police, répondit Una. J'ai donc dû recourir à d'autres moyens de réunir des informations.

— Par exemple ? demanda Davison d'une voix hésitante.

— Eh bien, j'ai commencé par convaincre une domestique de me laisser entrer chez les Christie, en l'absence du colonel. J'ai trouvé une lettre adressée à Mme Christie par sa sœur…

— Vous avez « trouvé » une lettre ?

— Oui, enfin, quand j'étais à l'intérieur de la maison, j'ai vu une lettre qui m'a beaucoup éclairée sur cette affaire.

Davison ne put dissimuler son horreur.

— J'ai sans doute mal compris. Vous vous êtes introduite chez le colonel et Mme Christie ? Et ensuite, vous leur avez volé une lettre ?

— Je sais, je sais, tenta-t-elle de minimiser. Ne me grondez pas. C'était important, et il n'y avait pas moyen de faire autrement. C'est ainsi que j'ai appris le nom de Mlle Neele, une information que j'aurais pu vendre aux journaux depuis plusieurs jours. Mais j'ai préféré la garder pour moi, dans l'espoir qu'elle me mènerait plus loin.

— Je ne peux pas admettre ce genre de méthodes, Una. Ce que vous avez fait est contraire à la loi, vous en avez conscience ?

— La loi ! Ne pensez-vous pas qu'il est parfois nécessaire de se montrer un peu créatif ? Ne me dites pas que vos services ont toujours agi dans les limites de la loi ?

— C'est complètement différent, réagit-il en rougissant. Les intérêts de la nation sont en jeu ! La sécurité du pays !

— Appelez ça comme vous voulez. Moi, je sais ce qui se passe, le genre de chose dont la population n'aura jamais connaissance. Et, je ne vous apprends rien, la morale n'en sort pas toujours grandie.

Davison devint silencieux un moment.

— Soyez prudente, Una, je vous en conjure. Je cherche juste à éviter que vous vous retrouviez derrière les barreaux, ou pire… Promettez-moi de faire attention.

Una hésita. Elle avait sa propre définition du mot « prudence », mais elle n'allait pas l'exposer à Davison.

— Je vous le promets, répondit-elle.

— Alors, qu'avez-vous découvert grâce à cette lettre ?

— Que le colonel avait une aventure avec une certaine Mlle Nancy Neele. Comme je pensais qu'elle pourrait apporter quelques éclaircissements sur cette affaire, j'ai trouvé un moyen, grâce à une couturière très bavarde, de me rendre à son domicile. Ma conversation avec Mlle Neele m'a menée à son médecin traitant qui, j'en suis persuadée, a lui aussi quelques petites choses à m'apprendre à propos de la disparition de Mme Christie.

— Qu'est-ce qui vous donne cette certitude ?

— Oh, rien de particulier. Disons simplement l'intuition féminine. J'ai de nouveau rendez-vous à son cabinet demain. Il m'a promis des informations, à condition que je ne cite pas son nom.

— Tout ça me semble passionnant, mais je n'aime pas beaucoup l'idée de vous savoir en train de courir la campagne pour vous introduire chez des inconnus et leur parler. Vous pourriez faire de mauvaises rencontres.

— Vous craignez que je trouve un mari convenable ?

— Plaisantez autant que vous voulez, Una, mais je me sens protecteur à votre égard. Vous n'avez pas oublié ma promesse à votre père, n'est-ce pas ? Notre conversation avant sa mort ?

Dans les yeux d'Una, l'étincelle s'éteignit ; son sourire disparut de son visage.

— Votre père m'a confié une mission : m'assurer de votre sécurité. Je manquerais à mon devoir en laissant quoi que ce soit vous arriver.

— Oui, je sais. Merci, Davison, répondit Una, tendant la main pour lui tapoter le genou.

Décidément, c'était le plus gentil des hommes.

— Alors, promettez-moi de ne rien faire de stupide ou de téméraire. Finies les expéditions à l'improviste dans l'Hertfordshire et d'autres comtés reculés.

— Entendu, concéda Una, qui fit mine de s'intéresser au *Times*. Maintenant, dites-moi : avez-vous des contacts utiles au sein du ministère des Postes et Télécommunications ?

— Pourquoi ?

Una l'informa de la découverte de la lettre adressée par Mme Christie à son beau-frère, M. Campbell Christie, et portant le cachet SW1.

— Vous pensez que Mme Christie s'est rendue à Londres après sa disparition ? dit Davison.

— Oui. À moins qu'elle l'ait remise à quelqu'un qui l'aura glissée dans la boîte pour elle. Peut-être menait-elle une double vie qu'elle tenait à garder secrète, de son mari en particulier ?

— Pourquoi tout le monde devrait-il mener une double vie ? Quel mal y a-t-il à être simplement honnête ?

Una lui lança un regard inquisiteur.

— J'aimerais entendre votre propre réponse à cette question.

— Pardon ? réagit Davison d'un ton amusé qui, de l'avis d'Una, servait à dissimuler quelque chose.

— Je parle de votre travail, bien sûr, et de tout ce que ça entraîne. Les ruses, les mensonges, les opérations clandestines, etc.

— Oh, ça, dit Davison, agitant la main en l'air. Pendant un moment, j'ai cru que vous faisiez allusion à un tout autre sujet.

— Non, absolument pas, le rassura Una, souriante. Ça ne me viendrait pas à l'idée. Bref, je me demandais si vous aviez des contacts dans l'administration postale à Londres.

— Oui, nos services connaissent du monde là-bas. Mais je vois mal l'aide qu'ils pourraient vous apporter.

— Moi aussi, admit Una. C'est mon problème : je ne sais pas quelle sera la prochaine étape. J'ai quelques pistes à explorer. Comme je vous l'ai dit, j'ai de nouveau rendez-vous à Rickmansworth demain. Mais ensuite, j'ai le sentiment d'être arrivée à une impasse. La police ne semble toujours pas vouloir se montrer coopérative. Et je ne peux certainement pas retourner voir Mlle Neele ou le colonel Christie.

— Eh bien, je peux me renseigner à propos de cette lettre, au moins découvrir dans quel bureau elle a été affranchie. Ça ne devrait pas poser de problème.

— Ce serait quelque chose, je suppose.

— Il n'empêche que seule Mme Christie saura qui l'a postée. À la possible exception de cet ami secret inventé par votre esprit tordu et pervers.

— À propos d'amis secrets…

— Ça suffit, la coupa Davison, levant les mains, les yeux pétillants.

De toute évidence, les révélations d'Una sur ses méthodes d'investigation bien peu conventionnelles n'avaient pas nui à leur amitié.

— Je vous ai prévenue : je refuse d'aborder ce sujet avec vous. Décidément, vous êtes faites pour le journalisme : votre esprit est comme… comme quelque chose qui n'a pas sa place dans une conversation polie.

— Davison !

Les deux amis éclatèrent de rire, un rire qui résonna dans tout l'appartement avec une telle force que les délicates pampilles de verre du lustre Napoléon III tintèrent de plaisir.

25

Kenward était persuadé de résoudre cette affaire, ce n'était qu'une question de temps. Augmenter la pression sur le colonel suffirait probablement à lui arracher des aveux. À lui de déterminer la bonne dose : trop faible, le meurtrier ne ressentirait pas la nécessité de partager des informations ; trop forte, il se fermerait comme une huître.

Les dernières vingt-quatre s'étaient révélées fertiles en événements. Dans l'après-midi, deux garçons s'étaient présentés à la police pour signaler la découverte d'une boîte en fer sous un buisson, à proximité de l'endroit où Mme Christie avait abandonné sa voiture. À l'intérieur se trouvait un étrange message : « Interrogez Candle Lanche. Il en sait plus à propos de l'étang de Silent Pool que… » Les hommes de Kenward avaient épluché les répertoires d'adresses locaux pour vérifier si quelqu'un de ce nom habitait le voisinage, mais ils avaient fait chou blanc. Dans l'hypothèse où il s'agissait peut-être d'une anagramme, le commissaire avait même mis à contribution le brigadier Hughes, connu pour sa passion des mots croisés.

Hugues avait jonglé avec les lettres, multipliant les combinaisons, pour n'aboutir au bout de deux heures qu'à quelques suggestions bancales. Finalement, Kenward avait décidé de considérer le message comme une blague stupide. Sans en avoir la preuve, il soupçonnait les deux garçons qui prétendaient avoir déniché la boîte, Frederick Jones et Stanley Lane, d'en être les auteurs. Bien sûr, il aurait pu continuer à les interroger, mais il avait préféré se rendre dans les Downs, où un promeneur avait découvert une chaussure, près d'Albury.

Pouvait-elle avoir appartenu à Mme Christie? Peut-être trouverait-on d'autres vêtements à proximité. Mais malgré les grands espoirs qu'il entretenait, il comprit dès son arrivée sur place que la chaussure pourrissait là depuis déjà un moment. Plus tard ce soir-là, alors qu'il se préparait à aller au lit, on avait frappé à sa porte. C'était Hugues; Kenward savait qu'il ne le dérangerait pas chez lui sans une bonne raison.

— Oui? fit-il, pressé d'entendre ce que le brigadier avait à lui annoncer. Mais entrez, entrez.

Il le mena à la cuisine.

— On vient d'appeler le commissariat. Le corps d'une femme a été repêché dans le canal de Basingstoke.

Enfin l'avancée qu'il attendait.

— On sait à quoi elle ressemble?

— Difficile à dire. Je n'ai pas encore vu le corps, mais je suppose qu'elle n'est pas belle à voir.

— Était-elle habillée?

— Oui, commissaire, absolument, répondit-il en tournant la page de son calepin.

— Quel genre de vêtements?

— Je ne suis pas expert en la matière, mais le témoin a affirmé que c'était une dame bien habillée.

— Le corps est à la morgue ?

— Oui.

— Eh bien, qu'est-ce qu'on attend ?

Hugues jeta un coup d'œil à la robe de chambre en laine bleu foncé qui contenait à grand-peine la forme replète du commissaire, ainsi qu'au pyjama rayé vert et blanc en dessous.

— Oh, bien sûr, réagit Kenward en toussant. Donnez-moi le temps de me changer.

Le docteur Anderson, un homme âgé qui semblait lui-même au seuil de la mort, leur ouvrit la porte de la morgue. Sa peau jaunie et terriblement fine évoquait la fragilité du papier d'un livre ancien. Voûté, il éprouvait des difficultés à lever le cou pour croiser le regard de ses interlocuteurs.

— Entrez, elle est sur la table d'autopsie, les accueillit-il d'un ton neutre.

Kenward et Hughes le suivirent le long d'un couloir jusqu'à l'arrière du bâtiment. La salle nue consistait en tout et pour tout en une table en marbre et une étagère pour ranger instruments chirurgicaux, récipients en métal et bocaux en verre de différentes tailles. L'air empestait le formol, comme hanté par un fantôme nauséabond.

Anderson lut ses notes :

— Aucune pièce d'identité sur elle ; apparemment, pas de sac à main découvert à proximité.

Kenward approcha, quelque peu fébrile. La vue d'un corps, même à un stade de décomposition avancée, ne le choquait plus depuis longtemps ; en revanche, il misait énormément sur celui-là pour la suite de son enquête. Pendant un moment, avant qu'il se sente prêt à étudier le visage de la morte, il dut se remettre d'aplomb. L'ampoule nue qui pendait au-dessus de la table d'autopsie projetait sur l'ensemble de la pièce son éclat aveuglant, clinique. Il eut pourtant l'impression que la lumière baissait. La périphérie de sa vision s'obscurcit, son champ se réduisant à un tunnel sombre.

— Kenward, tout va bien ? demanda une voix.

Il se tourna vers le docteur Anderson, présent à côté de lui, mais la pièce elle-même lui sembla sens dessus dessous, comme une scène à bord du *Titanic*. Quelqu'un le prit par le bras pour l'obliger à s'asseoir. Apparemment, on lui avait placé la tête entre les genoux, mais il ressentait une terrible pression au niveau de la taille et une douleur sourde au cœur. Il respira profondément à plusieurs reprises ; progressivement, le monde redevint normal sous ses yeux. Pourtant, ce qu'il vit alors – Anderson, sa silhouette de tortue ocrée qui avançait péniblement vers la mort – ne le réconforta guère.

— Kenward ? Kenward ? fit le docteur, tout en contrôlant son pouls. Vous nous avez fait peur l'espace d'une seconde.

— Juste un étourdissement. Désolé.

— Vous êtes sûr de vouloir faire ça maintenant ? insista Anderson. Pourquoi ne pas revenir dans la matinée, après vous être reposé un peu ?

— Non, non, ça va de nouveau très bien, répondit Kenward, qui se leva de sa chaise. Ne vous en faites pas pour moi. C'est la dame ici présente qui nous intéresse, et j'attends vraiment de…

La suite resta coincée dans sa bouche. Il cligna des yeux plusieurs fois, dans l'espoir de corriger ce qu'il voyait. La déception qui le frappa tel un coup de poing en pleine poitrine lui donna brièvement l'impression d'avoir une autre attaque. Devant lui se trouvait une jeune femme d'une vingtaine d'années, et d'à peine un mètre cinquante; ses longs cheveux noirs disposés en travers de son corps ressemblaient à des algues. Elle avait la peau pâle et translucide; un réseau de fines veines bleues était visible sur sa tempe gauche. Elle était aussi indubitablement enceinte.

— Bon sang, allez au diable, jura Kenward à mi-voix.

Son imprécation ne visait pas uniquement la malheureuse qui avait assassiné son enfant à naître, mais également le colonel Christie et sa femme disparue. Quand Kenward alla se coucher ce soir-là, il sombra dans un sommeil agité, hanté par d'atroces images. La noyée sur la table en marbre prenait l'apparence de Mme Christie. Dans ses rêves, il ressassait la manière dont le colonel avait tué sa femme. L'avait-il étranglée à Newlands Corner, avant de porter son corps sans vie au coffre de sa voiture? Puis, l'avait-il conduite au canal où, sous couvert de l'obscurité, il s'en était enfin débarrassé? Était-il rentré chez ses amis ensuite, dans leur cottage près de Godalming, pour se réchauffer dans le lit de sa maîtresse, comme si de rien n'était? Quelques heures lui auraient suffi. Combien de temps pour parcourir la dizaine de miles qui séparait Hurtmore Cottage de Newlands Corner, plus la vingtaine jusqu'au canal, en fonction de l'endroit où il avait jeté le corps? Trois heures, tout au plus, pour le trajet aller-retour et le meurtre. C'était possible. Kenward se réveilla tôt, pensant avoir résolu l'affaire. Hélas, à la froide lumière du petit jour, il s'aperçut qu'il n'avait rien résolu du tout : le cadavre retrouvé n'appartenait pas à Mme Christie.

Il prit son petit déjeuner d'humeur maussade, rembarrant Naomi qui tentait de lui remonter le moral, et finit par repousser son assiette, presque sans avoir touché son pain beurré et ses œufs à la coque.

Il arriva à son bureau bouillant de colère, son ressentiment à peine atténué par l'ingestion d'une dose ou deux de whisky. Il commença sa journée par la lecture de la presse. Au sommet de sa pile se trouvait le *Daily Express*, qui le critiquait pour ne pas avoir fait appel à Scotland Yard. Devait-il y voir la main du colonel ? Avait-il de l'influence à Fleet Street ? Un autre quotidien mentionnait une prétendue apparition de Mme Christie – il y en avait eu tellement qu'il en perdait le compte. Cette fois, la femme qui déclarait avoir vu la romancière l'avait signalé au commissariat de Wokingham. L'article citait le commissaire Goddard, de la police du Berkshire : « Je crains qu'il ne faille pas attacher trop d'importance à sa déposition, affirmait-il, mais personnellement, je pense que Mme Christie est toujours en vie. » Fichu Goddard ! Était-il donc incapable de tenir sa langue ? Il ne faisait que le jeu du colonel.

Son aigreur ne se dissipa qu'en lisant, après un autre whisky, la mention du nom de Mlle Neele, citée comme une amie des James. C'était un début, qui devrait suffire à contrarier le colonel. Il n'eut effectivement pas à attendre longtemps ; alors qu'il était assis à son bureau, on lui transféra un appel de Christie. Kenward lui répéta qu'il n'avait rien à voir avec cette fuite, et ajouta qu'il ignorait totalement comment la presse avait eu connaissance de l'identité de la jeune femme.

— Les domestiques, probablement, mentit-il. Vous savez ce que c'est…

Il passa la matinée à parler à son équipe et à organiser le groupe de volontaires qui l'assisterait dans les recherches. Une opération comme celle-là dépendait de la bonne volonté de la population. Le commissaire trouvait inouï qu'autant de gens ordinaires – hommes, femmes et enfants – soient prêts à battre la campagne venteuse en quête d'indices par une froide journée de décembre. Bon nombre d'entre eux puisaient sans doute leur inspiration dans le genre de romans ridicules qu'écrivait Mme Christie pour gagner sa vie ; peut-être se considéraient-ils comme des détectives amateurs, avec le secret espoir de découvrir des informations qui permettraient d'élucider un meurtre. Ils n'avaient pas idée de la réalité du travail de la police, de son aspect laborieux. Trouver l'auteur d'un crime n'avait rien d'excitant. Qu'on les oblige à se tenir devant le corps gonflé d'une noyée étendu sur une table d'autopsies ; qu'on leur fasse lire une centaine de témoignages contradictoires. Il avait envisagé de prendre sa retraite après cette affaire, une fois qu'il aurait élucidé le mystère de la disparition de Mme Christie, ce dont il ne doutait pas. Mais que ferait-il ? Son travail avait été sa vie. Il n'était pas prêt à partir, pas encore. En tout cas, pas avant de s'être occupé du colonel Christie.

Il ordonna à un de ses hommes de téléphoner au colonel pour lui demander s'il pouvait le retrouver à Newlands Corner dans l'après-midi. Après leur dernière conversation plutôt houleuse, il lui paraissait préférable que la requête émane d'un autre que lui. Si le colonel l'interrogeait sur la nature ou le but de l'invitation, Kenward conseilla au policier de rester aussi vague que possible, par exemple en répondant que le commissaire avait quelque chose à lui montrer sur le site de la disparition.

Kenward se rendit ensuite à Newlands Corner où il supervisa les recherches qui s'étendraient cette fois jusqu'aux villages de Peaslake et Chilworth. La matinée permit de mettre au jour les détritus habituels : un sous-vêtement féminin (dont on écarta qu'il eût pu appartenir à Mme Christie en raison de sa taille) ; une chaussure de garçon ; deux ballons de football bosselés ; une vieille veste en tweed mangée aux mites probablement portée par un vagabond ; un paquet de lettres d'amour taché par la pluie, entre une jeune domestique et un chauffeur de la région. À chaque nouveau cri signalant une découverte, Kenward sentait son cœur gonfler et commencer à battre la chamade ; chaque déception se traduisait inévitablement par une douleur sourde à la poitrine.

Le colonel arriva à Newlands Corner juste après le déjeuner. Kenward observa Christie sortir de son véhicule, aussi irascible et hautain qu'à l'accoutumée, accompagné par Charlotte Fisher, sa sœur, et le chien de la famille.

— Merci d'avoir répondu favorablement à mon invitation, colonel, l'accueillit Kenward, entraînant Christie à l'écart des deux femmes. Je vous suis très reconnaissant de vous être donné la peine de vous déplacer cet après-midi.

Christie le regarda de travers, désorienté par sa courtoisie et son amabilité.

— Vous vous demandez peut-être pourquoi j'ai requis votre présence ici. En fait, je tenais à vous présenter mes excuses. S'il vous semble avoir subi une quelconque intimidation ou pression excessive, j'en assume l'entière responsabilité.

Alors que Kenward lui tendait la main, le colonel hocha la tête.

— Comprenez bien qu'au cours d'une enquête, nous explorerons toutes les pistes, sans en ignorer aucune ; nous devions donc nous intéresser à vous à un moment ou à un autre.

— Est-ce à dire que vous ne me soupçonnez plus d'être impliqué dans la disparition de ma femme ?

Kenward regarda par-dessus son épaule.

— Si ça ne tenait qu'à moi, je diffuserais même un communiqué officiel annonçant votre innocence, chuchota-t-il. Mais vous savez ce qu'il en est…

— Effectivement, dit le colonel, dont les muscles du visage se relâchaient. Puis-je vous demander ce qui vous a fait changer d'avis ?

— Certains faits nouveaux, que je ne peux malheureusement pas partager avec vous pour le moment, mais qui semblent indiquer que votre femme est toujours en vie.

— Vraiment ? Et où est-elle ?

— Nous n'avons encore aucune certitude. Mais je crois que nous ne devrions plus tarder à la trouver.

— Mon Dieu. Quel soulagement ! Je suis tellement content de l'apprendre.

Le colonel paraissait sincère, mais Kenward savait les hommes, et les femmes, capables de masquer la réalité de leurs sentiments.

— Ça a dû être vraiment pénible pour vous, dit-il. Toute cette boue remuée par la presse.

— Épouvantable, vous n'imaginez pas. J'ai l'impression d'avoir été un prisonnier ces derniers jours. Je ne peux pas mettre le nez dehors sans qu'un journaliste tente de m'arracher une déclaration ou de prendre une photo à la hâte. Les gens me regardent comme si j'étais un vulgaire assassin.

— Avez-vous envisagé d'accorder une interview ? Ce serait une bonne manière de régler les choses une bonne fois pour toutes, en donnant votre point de vue au grand public. Comme je l'ai dit, nous détenons certaines informations suggérant que Mme Christie est en vie, mais nous continuons d'ignorer où elle se trouve. Une interview pourrait contribuer à la faire sortir de sa cachette.

— Je ne sais pas. Avec la façon qu'a la presse de déformer vos propos…

— J'ai un contact au *Daily Mail*, en qui j'ai toute confiance. C'est le journal préféré de votre femme, n'est-ce pas ? Si elle lisait quelques mots de vous dans ses pages, ça pourrait peut-être nous aider.

— Peut-être.

— Prenez le temps d'y réfléchir. En attendant, cet après-midi, j'ai pensé que nous pourrions parcourir les environs du site ; avec un peu de chance, nous trouverons quelque chose.

— Certainement. Je suis à votre disposition.

Les deux hommes franchirent une crête de bruyère avant de descendre en pente douce en direction d'un bois. Peter suivit le colonel, s'arrêtant çà et là pour flairer le sol. Hormis les cris des oiseaux et le bruit du vent dans les arbres, aucun son n'interrompit la conversation. Quand le commissaire et son suspect atteignirent une étendue boisée en bordure d'une carrière de craie, ils n'étaient plus visibles de personne.

— Dire que ma femme s'est retrouvée seule ici, et la nuit ! dit le colonel. Je n'ose imaginer ce qui aurait pu se passer.

— Oui, c'est aussi ce qui nous inquiétait.

— Et qu'est-ce qui vous a convaincu qu'elle était toujours en vie ? Je sais que vous devez garder le secret, mais peut-être pourriez-vous me mettre sur la voie ?

Kenward resta silencieux.

— C'est une lettre ? Elle vous a écrit ?

Le commissaire soutint le regard de Christie et baissa le menton, comme pour confirmer cette hypothèse, tout en en disant le moins possible.

— J'ignore vraiment ce qui lui a pris. Pour moi, il semble évident que cette crise est liée d'une manière ou d'une autre au décès de sa mère qui l'a profondément affectée. J'en discutais avec un psychiatre l'autre jour ; selon lui, le deuil est susceptible de provoquer une perte de mémoire, ce qu'il a appelé une amnésie totale.

— C'est un scénario tout à fait possible, répondit Kenward. Dans ce cas, peut-être que la lecture de l'interview dont nous parlions contribuerait à rendre la mémoire à Mme Christie.

— Vous le pensez vraiment ?

— Écoutez, Christie. Je sais que vous détestez les journaux ; je ne les porte pas non plus dans mon cœur. Vous avez lu les quotidiens du matin ? Les critiques qui pleuvent sur la police et sur moi ? Parfois, c'est difficile à supporter, je vous assure. Mais dans certaines situations, il faut se rendre à l'évidence, la presse peut se révéler utile.

Le colonel semblait hésitant.

— Voilà ce que je vous propose, poursuivit Kenward. Laissez-moi vous mettre en contact avec mon gars au *Mail*. Je lui dirai que vous n'avez encore rien décidé, mais que vous êtes prêt à le rencontrer pour discuter de la possibilité d'une interview.

— D'accord. Vous avez peut-être raison.

— Je pense. À mon retour au commissariat, je l'appellerai. Oh, juste une dernière chose. Si vous acceptez finalement de lui parler, évitez de mentionner ce que je vous ai laissé entendre aujourd'hui. L'information qui prouve que Mme Christie serait en vie ? Je préfère que ça reste entre nous pour l'instant.

— Oui, très bien. Comme vous voudrez.

Kenward observa Christie se mordre l'intérieur de la joue. La perspective d'une interview le rendait visiblement nerveux, et à juste titre. George Fox, le contact du commissaire au *Mail*, était l'un des représentants les plus coriaces et les plus impitoyables de sa profession. Mais le colonel le découvrirait bien assez tôt.

— Ne vous inquiétez pas, ajouta Kenward, je suis persuadé que cette interview produira des résultats positifs.

Ce n'était pas faux, songea-t-il. Puis il leva les yeux et aperçut un groupe de volontaires qui avançaient lentement en ligne au sommet de la colline.

— Et si nous allions rejoindre ces hommes ? Peut-être ont-ils découvert quelque chose d'utile ?

26

Rosie frappa doucement à la porte de la chambre avant d'entrer avec le plateau du petit déjeuner. Alors que je me redressais dans mon lit, son regard me sembla inquisiteur. Soupçonnait-elle ma véritable identité ?

— Merci, ma chère, dis-je.

Je me versai du thé, puis ouvris le *Daily Mail* du matin.

— Ce sera tout, ajoutai-je, à l'intention de la jeune femme qui s'attardait un peu plus longtemps que nécessaire.

Elle sortit et ferma la porte derrière elle.

Je feuilletai le quotidien, quand je m'arrêtai soudain à la page 9. Je me sentis rougir, et ma respiration s'accéléra. L'imbécile ! Qu'est-ce qui avait bien pu lui passer par la tête ? Je n'arrivais pas à y croire. Ni au gros titre ridicule, « DISPARITION VOLONTAIRE ? UNE HYPOTHÈSE ENVISAGÉE », suivi de « L'épouse qui se vantait de pouvoir disparaître », ni aux propos tenus par Archie. Je m'efforçai de lire lentement, calmement, mais je dévorai les mots avec avidité, un paragraphe après l'autre.

C'est exact, ma femme avait évoqué cette possibilité, il y a quelque temps déjà. Elle avait dit à sa sœur : « Je pourrais disparaître, si je le souhaitais ; ce n'est qu'une question de préparation. »
C'était une conversation à propos d'un article lu dans le journal, je crois. L'idée lui trottait donc dans la tête, probablement pour son travail.

Faisait-il allusion à la fois où Madge et moi avions parlé de la critique d'un roman policier dont l'intrigue reposait sur une mise en scène de ce genre ? Je me rappelais vaguement avoir fait une remarque en l'air, sans penser qu'elle serait prise au sérieux.

À mon avis, c'est ce qui s'est produit. En tout cas, je me raccroche à cette idée. Car je n'ai que trois explications possibles pour cette disparition : un acte volontaire, une perte de mémoire ou un suicide.
Je penche pour la première, bien que je n'écarte pas l'amnésie, liée à ses nerfs fragiles.

POISON

Je ne crois pas au suicide. Elle n'a jamais menacé de mettre fin à ses jours. Mais si elle l'avait voulu, je suis sûr qu'elle aurait songé au poison. Non pas qu'elle ait jamais évoqué l'idée d'en prendre elle-même, mais elle en utilise très souvent dans ses romans.
Je lui en ai d'ailleurs fait la remarque, mais son esprit semble étrangement attiré par cette façon de mourir. Par ailleurs, elle n'aurait eu aucun mal

à se procurer du poison. Elle obtient toujours ce qu'elle veut, c'est un don chez elle.

Ce culot ! Après tous les sacrifices que j'avais consentis pour lui. J'habitais Styles, une maison qu'*il* avait choisie et qui me déprimait depuis le jour où nous avions emménagé. Je fréquentais *ses* amis du club de golf. Sans oublier sa trahison avec une femme qui, sans être une amie (certainement pas), appartenait à notre cercle.

Mais au regard de la théorie du suicide, je vous rappellerai ceci : une personne qui a l'intention de se supprimer ne se donne pas la peine de parcourir plusieurs miles, puis de se perdre en pleine nature avant de passer à l'acte.
Pour cette raison, je ne pense pas que ma femme ait mis fin à ses jours. Elle a enlevé son manteau et l'a posé à l'arrière de sa voiture avant de s'éloigner. Ensuite, elle est probablement descendue de la colline pour disparaître... Dieu sait où. J'émets cette suggestion, parce qu'elle a toujours détesté les montées.

Cette dernière phrase me fit rire. Comme Archie me connaissait bien ! Puis le rire se transforma en gémissement, et enfin, en sanglot. À travers un voile humide, je regardai sa photo dans le journal. La fossette sur son menton, sa mâchoire carrée, ses traits si séduisants. Je devais bien l'admettre : même après ce qu'il m'avait fait subir, je l'aimais encore, il continuait de m'attendrir.

Au bout de quelques minutes, je séchai mes larmes et m'aspergeai le visage d'eau froide. Je ne pouvais me permettre aucune faiblesse, surtout pas aujourd'hui. Je rassemblai donc mes affaires et m'habillai ; quand j'estimai être aussi présentable que possible – j'avais toujours la peau pâle et marbrée autour des yeux –, je descendis pour un petit déjeuner léger. Je mangeais mon pain grillé quand un membre du personnel approcha pour me remettre une lettre qui venait d'arriver. La vue de l'écriture familière me retourna l'estomac, et je me forçai à boire une autre gorgée de thé avant d'ouvrir l'enveloppe.

Chère Mme Christie,

J'espère que vous profitez bien de votre séjour à l'Hydro et que vous trouvez l'établissement à votre goût.

Malheureusement, je crains de devoir interrompre votre période de repos et de détente. Comme vous devez en avoir conscience, la semaine touche à sa fin. Je compte sur vous pour que tout se déroule selon le plan dont nous avons discuté. Je n'ai pas à vous rappeler que, dans le cas contraire, il y aura des conséquences.

Une fois que vous aurez fait le nécessaire, vous m'en informerez en plaçant une annonce dans le Times. *La simple mention de votre nom, Neele, me suffira ; je laisse le reste à votre imagination.*

J'attends de vous que vous brûliez cette lettre, mais aussi toute correspondance entre nous à ce jour, ainsi que vos notes éventuelles en rapport avec notre affaire.

Je vous souhaite bonne chance. Après que vous vous serez acquittée de votre tâche, je doute que nos chemins se croisent de nouveau. Mais sachez que je continuerai de suivre votre carrière avec intérêt, en particulier pour voir si vos récentes expériences influencent votre écriture d'une manière ou d'une autre.

Bien à vous,
Dr Patrick Kurs

Je fourrai la lettre dans mon sac et m'acheminai vers la gare. C'était une autre journée venteuse, et le froid me fit de nouveau monter les larmes aux yeux. Je comprenais à peine ce que je m'apprêtais à faire.

Alors que j'arrivais dans le train, je me sentis aussi coupable qu'une meurtrière, si elle était dotée d'une conscience, et préférai éviter le regard de mes compagnons de voyage. Je baissai légèrement mon chapeau sur mon front pour jeter une ombre sur mon visage ; je finis par m'installer dans un wagon vide et sortis mon carnet de mon sac. À la moindre erreur, je serais responsable de la mort d'un être humain. J'aurais commis un meurtre. Je notai une nouvelle fois toutes les étapes de la procédure, espérant que la vue de la formule noir sur blanc me soulagerait au moins un peu de mon angoisse. Je songeai au laudanum caché dans le tiroir de ma table de nuit à l'hôtel ; son contenu offrirait une mort plus confortable que tous les autres poisons en ma possession. L'image du flacon et sa promesse de néant agirent comme un baume sur mes nerfs. Mais bien vite, la panique me regagna : si je croyais réellement en Dieu, prendre ma propre vie me vaudrait la damnation éternelle.

Je tergiversais, tentant de trouver des raisons qui m'empêcheraient d'exécuter le plan. À Leeds, alors que j'approchais de la maison, je résistai pour ne pas tourner les talons et repartir par le premier train pour Harrogate.

Après tout, Kurs pouvait me surveiller ou avoir chargé un de ses sbires de me filer. Une fois devant la porte, je me forçai à sonner. Flora vint m'ouvrir en personne.

— J'ai donné congé à la bonne et à la cuisinière pour le reste de la semaine, comme vous l'aviez suggéré, expliqua-t-elle. Entrez.

Dans le vestibule spacieux et accueillant, je fus frappée par l'énergie que dégageait Flora. Ses yeux étincelaient et sa voix avait retrouvé son assurance. Si elle ne m'avait pas informée de son état, le rose de ses joues et l'insouciance de ses mouvements auraient pu me donner à penser qu'elle était récemment tombée amoureuse. Mais je soupçonnais l'amant secret de Flora de n'être nul autre que la mort elle-même.

— Je suis impatiente de commencer ; j'ai réussi à me procurer tout ce que vous aviez demandé. J'ai du sel pour la solution saline. Mon pharmacien n'a pas posé de question, absolument aucune. J'ai aussi réuni le matériel qu'il vous faudra : le tube, l'entonnoir ; le seau, nous l'avions déjà, bien sûr. Je n'ai pas rencontré la moindre difficulté.

Je me sentis soudain très déprimée ; l'enthousiasme de Flora réveilla mes doutes quant à la nature de la procédure dans son ensemble.

— Flora, écoutez-moi, dis-je. Nous devons discuter d'un certain nombre de choses avant de commencer – *si* nous commençons.

— Que voulez-vous dire ? Je ne comprends pas. La situation a-t-elle changé ? Patrick a-t-il été en contact avec vous ? Que s'est-il passé ?

— Respirez profondément et calmez-vous un moment.

La prenant par la main, je la menai au salon. Elle avait tout préparé. Un feu flambait au fond de la pièce et tout le nécessaire attendait sur une des tables. Une pile de serviettes blanches amidonnées, un entonnoir, un seau, un morceau de tube brun ainsi qu'un encrier, quelques feuilles de papier vierges et un stylo à plume.

— Mais tout est prêt, vous voyez bien ! *Je* suis prête.

— C'est bien ce qui m'inquiète.

— Pardon ?

— J'ai peur que vous agissiez précipitamment, et pour de mauvaises raisons. Vous voulez m'aider à sauver ma fille, j'en ai conscience et je vous en serai éternellement reconnaissante. Mais je vous trouve un peu trop enthousiaste. Pour ma tranquillité d'esprit, vous devez me persuader que vous ne vous servez pas de cette occasion pour hâter votre propre mort. Sinon, j'aurais l'impression de vous aider à commettre un péché.

— Je vois, répondit Flora, qui prit une profonde inspiration, serra mes mains froides dans les siennes et me regarda droit dans les yeux. Je peux vous promettre que j'ai la ferme intention de me réveiller à l'issue de la procédure, et de vous saluer, comme au début d'une nouvelle journée. J'ai des raisons de vivre, soyez-en sûre, des choses à faire avant de partir. Je le jure sur les tombes de ma mère et de mon père, et vous savez combien leur mémoire m'est chère, ce qu'ils continuent de représenter pour moi.

Je la croyais ; impossible de ne pas être convaincue.

— Très bien, dis-je. Mais je tiens à vous demander une dernière fois si vous vous sentez prête à aller jusqu'au bout. Je ne vous en voudrai absolument pas si, pour une raison ou pour une autre, vous avez des hésitations.

— Madame Christie, Agatha. Je vous fais entièrement confiance, vous le savez.

— Comme je vous l'ai déjà expliqué, le produit aura des effets secondaires qui se révéleront certainement fort désagréables.

— Oui, j'en ai conscience et je suis prête. Mais quand tout sera terminé, j'espère que vous serez là à mon réveil pour m'accueillir avec une bonne tasse de thé.

J'étudiai son visage ; elle semblait bien plus calme à présent, plus détendue aussi. Toute trace de la frénésie manifestée un peu plus tôt avait disparu de son regard.

— Et le médecin ? fis-je.

— Ah, oui. J'ai respecté vos instructions, et choisi le plus incompétent que je pouvais trouver. Un certain docteur Maxwell. Ses mains tremblent. Il boit, je crois. Voilà ses coordonnées.

Après avoir lu la lettre, je respirai bien fort, plusieurs fois, avant de tendre le bras vers mon sac pour en extraire l'ampoule de tétrodotoxine. Ce faisant, je me rappelai ce pharmacien de ma jeunesse qui ne se séparait jamais de sa dose de curare. Alors qu'on me forçait à décider si quelqu'un devait vivre ou mourir, ce que je n'avais jamais demandé, je songeai à ma chère Rosalind. Je consultai ma montre ; déjà dix heures et demie.

— Commençons, dis-je. Je me charge du plateau avec le tube et l'entonnoir. Vous voulez bien apporter le seau dans la chambre ? Je pense que c'est l'endroit qui conviendra le mieux.

Flora me fit traverser la maison et monter au premier,

dans une pièce spacieuse et confortable avec vue, à l'arrière, sur un jardin dominé par un imposant sapin.

— Quand j'étais petite, mon père avait accroché une balançoire à l'une des plus grosses branches de cet arbre, me confia-t-elle. J'adorais en faire : les mouvements de balancier, l'air sur mon visage, l'impression d'apesanteur. C'est de cette façon que je préfère y penser – à la mort, j'entends. Une sensation de délivrance, de liberté.

Je lui lançai un regard préoccupé.

— Mais je n'y pense pas aujourd'hui, vous avez ma promesse.

— J'espère bien. Je vous ai donné quelques informations à propos de la toxine que je vais utiliser, mais rappelez-vous : vous serez tout à fait consciente tout du long.

— Je me rendrai compte de tout ce qui se déroule autour de moi ?

— Oui. Vous serez paralysée, bien sûr, et souffrirez de toute une série d'effets secondaires désagréables, mais vous garderez votre complète lucidité.

Assise au bord de son lit, Flora se mit à rédiger sa lettre de suicide. De mon côté, je passai une fois de plus en revue les étapes de la procédure, autant pour moi que pour elle. En parlant, je m'aperçus que j'avais commencé à me détacher légèrement de la tâche qui m'attendait, un peu comme j'y avais été obligée en tant qu'infirmière volontaire pendant la guerre. J'étais si inexpérimentée quand je m'étais présentée à l'hôpital installé dans le vieil hôtel de ville de Torquay !

Je me souvins de ce bidon rempli de pansements sales que j'avais immédiatement voulu brûler.

L'infirmière-chef m'avait expliqué qu'une fois stérilisées, les bandes de tissu pourraient resservir. Je me rappelai les quatre bouilloires au fond de la salle, dans lesquelles les infirmières préparaient les fomentations. Les cris de l'infirmière-chef qui n'arrêtait pas de se moquer des filles les moins capables, « tout juste bonnes à faire chauffer l'eau pour le thé », résonnaient encore dans mes oreilles. J'avais toujours craint d'être un jour la cible de ces railleries. Et ma première opération. Je n'avais pas supporté la vue de la chair écorchée, l'odeur rance de la plaie ouverte et le vilain sourire rouge de l'incision. Sans l'intervention d'une collègue bienveillante, je me serais évanouie en salle d'opération, et couverte de honte.

J'avais vite appris – bien obligée – et m'étais aperçue que ce travail me plaisait. Peut-être avais-je cela en moi. Ma mère m'avait raconté que l'une de mes grands-mères avait été infirmière. J'avais rapidement pris conscience que je ne pouvais pas me permettre de m'émouvoir. Si je m'effondrais, je ne rendrais pas service à mes patients. Même quand mon âme hurlait sa souffrance, je devais absolument le garder pour moi. Au bout d'un certain temps, je parvins à laisser la logique guider mes actes en toutes circonstances, au point que certains ont pu y voir une certaine froideur. Je devais avoir exactement la même attitude aujourd'hui.

— Je suis sûre que vous n'en aurez pas besoin, mais juste au cas où, dit Flora, qui me tendit la lettre.

— Merci. Voulez-vous enfiler une chemise de nuit ? Ce serait sans doute préférable.

Je me détournai, tandis qu'elle commençait à se

déshabiller, mais j'aperçus tout de même son épaule du coin de l'œil, sa peau d'albâtre lisse, sa jolie silhouette. Personne n'aurait pu deviner que ses jours étaient comptés. Quelle horreur, quel terrible gâchis ! Après qu'elle eut passé sa chemise de nuit en dentelle blanche, je regardai Flora s'asperger le visage d'eau froide, se brosser les cheveux et se coucher.

— Installez-vous le plus confortablement possible. Voilà, c'est bien. Voulez-vous que je vous aide avec votre oreiller ?

— Merci, c'est gentil, répondit-elle, changeant légèrement de position et desserrant son col.

Je retournai à la coiffeuse où j'avais préparé la solution de tétrodotoxine. Une dose supérieure à 25 milligrammes, prise par voie orale, suffisait à tuer quelqu'un ; une goutte, apparemment insignifiante, pouvait se révéler mortelle. J'aurais à me montrer particulièrement attentive aux symptômes manifestés par Flora afin de les interpréter et d'agir dès que je la penserais en danger. Le minutage de l'expérience était essentiel.

Je consultai de nouveau ma montre – précisément 11 heures. Je dosai le poison avec soin, en vérifiant plusieurs fois, avant de l'ajouter à l'eau.

— Le goût vous semblera peut-être bizarre, expliquai-je. Vous êtes bien sûre de vous ? Il n'est pas trop tard pour changer d'avis.

— Non, ma décision est prise. Je suis prête.

— Très bien. Rappelez-vous, il est possible que vous éprouviez quelques sensations curieuses, mais tâchez de ne pas paniquer. Je vous assure que je maîtrise parfaitement la situation.

Cette dernière affirmation n'était pas tout à fait vraie, mais elle correspondait au genre de chose que j'avais pris l'habitude de dire aux blessés, pendant la guerre. Les mots soulageaient le patient et encourageaient l'infirmière.

Vingt minutes après que j'eus administré la solution, je commençai à noter les premiers symptômes. Les doigts de Flora se levèrent en direction de son visage, alors que de la salive s'accumulait aux coins de sa bouche. Sa peau se couvrit soudain de gouttes de transpiration et sa respiration se mit à accélérer.

— Bien que vous ne puissiez pas parler, vous m'entendez très probablement. Je suis là, Flora ; c'est Agatha. Vous commencez peut-être à vous sentir vraiment mal – crampes d'estomac, nausée, maux de tête.

Flora était sur le point d'endurer une torture que je n'aurais pas souhaitée à mon pire ennemi, y compris Kurs, peut-être. Et ce n'était que le début du processus : les crampes d'estomac allaient continuer, sa peau risquait d'adopter une nuance bleuâtre, sa tension chuterait à des niveaux dangereusement bas ; elle pouvait également avoir une attaque, souffrir d'une production excessive d'expectorations et d'insuffisance respiratoire. Je pris son pouls et surveillai sa respiration pendant toute la procédure, attentive au moindre changement.

— Je sais que vous m'entendez, Flora, répétai-je, alors que je lui épongeais le front. Je n'ai pas l'intention de vous laisser mourir, ajoutai-je doucement.

Alors que j'étais assise à côté d'elle, son pouls ralentit jusqu'à sembler inexistant. De mon sac à main, je sortis un petit poudrier que je plaçai devant sa bouche : le miroir resté net fournirait la preuve de son décès. Il était temps d'appeler le médecin. Après une ultime vérification, je descendis téléphoner au docteur Maxwell. Une femme décrocha et me répondit qu'il était avec un patient, mais qu'il se mettrait en route dès la fin de sa consultation. Je lui communiquai les coordonnées de Flora Kurs, en lui expliquant que mon amie semblait s'être évanouie. Puis je remontai au chevet de cette pauvre Flora qui, agitée de mouvements convulsifs, faisait penser à un poisson échoué sur un rivage calciné par le soleil. Les spasmes auraient cessé à l'arrivée du médecin, et son corps ressemblerait à un cadavre.

Je regardai ma montre. Presque midi. Je laissai Flora un instant, le temps d'aller à la fenêtre sur la façade pour guetter le docteur Maxwell, mais il n'était pas encore là. De ma manche, je tirai un mouchoir que je me mis à tordre dans tous les sens dans l'espoir de soulager mon anxiété. En retournant dans la chambre de Flora, je trouvai son corps immobile et inanimé. Je savais ce que la toxine lui réservait après : un bronchospasme, suivi par une insuffisance respiratoire, puis le coma et la mort. Je cherchai de nouveau son pouls. Toujours rien. Il ne restait pas beaucoup de temps. Où était cet imbécile de docteur ?

Juste à ce moment-là, j'entendis frapper à l'entrée. J'avais caché en lieu sûr le tube, l'entonnoir, le seau et bien sûr, l'ampoule de poison. Mais j'examinai tout de même une dernière fois la pièce, m'assurant de n'y avoir rien laissé de nature à éveiller les soupçons. Puis je courus accueillir le docteur Maxwell. J'ouvris la porte, découvrant un homme d'une soixantaine d'années avec des cheveux châtains clairsemés, un visage rougeaud et des yeux soulignés de cernes sombres.

— Bonjour. Je suis le docteur Maxwell, je suis là pour Mme Kurs. Désolé d'être un peu en…

— Venez, venez vite. Je pense que Mme Kurs est… Je pense qu'il est peut-être trop tard.

— Qu'est-ce qui…

— Dépêchez-vous, je vous en supplie.

— Ma secrétaire m'a dit qu'une femme s'était évanouie.

— Oui, c'est ce que je croyais au moment d'appeler, mais ensuite… Oh, je ne sais plus où j'en suis. Aidez-la, s'il vous plaît.

En toute hâte, je l'entraînai à l'étage, jusqu'à la chambre. En voyant la forme inerte de Flora étendue sur le lit, Maxwell se précipita pour lui prendre le pouls. Alors que s'écoulaient les secondes, son expression devint de plus en plus grave. Puis il sortit son stéthoscope de sa trousse pour écouter la poitrine de sa patiente.

— C'est sans espoir, je le crains, m'annonça-t-il. Je suis désolé, mais elle est morte.

— Oh, non, quelle horreur ! criai-je.

Je n'eus même pas à forcer les larmes qui mouillèrent mes joues. En revanche, je ne les versai pas pour Flora, mais pour moi, pour la tâche qu'il me restait à accomplir.

— Qu'est-ce qui s'est passé ? demanda le médecin. Elle s'est évanouie, c'est ça ?

— Oui, nous bavardions. Elle était au lit, dans sa position actuelle. Je suis descendue préparer du thé, et à mon retour, elle avait basculé vers l'avant. J'ai cherché des sels, mais je n'en ai pas trouvé. C'est là que j'ai décidé de vous appeler.

— Mme Kurs était-elle souffrante ?

— Oui. J'ai reçu une lettre curieuse, qui me demandait de venir la voir. Je suis arrivé par le train ce matin, et je suis entré avec le double de clé qu'elle m'avait envoyé. Les domestiques n'étaient pas là. J'en ai déduit qu'elle leur avait donné congé pour la journée, et j'ai trouvé Flora au lit. Nous avons discuté un moment. Je lui ai dit qu'elle me semblait un peu pâle, et qu'une tasse de thé lui ferait probablement du bien. Et quand je suis revenue de la cuisine, elle… elle…

— Je vois, dit Maxwell. Et que savez-vous de la nature de sa maladie ?

— Rien, mais sa lettre m'a donné l'impression que c'était grave. J'ai accouru immédiatement.

— D'accord. Et pourquoi n'avez-vous pas appelé son médecin traitant ?

— J'ignore totalement qui s'occupait d'elle habituellement. Vous êtes le premier que j'ai trouvé dans l'annuaire.

— Je comprends. Bien, je vais devoir téléphoner à la police.

Je m'étais préparée à cela.

— Oui, oui, absolument. Le plus tôt sera le mieux.

— Effectivement. Et pouvez-vous me dire qui est son plus proche parent ? Il faudra le prévenir.

— C'est son mari, un médecin, lui aussi. Le docteur Patrick Kurs, de Rickmansworth, dans l'Hertfordshire.

— Eh bien, je prendrai contact avec lui pour lui annoncer la mauvaise nouvelle. À moins que vous préfériez vous en charger ?

— Non, non, répondis-je, essuyant une larme avec un coin de mon mouchoir. Je suis une vieille amie de

Flora, mais je ne le connais pas. J'ai passé ces dernières années à l'étranger, vous comprenez.

— Oui, je vois.

Le docteur Maxwell me semblait un peu tendu, comme s'il souffrait d'une forme particulièrement aiguë de goutte, la maladie des alcooliques. Puis il leva la tête et me fixa du regard quelques secondes de plus que nécessaire.

— Désolé de vous demander ça, mais vous me rappelez quelqu'un. Avons-nous déjà eu l'occasion de nous rencontrer ?

Je me sentis prise de vertige, comme si j'allais m'évanouir.

— Non, je ne crois pas.

— Vous habitez Leeds ?

— Non, comme je l'ai expliqué, j'ai récemment vécu à l'étranger, en Afrique du Sud.

— Vraiment ? C'est très loin du Yorkshire.

— Oui. Je m'y suis installée à la mort de mon mari, pendant la guerre.

— Je suis désolé de l'apprendre. Alors, je connais peut-être un parent à vous, madame…

— J'en doute. Je n'ai pas de famille dans la région.

— Ah bon ? fit-il, regardant au loin, comme s'il espérait réveiller ainsi un souvenir perdu. Excusez-moi, quel est votre nom, déjà ?

La prudence exigeait que je ne donne pas à Maxwell celui que j'avais utilisé pendant mon séjour à l'Hydro. Mais qu'aurais-je pu répondre ? Pendant un moment, le vide se fit dans mon esprit. Puis un mot m'apparut, tiré de mon enfance, rapidement associé à l'image d'un joli village au pied d'un massif montagneux. J'étais de nouveau une fillette, en vacances avec mes parents en France, dans les Pyrénées. Un jour où toute la famille se promenait, notre guide, un homme bienveillant, m'avait offert un papillon qu'il avait attrapé. Une si ravissante créature – oh, les couleurs de ses ailes ! Mais ensuite, il s'était servi d'une épingle pour le fixer à mon chapeau. Trop bouleversée pour réagir, je m'étais enfermée dans le silence.

— Désolé, vous pouvez répéter ?

La voix de Maxwell me ramena brusquement dans le présent.

— Cauterets, répondis-je enfin. Mme Jessica Cauterets.

Maxwell se détourna pour sortir de la chambre. J'éprouvai un tel sentiment de soulagement que j'aurais pu m'affaisser sur le sol. Mais alors qu'il approchait de la porte, il s'adressa de nouveau à moi.

— Bien sûr, j'aurai également besoin de contacter le médecin traitant de Mme Kurs. Peut-être saura-t-il nous éclairer. Pensez-vous pouvoir me trouver ses coordonnées ?

— Je vais voir si Flora les a notées quelque part.

— Je serai en bas, au salon.

J'attendis sur le seuil pour m'assurer qu'il descende bien l'escalier. Puis je me précipitai au chevet de Flora et sortis mon poudrier de mon sac. De nouveau, le miroir resta net. Je passai mes doigts sur son front froid et lui tins les mains, qui commençaient à virer au bleu.

27

Una se demanda s'il était prudent de retourner voir le docteur Kurs. Elle songea aux conseils de Davison, qui lui avait recommandé d'éviter de se mettre en danger. Par ailleurs, elle avouait ne pas mourir d'envie d'avaler une seconde dose de ce fortifiant. Mais un médecin était un membre respectable de la communauté. Et il lui avait promis des informations à propos de Mme Christie et Mlle Neele. Bien sûr, il ne pourrait rien lui révéler de réellement important, mais comme le lui avait montré la lecture des romans d'Agatha Christie, un détail suffisait parfois à faire toute la différence. Quand elle arriva à Rickmansworth, elle vit deux policiers qui sortaient de chez Kurs.

— Désolé, mademoiselle, l'arrêta le plus âgé, qui lui bloqua le passage de sa main tendue. Je vous suggère de remettre votre rendez-vous à plus tard. Le docteur vient d'apprendre une terrible nouvelle.

— Oh, non ! réagit Una. C'est grave ?

— Le pire qu'on peut annoncer à un homme, renchérit le plus jeune.

— Je ferais peut-être mieux de revenir une autre fois, répondit-elle.

Elle remontait déjà l'allée en leur compagnie quand la silhouette de Kurs apparut à la porte.

— Messieurs ? lança-t-il aux deux agents. Veuillez laisser passer cette dame.

Qu'est-ce qui a bien pu arriver ? se demanda Una, alors qu'elle rebroussait chemin.

— Mademoiselle Crowe. Je vous attendais, ajouta-t-il.

Elle crut lire un certain désespoir dans son regard.

— Docteur Kurs. Tout va bien ? La police n'est pas entrée dans les détails, mais…

— Oui, c'est affreux. Venez, je vous expliquerai. J'ai donné sa journée à Mme Johnston. Bien sûr, elle a proposé de rester pour me réconforter, mais je n'aurais pas supporté ses manières de mère poule. Je sais, c'est cruel de ma part, mademoiselle Crowe, et bien peu aimable, mais quand…

— Que s'est-il passé ?

Kurs la mena dans son cabinet où il l'invita à prendre place.

— C'est ma femme, Flora. Je viens d'apprendre sa mort.

— Mais, c'est épouvantable ! Vous devez avoir l'impression que le monde s'écroule autour de vous.

— Oui, c'est vrai. Même si nous avions nos problèmes, et vivions séparés ces derniers temps. Flora habitait dans le nord de l'Angleterre, où elle a grandi. Elle n'a jamais aimé le Sud. De mon côté, j'ai mes patients ici. Je la savais malade, mais je ne me doutais pas que son état s'était tant détérioré. On l'a trouvée morte dans son lit, ce matin.

Toute l'antipathie qu'Una aurait pu éprouver à son égard disparut, emportée par une vague de compassion. Le souvenir de la perte de son père, encore très vif, l'accablait toujours, comme au premier jour.

— Je suis sincèrement navrée, croyez-le bien, dit-elle, les larmes aux yeux.

Ses paroles s'appliquaient autant à Kurs qu'à elle-même.

— Oui, pauvre Flora. Si pleine d'énergie, et si gaie. Jusqu'au moment où la maladie s'est mise à la ronger. Elle laissera un grand vide. Mais assez parlé de moi. Parfois, j'oublie que c'est moi le médecin.

Il se leva pour consoler Una qui, assise sur sa chaise, sanglotait à présent.

— Je ne sais pas ce qui m'a pris. Il me manque tellement. Mon père, ajouta-t-elle en séchant ses larmes. Pardonnez-moi. Je dois vous sembler incroyablement égoïste. Vous venez de perdre votre femme, et je ne pense qu'à moi, à ce père disparu il y a dix-huit mois.

Il posa la main sur son épaule.

— Vous n'avez rien à vous faire pardonner. Et surtout, ne tentez pas de refréner vos émotions. Quel est ce vers de Shakespeare, déjà? « Pleurer, c'est rendre la douleur moins profonde. »

— *Henry VI (acte III)*? dit Una en reniflant.

— Oui, bravo. J'ignorais que…

— Que j'avais une éducation? À l'école, on m'a dit que j'étais intelligente. J'ai reçu une bourse pour Bedford College, mais après la mort de père, j'étais tellement abattue que j'ai préféré ne pas poursuivre mes études. Ça m'a vraiment beaucoup touchée. À bien des égards, je pense que je ne m'en remettrai jamais.

Désolée, je vous ennuie avec mes problèmes. Ce n'est pas le moment opportun.

Una se leva pour partir, mais Kurs appuya sur son épaule.

— J'ai une petite idée qui pourrait vous offrir un peu de réconfort, une sorte d'alternative à mon fortifiant.

— Vraiment ?

Elle semblait avoir repris des couleurs.

— C'est une méthode que j'ai eu l'occasion de tester avec plusieurs patients. Tous m'ont affirmé l'avoir trouvée bénéfique. Je leur suis d'ailleurs reconnaissant de s'être prêtés à cette expérience qui entre dans le cadre de recherches pour un article que je prévois de publier plus tard. Peut-être que… non, je suppose que le moment est mal choisi. Oubliez ce que je vous ai dit.

— Si je peux faire quoi que ce soit… ?

— Dans ce pays, on survit en refoulant ses sentiments, n'est-ce pas ? Force et endurance face à l'adversité, en toutes circonstances, même les plus pénibles. C'est ce qui fait de nous des Britanniques. Et c'est parfait pour ceux qui sont assez résistants pour le supporter. Mais qu'en est-il de ceux qui sont incapables d'affronter la pensée de l'aube du jour suivant ? En ce moment, je les comprends mieux que jamais. Pauvre Flora.

— Qu'attendez-vous de moi ?

— Comme je vous l'ai expliqué, je suis en train de mettre au point une méthode pour aider ceux qui, comme vous, et moi à présent, sont touchés par un deuil. Au lieu de garder ses sentiments sous le boisseau, si vous me passez l'expression, et de n'en parler à personne, je suggère de laisser se manifester ses émotions. Ça va à l'encontre de la façon dont on gère d'ordinaire ces situations dans notre pays. En fait, ce sont des collègues du continent qui m'ont ouvert les yeux sur cette technique. Je ne vais pas vous mentir, certains patients l'ont trouvée trop pénible. Mais c'est le but, c'est la raison de son succès.

— Je crains de ne pas vous suivre. En quoi serais-je concernée ?

— Je me demandais si vous accepteriez de la tester sur vous. La mort de votre père vous a durement et durablement touchée, mais j'espère vous aider en vous exposant à vos propres sentiments.

— Et concrètement ? Devrai-je prendre un médicament ?

— Non, non. Je vous obligerai simplement à faire face à certaines choses que vous avez tenté d'éviter jusqu'à présent.

— Comme d'aller me recueillir sur la tombe de mon père à Swanage ? Je n'y suis pas parvenue depuis sa mort.

— Oui, c'est un bon exemple. En fait, nous pourrions commencer par ça. Si vous êtes disposée à vous livrer à l'expérience, allons donc dans le Dorset.

— Mais… et votre femme ? Et…

— D'après la police, je ne peux rien faire pour l'instant. Pas avant l'autopsie, en milieu de semaine prochaine, au plus tôt.

— J'hésite, je ne me sens pas prête.

— Bien sûr, si vous pensez ne pas pouvoir m'aider à ce stade, je comprends tout à fait. J'avais envisagé de profiter du trajet pour vous donner quelques éclaircissements à propos de l'affaire Christie, pour votre article. Mais si vous préférez vous abstenir…

— Excellente idée, le coupa Una, loin d'en être aussi sûre. C'est exactement ce dont j'ai besoin. Je suis persuadée que ça me fera le plus grand bien.

— Parfait. Demain, ça vous convient ? J'ai quelques tâches de prévues dans la matinée, mais vous pourriez me retrouver ici en début d'après-midi ?

28

— Oui, merci, au revoir, dis-je en raccompagnant le dernier policier.

Quelle calamité! Espérant être toujours dans les temps, je courus récupérer la grosse casserole dans la cuisine. Elle contenait plusieurs pintes de la solution saline qui avait refroidi. Je la portai à l'étage aussi vite que possible sans en renverser trop. Essoufflée, j'arrivai dans la chambre, les mains tremblantes. Si Flora n'était pas déjà morte, elle semblait certainement à quelques minutes de quitter ce monde : sa peau était froide et blanche comme le marbre d'une ancienne tombe.

De mon sac, je ressortis le tube en caoutchouc brun. J'appliquai une bonne noix de beurre au bout, ouvris la bouche de Flora et le lui enfonçai rapidement dans la gorge. L'expérience m'avait appris qu'une longueur de quarante-cinq centimètres environ permettait d'atteindre l'estomac. J'étendis Flora sur le ventre, la tête pendant au bord du lit; puis, à l'aide de l'entonnoir, je me mis à verser le liquide dans le tube. Après la première pinte, j'abaissai le tube dans le seau posé sur le sol, et l'eau, ainsi qu'une partie du contenu de l'estomac de Flora, coula à gros bouillons. Je répétai la procédure jusqu'à ce que le liquide commence à s'éclaircir.

— Allez, Flora ! la pressai-je à mi-voix.

Je serrai la main de mon amie, cherchant à lui insuffler la vie, mais n'obtins aucune réaction. Je dis une prière pour elle, puis pour moi. C'était difficile à admettre, presque impossible de prononcer ces mots, mais j'avais commis un meurtre. L'énormité de cet acte me dépassait, moi qui n'avais pas hésité à m'en servir pour divertir mes lecteurs ! Maintenant, j'avais côtoyé sa véritable nature, ce qu'un coupable ressentait, la façon dont il pouvait hanter durablement une vie, la gâcher et la détruire. J'eus l'impression d'avoir été celle qui avait ingéré le poison ; je sentais une force obscure s'emparer de moi, rongeant peu à peu mon âme.

Si seulement ces policiers n'étaient pas restés aussi longtemps ! Ils m'avaient posé toutes sortes de questions sur mon amitié avec Flora, avaient voulu savoir comment nous nous étions rencontrées, la nature de sa maladie (m'obligeant à avouer mon ignorance). Et bien sûr, ils m'avaient demandé le nom de son médecin traitant. Sur ce dernier point, j'avais commencé à paniquer. Aucun praticien compétent ne devait approcher du chevet de Flora, de crainte qu'il ne détecte des signes de vie, mais surtout, d'empoisonnement. Je leur avais donc répondu que son mari prenait soin d'elle. Si la police vérifiait auprès de lui, Kurs comprendrait certainement pourquoi j'avais dû mentir. Heureusement, le docteur Maxwell, qui paraissait avoir grand besoin d'un remontant, et la police avaient semblé satisfaits. Au moment de prendre congé, ils m'avaient assurée qu'ils repasseraient au cours du week-end et que le mari de

Mme Kurs ne manquerait pas de prendre contact avec moi. Par ailleurs, avaient-ils ajouté, on pratiquerait probablement une autopsie.

Tandis que je baissais les yeux sur le corps sans vie de Flora, je ne parvins pas à imaginer une telle beauté profanée par le scalpel du pathologiste. Qu'avais-je fait ? Je versai le peu de solution saline qui restait, guère plus d'une pinte, dans le tube, que j'orientai ensuite de nouveau vers le sol. L'eau, plutôt claire à présent, coula dans le seau. Puis, alors qu'elle émettait un gémissement terrible venu du plus profond d'elle-même, la poitrine de Flora se mit à bouger. Un moment plus tard, elle commença à battre des paupières. Comprimant le tube, je me hâtai de l'extraire de sa gorge et, soucieuse d'épargner sa sensibilité, je le cachai hors de vue, avec le seau. Flora ouvrit la bouche pour parler, mais ne parvint pas à prononcer un mot.

— Vous êtes de retour parmi nous, constatai-je d'une voix haletante, entre deux sanglots. J'ai bien cru vous avoir perdue. Oh, Flora…

Je voulus la serrer dans mes bras, mais je n'oubliai pas qu'elle était faible et avait probablement toujours mal. Je n'avais pas beaucoup de temps, et je n'étais pas au bout de mes peines.

— Vous avez besoin de quelque chose ? De l'eau ?

Flora hocha légèrement la tête.

— Tenez, dis-je, lui soutenant la nuque pour lui permettre d'avaler une petite gorgée. Maintenant, reposez-vous pendant que je m'occupe des préparatifs. Normalement, je resterais à votre chevet pour vous soigner. Mais rappelez-vous : je dois retourner à Harrogate. Pas d'inquiétude, je ne vous abandonne pas.

Vous m'accompagnez. Je vais faire votre valise, juste le strict nécessaire, et mettre un peu d'ordre dans la maison, ajoutai-je en lui épongeant le front. Quand je pense à ce que vous avez accepté de subir, et simplement pour me venir en aide… Je vous serai éternellement reconnaissante, croyez-le bien. Et un jour, j'entends bien m'acquitter de ma dette envers vous. Merci.

Je pris la main de Flora dans la mienne et frottai ses doigts pour les réchauffer.

— Je vais allumer le feu, ça vous fera du bien. Est-ce qu'une tasse de thé bien sucrée vous ferait plaisir ? Vous sentez-vous la force de l'avaler ? Votre gorge restera douloureuse pendant quelques jours, tout au plus.

Je regardai sa bouche s'ouvrir et se fermer ; Flora tentait de dire quelque chose.

— C'est Patrick qui vous inquiète ? La police doit l'informer de votre décès.

— Mais, mais… après ? chuchota-t-elle. Après ?

— Ne vous tracassez pas pour ça, lui répondis-je.

Mais Flora avait raison. Ce subterfuge ne tiendrait qu'un temps. Tôt ou tard, Kurs découvrirait la vérité. Je préférais ne pas m'appesantir sur la terrible vengeance qu'il exercerait sur moi et ma famille, si je ne menais pas à bien la prochaine étape de mon plan. En fait, j'osais à peine envisager ce que je savais devoir faire.

Peu après la tombée de la nuit, je tirai les rideaux en velours vert foncé ; bien que la maison fût située en retrait de la rue, je voulais que personne, en particulier un policier « de passage », ne voie à l'intérieur. Je vidai le contenu du seau dans la baignoire, que je rinçai généreusement à l'eau de Javel. Je nettoyai le tube en caoutchouc avant de le ranger dans mon sac. Puis je remplis une petite valise avec quelques vêtements pour Flora, ainsi que plusieurs de ses bijoux, parmi les plus belles pièces. À sept heures, je tentai de réveiller Flora, mais n'obtins pour toute réaction que des gémissements et des grognements, comme je m'y attendais.

— Flora, vous devez vous lever. Vous vous rappelez ce que je vous ai dit ? Ce dont nous sommes convenues ?

Elle jura entre ses dents ; manifestement, elle souffrait toujours des effets de la toxine.

— Je suis désolée, ma chère, mais vous dormirez plus tard. Allez, réveillez-vous. En arrivant à l'hôtel, vous pourrez vous reposer tout votre soûl.

— Non, je dois… dit-elle, le reste de sa phrase sombrant dans le non-sens.

Je récupérai les sels que je gardais dans mon sac. J'hésitai un moment avant de les placer sous le nez de Flora qui détourna violemment la tête pour échapper à l'odeur âcre. Alors qu'elle commençait à se débattre, je tins fermement les sels. Elle eut des haut-le-cœur, mais son estomac était vide.

— Je suis navrée, mais nous devons vraiment nous préparer. Là, laissez-moi vous aider.

J'épongeai le front de mon amie avec un linge humide, avant de lui peigner les cheveux. Elle avait une mine terrible, mais elle était en vie, déjà un miracle en soi. Je lui retirai sa chemise de nuit, qu'il faudrait certainement brûler tant elle était couverte de taches, puis je lui fis lentement enfiler un kimono. Je plaçai un chapeau à bords flottants sur sa tête, que j'enveloppai avec une longue écharpe. Enfin je lui glissai une paire de chaussons confortables aux pieds. Ça devrait faire l'affaire pour le moment.

— Maintenant, appuyez-vous sur moi. Voilà, c'est bien. Un pas après l'autre. Doucement. Comme ça.

Je la guidai hors de la chambre et lui fis descendre l'escalier. L'effort physique exigé m'obligea à marquer plusieurs pauses sur les marches, le temps de reprendre mon souffle.

Quand j'eus enfin installé Flora dans un fauteuil au salon, j'étais en nage. J'attendis que ma respiration retrouve un rythme normal avant d'aller téléphoner. Je trouvai les numéros que je cherchais dans l'annuaire local. D'abord, j'appelai le taxi qui nous amènerait à la gare. Le trajet aurait été plus confortable pour Flora s'il nous avait conduites jusqu'à Harrogate, mais je ne pouvais pas courir ce risque. Quand la police s'apercevrait que la « morte » avait disparu, elle commencerait par interroger toutes les compagnies de taxi à Leeds et retrouverait sa trace à l'hôtel. Malgré son état de très grande faiblesse, l'effort physique contribuerait peut-être à la requinquer.

Ensuite, je réservai une chambre pour Flora à l'hôtel Cairn, situé à quelques minutes à pied du mien. J'aurais préféré l'avoir près de moi à l'Hydro et mieux veiller sur elle, mais cela n'aurait pas été raisonnable. Pas avec tous ces journalistes en maraude. Il me restait une dernière chose à faire : placer une annonce dans le *Times*, le signe pour Kurs que tout s'était déroulé selon son plan. J'écrivis les mots en majuscules : « AMIS ET PROCHES DE TERESA NEELE, DOMICILIÉE JUSQUE RÉCEMMENT EN AFRIQUE DU SUD, MERCI D'ENTRER EN CONTACT. ÉCRIRE À

BOÎTE R 702, THE TIMES, EC4. » J'ajoutai l'argent nécessaire et fermai l'enveloppe, que j'avais l'intention de poster à la gare.

En attendant le taxi, j'allai préparer du thé. Puis, après avoir aidé Flora à le boire – elle ne put avaler que quelques gorgées du liquide sucré –, je demandai à mon amie si elle me permettait d'emprunter quelques vêtements dans sa garde-robe. Je choisis un chapeau et un foulard et, face à la glace, je m'enveloppai la tête comme je l'avais fait pour camoufler Flora. Je patientai devant la fenêtre, incapable de me projeter au-delà de la fin de cette journée. Quand les phares d'une voiture apparurent dans l'allée, j'aidai Flora à se lever de son fauteuil et la soutins jusqu'au taxi. Après m'être assurée de son confort, je retournai à l'intérieur pour chercher mon sac et sa valise. Me couvrant le visage, je demandai au chauffeur de nous conduire à la gare ; nous avions l'intention, lui dis-je, de prendre un train tardif pour Londres. Ma sœur ne se sentait pas bien et avait rendez-vous chez un spécialiste de Harley Street le lendemain. J'espérai que cette fausse information serait rapportée à la police.

Dans le train, je laissai Flora se reposer, tout en continuant à surveiller son pouls. À Harrogate, je l'aidai à monter dans un autre taxi et l'accompagnai au Cairn, où je l'enregistrai sous le nom de Daphne Flowers. J'expliquai à la réception que mon amie était tombée malade dans le train depuis Londres, et qu'elle ne voudrait pas qu'on la dérange le lendemain ; j'ajoutai qu'étant moi-même de la région, je prendrais rendez-vous pour elle chez un médecin. En raison de son état de santé, elle n'avait plus d'appétit pour l'instant, je me chargerais donc de satisfaire ses quelques besoins en la matière. L'employée de l'hôtel m'assura que rien ne s'y opposait.

Dans sa chambre, je mis Flora au lit et vérifiai de nouveau son pouls, que je trouvai déjà plus fort. Je lui fis boire un peu d'eau et lui dis que j'allais la laisser se reposer à présent. Je reviendrais dans la matinée, et j'espérais qu'elle aurait repris des couleurs.

— Merci encore, pour ce que vous avez fait pour moi aujourd'hui, ajoutai-je. Ça exigeait énormément de courage. Je ne l'oublierai jamais.

— J'avais toute confiance en vous. Je savais que vous pouviez me ramener, répondit-elle doucement.

Des questions à propos de ce qu'elle avait vécu me brûlaient les lèvres, mais elles devraient attendre qu'elle se sente plus en forme. Le moment semblait mal choisi pour parler des ténèbres de la mort.

— Dieu vous bénisse, dis-je, alors que Flora fermait les yeux.

29

— La presse a du nouveau ? demanda Kurs à Una, alors qu'ils partaient de chez lui en voiture. À propos de Mme Christie, bien sûr. Je n'ai feuilleté que le *Times*.

— Un article dans le *Daily Mirror* avance une hypothèse si saugrenue que je refuse d'y croire.

— Ah ?

Una lui fit un compte rendu de sa lecture du matin, dans le train qui l'avait amenée de Londres. Le quotidien établissait un lien entre la disparition de la romancière et son incapacité à terminer son livre, *Le Train bleu*. Suggérer ainsi que le comportement de Mme Christie ait été inspiré par quelques personnages imaginaires récalcitrants ? C'était ridicule ! Tout simplement absurde ! L'auteur s'appuyait sur une interview de Mme Hemsley, la mère du colonel Christie. Cette dernière était persuadée que sa belle-fille, inquiète à la perspective de ne pas finir ce roman, s'était rendue à Newlands Corner. Toujours d'après elle, elle y avait volontairement mis fin à ses jours, ou avait erré, en proie au délire, avant de succomber au froid. Quand Una eut achevé sa revue de presse, elle se tourna vers le docteur pour lui demander ce qu'il en pensait.

— Je partage votre avis. Tout ça me semble hautement improbable.

— Vous croyez donc que Mme Christie est encore en vie ?

— Oh, oui. En fait, je le sais.

Cette révélation et sa soudaineté eurent pour effet de couper le souffle à Una. Au bout de quelques instants, elle se sentit de nouveau suffisamment sûre d'elle pour parler sans que sa voix se brise.

— Et comment le savez-vous ?

— Parce que je l'ai vue, répondit Kurs, comme si c'était la chose la plus naturelle au monde.

— Depuis sa disparition ?

— Oui. Plusieurs fois.

Les questions qui se bousculaient dans le cerveau en effervescence d'Una menacèrent de déborder dans un désordre inintelligible. Elle respira à fond.

— Où est-elle en ce moment ?

— Je vous y emmène.

— Quoi ? réagit-elle d'une voix perçante. Désolée, mais je ne comprends pas.

— Calmez-vous, ma chère. Peut-être aurais-je dû vous prévenir plus tôt, mais j'ai pris le temps de vous observer. Disons que je vous ai soumise à une sorte d'évaluation.

— Une évaluation ?

— Oui. En m'assurant que vous étiez prête à me prêter main-forte pour ma petite expérience, j'ai pu me convaincre que vous étiez digne de confiance.

— On ne va pas à Swanage, alors ? Sur la tombe de mon père ?

— Si. Mais Mme Christie nous retrouvera là-bas.

— Où est-elle passée toute cette semaine ? Avez-vous joué un rôle dans sa disparition ? Pourquoi a-t-elle décidé de quitter son domicile ? Qu'est-ce que ça cache ? Qui…

— Une question à la fois, ma chère. C'est assez simple. Connaissant mon expertise particulière, ma compétence dans le traitement des personnes qui éprouvent des difficultés à surmonter un deuil, Mme Christie m'a consulté quand elle s'est sentie dépassée. J'ignore si elle savait que je comptais déjà Mlle Neele au nombre de mes patientes, et bien sûr, j'ai gardé cette information pour moi. Nous avons étroitement travaillé ensemble, en nous appuyant pour l'essentiel sur les techniques dont je vous ai exposé les grandes lignes. Elle semblait faire des progrès, mais quand elle a appris que son mari entretenait une liaison avec Mlle Neele, elle a fait une grave dépression. Elle a même parlé d'en finir. Je n'ai eu vent de ses projets qu'à la dernière minute, mais sans mon intervention, sa tentative aurait probablement abouti. Tout s'est un peu fait dans la confusion, mais j'ai avant tout cherché à lui éviter le scandale. J'ai donc pris mes dispositions pour qu'elle séjourne quelque temps au domicile d'une collègue, une infirmière à la retraite que je sais digne de confiance. Elle habite une maison isolée sur la côte sud du Dorset.

— Et comment se sent Mme Christie à présent ?

— Oh, beaucoup mieux. Naturellement, avec le recul, ses idées suicidaires la remplissent de honte. Elle n'arrive pas à croire qu'elle ait pu être si près d'en finir. Et, bien sûr, toute cette boue remuée par la presse l'embarrasse considérablement. J'ai réussi à l'en protéger, pour l'essentiel, mais certaines choses ont échappé à ma vigilance.

— Pourquoi n'avoir pas informé les autorités ?

— D'abord, Mme Christie me l'a interdit. Puis, le temps a passé, et c'était trop tard. Elle s'inquiétait aussi des conséquences négatives d'une telle révélation sur sa carrière. Elle nourrit l'ambition de devenir l'un des meilleurs auteurs de romans policiers. Mais pour être reconnue, elle estime avoir besoin du soutien du public. Nous avons pensé qu'une interview avec une journaliste bien disposée à son égard y contribuerait.

— Et c'est moi que vous avez choisie ? s'étonna Una, les larmes aux yeux.

— Oui, ma chère. Vous.

— Mme Christie sait-elle qui je suis ? Mais comment…

— J'ai été ses yeux et ses oreilles. Je l'ai informée de nos conversations dans les moindres détails. L'analyse de votre personnalité que je lui ai présentée a achevé de la convaincre que vous étiez la femme de la situation.

— Mais je n'ai jamais rien publié ! Je débute, vous savez. Je ne suis personne dans la profession.

— C'est justement ce qui a séduit Mme Christie. Elle m'a confié avoir toujours eu davantage de sympathie pour les outsiders. Elle admire votre enthousiasme, votre esprit d'aventure. Elle a même ajouté qu'elle aimerait beaucoup vous rencontrer, parce qu'elle songe à faire de vous l'héroïne d'un de ses prochains romans.

— C'est extraordinaire, dit Una, des étoiles dans les yeux. J'en reste sans voix.

— Vous pouvez être fière de vous. Beaucoup d'hommes tueraient pour vivre ce qui vous attend aujourd'hui.

— Je n'en doute pas. Merci, docteur Kurs. De tout cœur.

À l'ouest, le soleil déclinait déjà vers l'horizon, dardant de vifs éclats de lumière rose et orange sur le paysage. Una ne s'était pas aperçue qu'il était si tard. Trouverait-elle un hôtel ? Elle se rassura en se disant que le docteur Kurs aurait certainement pensé à tout. Peut-être séjournerait-elle dans la maison où logeait Mme Christie. Elles pourraient discuter dès son arrivée, et poursuivre l'interview le lendemain matin. Elle regrettait simplement de ne pas avoir pu prévenir sa mère qu'elle ne rentrerait pas à Chelsea ce soir-là. Elle demanda au docteur Kurs de bien vouloir la déposer à une cabine téléphonique dans la prochaine ville, pour tranquilliser sa famille. Bien sûr, elle ne leur dirait pas exactement où elle se trouvait ni ce qu'elle était venue y faire ; elle demeurerait vague, comme il convenait. Elle leur dirait juste de ne pas l'attendre pour le dîner, prétextant qu'elle était passée prendre le thé chez une amie et resterait probablement pour la nuit. Kurs approuva : c'était un bon plan. Alors que la voiture traversait les faubourgs respectables pour s'enfoncer dans la campagne, le trajet se poursuivit en silence, jusqu'à ce qu'Una n'y tienne plus. Elle débordait d'une impatience juvénile et d'une excitation à peine contenue.

— Ce matin au réveil, je me sentais au plus bas. Je pense que je redoutais cette visite sur la tombe de mon père. L'idée même me rebutait. Au petit déjeuner, mère m'a d'ailleurs demandé pourquoi je semblais si triste.

— Vous ne lui avez rien dit, j'espère ?

— Non, je n'ai pas parlé de notre rendez-vous. Bref, comme je vous l'expliquais, je me sentais vraiment déprimée ce matin, j'avais le cafard, mais maintenant… oh, je ne sais pas, j'ai l'impression que la vie ne pourrait pas être plus belle !

— Je suis ravi de l'entendre, mademoiselle Crowe.

Una imagina Mme Christie, assise sur une véranda, un plaid couvrant ses jambes allongées sur une bergère. Une infirmière bien proportionnée aux joues roses lui faisait la lecture – un roman d'aventures –, remplissait avec elle la grille de mots croisés du jour. De temps en temps, quand elle ne la regardait pas, Mme Christie attrapait un stylo et du papier et notait quelques idées pour son prochain livre, avant d'être gentiment rappelée à l'ordre. Elle devait avant tout se reposer. Le surmenage avait contribué à la mettre dans cet état. Una se demanda ce que la romancière lui dirait en la revoyant ; la trouverait-elle seulement sympathique ? Et si elle la prenait en grippe et décidait de se taire ? En même temps, se rassura-t-elle, Mme Christie avait besoin d'elle ; Una lui servirait d'intermédiaire pour raconter son histoire, dans l'espoir de susciter la compassion du public, un public qui pouvait facilement se retourner contre elle.

— Pensez-vous que dans son état actuel, Mme Christie sera d'humeur à me parler ? s'enquit Una. Je ne voudrais surtout pas que notre conversation soit une source de stress supplémentaire.

— Ne vous inquiétez pas. Je suis son médecin : je ne ferais rien pour menacer son bien-être. Après mûre réflexion, j'ai estimé qu'elle avait besoin de décharger sa conscience, de dire la vérité, non seulement aux personnes bien intentionnées qui ont tenté de la retrouver, mais aussi à elle-même.

— Et son mari ? Ne devriez-vous pas également l'informer ?

— J'ai effectivement présenté cette idée à Mme Christie, mais dès que j'ai mentionné le nom du colonel, elle s'est mise dans tous ses états. Pour l'instant, elle semble ne plus vouloir entendre parler de lui.

— Et sa fille ?

— Mme Christie espère que l'enfant n'est au courant de rien, et qu'elles pourront reprendre le cours normal de leurs relations, dès la fin de cette affaire. À la parution de l'interview, *votre* interview, elle a l'intention d'emmener sa fille quelque part à la campagne.

— Je vois. Et vous ? Souhaitez-vous que votre nom apparaisse ?

— Idéalement, je préfère que non.

— Ça risque de s'avérer difficile, tant vous avez été impliqué dans sa disparition. Je me demande comment nous pourrions l'expliquer. Avez-vous poussé la voiture dans la côte à Newlands Corner ? Je suppose que oui. Vous et Mme Christie êtes probablement arrivés séparément, chacun dans son propre véhicule. Elle est sortie du sien, a desserré le frein à main et vous n'avez eu qu'à donner le petit coup de pouce final. Ensuite, vous êtes repartis ensemble, dans votre voiture. C'est bien ainsi que les choses se sont déroulées ?

— Plus ou moins. Mais je laisse à Mme Christie le soin de rentrer dans les détails. L'entendre raconter tout l'incident à sa façon n'en sera probablement que plus palpitant pour vos lecteurs, n'est-ce pas ?

— Oui, vous avez raison. Où devons-nous la retrouver, déjà ?

— Dans la maison où elle séjourne, sur les falaises, juste à l'extérieur de Swanage. La vue est splendide là-haut. Mais je crois que vous connaissez la région ?

— Oui, pendant notre enfance, nos parents nous emmenaient à Studland Bay pour l'été. Nous avions aussi des amis à Worth Matravers. Ça me fera tout drôle de revoir cet endroit. Depuis la mort de père, j'ai eu tendance à me couper de toute cette période de ma vie, pensant que ce serait trop déprimant. Dans un sens, je craignais d'y retourner, en partie à cause de certains rêves qui me hantaient à une époque.

— Des rêves ?

— Des cauchemars, plutôt. Très pénibles. J'ai encore du mal à en parler. Mais ils se terminaient systématiquement de la même manière : je tombais du haut d'une falaise.

Elle omit de préciser le nom de la personne qui, immanquablement, la rattrapait avant qu'elle s'écrase en bas : Davison.

— Chaque fois, mes cris réveillaient toute la maison, ajouta-t-elle.

— Eh bien, n'y pensez plus. Concentrez-vous sur les questions que vous poserez à Mme Christie.

— D'accord. Vous savez, je vous suis très reconnaissante pour cette chance de faire mes preuves.

Kurs ne répondit pas, il se contenta de se tourner vers elle et de lui sourire. Mais Una remarqua que, même si les muscles de son visage bougeaient, et que sa bouche s'étirait au maximum, ses yeux restaient durs et froids, comme ceux d'un serpent. Un bon médecin se devait d'être impassible en toutes circonstances, se dit-elle. Oui, c'était peut-être l'explication.

Elle sortit son carnet et commença à prendre des notes. Parfois, elle surprenait le docteur Kurs qui jetait un coup d'œil, mais elle savait son écriture si peu soignée qu'elle en devenait pratiquement illisible. Avec son frère, Davison était le seul à pouvoir la décrypter. Elle mourait d'envie de lui raconter sa dernière aventure. Quand il apprendrait qu'elle avait décroché le scoop du siècle !

Alors que la voiture émergeait d'une route qui traversait une forêt touffue, le ciel sembla s'ouvrir et Una aperçut l'éclat gris-bleu de la mer au loin. Elle renoua avec l'excitation ressentie autrefois, quand sa famille voyageait le long de ce même littoral. C'était curieux, se dit-elle ; contre toute attente, Mme Christie avait choisi de se cacher à proximité des falaises déchiquetées et des plages de sable qu'elle adorait et lui rappelaient son enfance. Après tout, le destin existait peut-être.

— Ce n'est plus très loin, dit Kurs. Encore quelques miles.

Après le long trajet, et avant la rencontre avec Mme Christie, Kurs suggéra une promenade vivifiante pour s'éclaircir les idées. Una, qui avait toujours aimé marcher, en particulier sur la côte du Dorset, accepta sa proposition qu'elle trouvait excellente.

— Comment est-elle ? Mme Christie ? s'enquit Una. Elle doit être d'une intelligence remarquable pour concevoir les intrigues de ces romans.

— Oh, oui. C'est une femme étonnante, par bien des côtés. Un personnage réellement surprenant. À la voir, on ne l'imagine pas capable de… de certaines choses.

— Ah, bon ? Quel genre de chose ?

— Vous saurez tout dans un moment. Allons faire un tour, d'accord ?

Una attendit dans la voiture, pendant que le Kurs rassemblait ses affaires, y compris sa trousse médicale.

— Pourquoi emportez-vous votre trousse ? Pour Mme Christie ? Vous avez changé d'avis, pour la promenade ?

— Oh, ça ? dit Kurs, avec un geste vers sa valise. Je ne m'en sépare jamais. C'est devenu un prolongement de moi-même qui contient tout ce dont j'ai besoin pour sauver une vie. On ne sait jamais.

Au loin, elle aperçut le clocher en bâtière étrangement bas de l'église St Nicholas ; son père était enterré dans le cimetière juste derrière. Elle se demanda si la présence d'un médecin aurait pu le sauver. Probablement pas, conclut-elle, il souffrait d'insuffisance rénale depuis longtemps. Peut-être aurait-il pu profiter de quelques années de plus s'il avait accepté d'écouter ses médecins et de se ménager.

— C'est vrai, répondit Una, qui se noua un foulard autour du cou pour se protéger du vent cinglant.

— Vivifiant, n'est-ce pas ?

Ils commencèrent à traverser la prairie en direction de la mer. Le regard d'Una fut attiré par les vagues qui s'écrasaient sur les Rochers du vieil Harry, ces falaises isolées de la côte elle-même. Elle se souvint de la première fois qu'elle avait vu les énormes géants de craie. Son père avait pointé du doigt la première formation et lui avait expliqué qu'on l'appelait le Saut de St Lucas, apparemment à cause d'un lévrier qui était tombé en pourchassant un lapin. Imaginant la terreur du pauvre chien, au moment où sa course le précipitait dans le vide, elle avait pleuré, mais son père l'avait déridée en l'emmenant manger une glace à Studland.

— Maintenant, quelques précisions à propos de Mme Christie.

— Je vous écoute, dit Una, retrouvant sa bonne humeur.

— Le mieux, il me semble, c'est encore que je vous raconte toute l'histoire depuis le début, comme le ferait un romancier.

Una allait sortir son calepin de son sac, mais Kurs l'en dissuada d'un geste.

— Inutile de prendre des notes. Ce ne sont que des informations d'ordre général, pour que vous sachiez de quoi il retourne.

— Je vois.

— Je suis la carrière de Mme Christie depuis longtemps, mais mon intérêt a culminé à la publication du *Meurtre de Roger Ackroyd*. Vous l'avez lu, je suppose.

— Bien sûr. J'ai adoré.

— Moi aussi. J'ai trouvé particulièrement fascinante sa manière de camper le personnage du docteur Sheppard. Et la fin m'a agréablement surpris par son audace. C'est ce qui m'a amené à réfléchir à ce que Mme Christie pourrait faire pour moi.

— Pour vous ?

— Oui, je voyais bien que son esprit n'hésitait pas à sortir des sentiers battus pour explorer les recoins les plus sombres de l'âme humaine. En fait, Mme Christie et moi sommes liés par une histoire pas banale.

Una ne sut comment interpréter cette phrase. Il n'insinuait tout de même pas qu'ils avaient eu une aventure ? Cette affaire devenait plus croustillante à vue d'œil.

— Je constate que j'ai toute votre attention à présent, mademoiselle Crowe, dit Kurs.

Le médecin et la journaliste en herbe avaient atteint le sentier qui longeait le bord des falaises ; le fracas des vagues en contrebas les obligea à élever la voix pour se faire entendre.

— Quel endroit stimulant, n'est-ce pas ? On s'y tient tout au bord du pays lui-même. Chaque fois que je viens ici, ou dans d'autres lieux comparables, j'ai toujours l'impression que rien n'est hors de ma portée, que je suis capable de tout accomplir. Ressentez-vous la même chose, mademoiselle Crowe ?

Una n'était pas certaine de le suivre, mais elle hocha la tête.

— J'ai cette sensation que vous étiez promise… que vous êtes promise à un bel avenir.

Malgré le rugissement du vent et l'agitation des vagues en bas, Una était sûre de l'avoir entendu parler d'elle au passé ; c'était pour le moins curieux. Cette prise de conscience lui fit l'effet d'un coup de poignard en plein cœur. Elle s'arrêta et le fixa du regard.

— Vous pouvez répéter ?

— Pardon ?

— En parlant de moi, vous avez dit que j'étais promise à un bel avenir, avant de vous corriger.

— Ma langue aura fourché, ma chère. Revenons-en à Mme Christie, à qui j'ai demandé de me rendre un service assez inhabituel. Flora, mon épouse, mais une femme dont j'ai fini par me lasser, avait hérité une forte somme d'argent de ses parents. De mon point de vue, sa disparition ne pouvait donc présenter que des avantages. En revanche, n'ayant aucune envie de risquer la potence, il était hors de question que je m'en débarrasse moi-même. J'ai immédiatement pensé à Mme Christie et à son talent pour le meurtre.

Una avait du mal à saisir ce que disait Kurs. S'agissait-il d'une plaisanterie de mauvais goût ?

— Je ne comprends pas.

— Je lui ai demandé de commettre un meurtre pour moi. Naturellement, elle a opposé quelque résistance, mais j'ai fini par la persuader, en douceur. Mme Christie a utilisé sa connaissance approfondie des poisons pour tuer Flora, sans être elle-même soupçonnée, je suppose.

— C'est… c'est impossible, protesta Una, soudain nauséeuse.

Elle sentit la tête lui tourner, comme si elle se trouvait en pleine mer, à bord d'un bateau qui tanguait.

— Je ne vous crois pas, ajouta-t-elle.

— C'est pourtant vrai. Avez-vous oublié ces policiers venus chez moi hier pour m'annoncer le décès de ma femme ? Leurs têtes d'enterrement ? Tout est vrai, je peux vous l'assurer. Un télégramme envoyé depuis Harrogate a prévenu la police locale, qui…

— Harrogate ? Mme Christie était dans le Yorkshire ?

— Oh, oui, depuis le début. Au Swan Hydropathic Hotel. Vous connaissez ? Un établissement de tout premier ordre, je crois. Je suis persuadé que son séjour lui a fait le plus grand bien. Elle continuera probablement à profiter de leur hospitalité quelques jours, avant de rentrer chez elle. Bien sûr, son mariage est en lambeaux, mais…

— Mme Christie n'est pas là, alors ?

Kurs la regarda comme si elle parlait une langue étrangère qu'il ne comprenait pas.

— Chez cette infirmière à la retraite, à Swanage ? précisa-t-elle.

— Oh, ça ? Non. Ce n'était qu'une ruse pour vous attirer ici. Je savais que vous seriez incapable de résister. Votre curiosité vous perdra, mademoiselle Crowe.

Una se rappela Mme Fromer qui, un jour en pension, l'avait mise en garde de manière comparable.

Elle se concentra sur ce que disait Kurs. Ça ne pouvait tout de même pas être vrai ? Son esprit devait lui jouer des tours, elle était perturbée, comme à la mort de son père. Elle ferma les yeux en serrant fort, mais la terreur qu'elle ressentait n'était que trop réelle ; quand elle les rouvrit, Kurs se tenait devant elle, souriant.

— Votre curiosité et votre naïveté, poursuivit-il. Vous ne vous en souvenez pas, bien sûr, mais j'ai découvert ce que vous me cachiez, dès votre première visite à mon cabinet. Pendant que vous dormiez, j'ai fouillé votre sac à main. Tout ce que j'avais besoin de savoir s'y trouvait, noté dans votre calepin. Après tous les efforts qu'avait exigés mon plan, je ne pouvais pas prendre le risque que vous veniez tout gâcher. Vous comprenez, n'est-ce pas ?

Elle devait réfléchir, et vite. Il n'était pas trop tard pour lui échapper. Respirant à fond, elle s'élança, espérant fuir à travers champs, en direction de Swanage. Mais Kurs se montra trop rapide pour elle.

Il l'empoigna par le bras et elle trébucha, s'éraflant le visage sur des ajoncs.

— Attention ! Vous vous êtes blessée, dit-il en se penchant vers elle. Laissez-moi voir ça. Ce ne sont que des égratignures, mais ce doit tout même être douloureux.

Una ne put se résoudre à le regarder ; le ton faussement compatissant de sa voix la rendait malade.

— Vous croyez vous en sortir impunément ? C'est ridicule. La police vous…

— La police ne fera rien du tout, la coupa sèchement Kurs. Vous oubliez qu'il est très peu probable que Mme Christie se livre aux autorités et avoue avoir commis ce meurtre. Et personne d'autre ne connaît ce plan.

— Et moi ? Vous n'imaginez tout de même pas…

Le reste de sa phrase se dissolut en elle, les mots rongés par la peur, tel un acide qui la brûlait de l'intérieur.

Elle se redressa pour une nouvelle tentative, mais Kurs l'attrapa par la cheville et la tira vers lui avec force. Elle crut que sa jambe allait se désolidariser de sa hanche. Du coin de l'œil, elle vit qu'il serrait un objet dans son autre main. Elle profita de ce qu'il lui immobilisait la jambe gauche, restreignant ses mouvements sous la cheville, pour le frapper de son pied droit en plein visage. De nouveau libre, elle se leva et se mit à courir ; elle pensait lui avoir échappé quand quelque chose la cloua au sol. Une odeur de terre humide lui assaillit les narines.

Elle se retourna ; Kurs tirait sur un rouleau de ruban adhésif vert, lui attachant les jambes. Elle lui redonna un coup de pied, mais ne l'atteignit qu'à l'épaule. Avec toute l'énergie qui lui restait, elle le griffa, lui écorchant les joues. Elle se débattit, malgré ses pieds liés, mais un moment plus tard, quelque chose s'écrasa contre sa tempe. Kurs la frappait avec une pierre, juste au-dessus de l'œil droit ; elle sentit un liquide chaud lui couler sur le visage et dans la bouche. Ça avait le goût du sang. Elle tourna la tête, affolée, alors que sa vision s'altérait et se voilait. Le son de sa respiration, telle celle d'un animal pris au piège, la fit hurler. Mais à ce moment-là, il lui asséna un dernier coup sur le côté de la tête, et son corps refusa de lui obéir.

Alors qu'elle perdait conscience, elle s'affaissa en arrière sur le sol. Kurs baissa et lissa sa jupe bleue qui s'était relevée autour des genoux et rangea le calepin dans sa trousse médicale. Puis il souleva sa forme menue à bout de bras et avança vers la falaise. Una revint à elle juste au moment où il la lâchait. Elle tendit les bras dans une tentative désespérée pour se rattraper à la paroi, mais il était trop tard. Ses doigts ne rencontrèrent qu'un vide terrible.

Elle se sentit tomber, tourner, basculer, poursuivre sa chute ; elle entendit la fureur de la mer qui approchait, terrifiante, alors qu'elle s'écrasait avec fracas sur les rochers en contrebas. Une série d'images défila dans son esprit. Elle songea à Mme Former, à ce pauvre chien, mort en pourchassant un lapin, à Mme Christie et au goût de la glace à la fraise que son père lui avait achetée un jour. Sa dernière pensée fut pour Davison. Que deviendrait-il sans elle ?

30

Quand j'arrivai à l'hôtel de Flora, j'eus la surprise de trouver mon amie d'excellente humeur. Ses joues avaient retrouvé un peu de leurs couleurs, bien qu'elle soit toujours très faible. Elle déclara se sentir extraordinairement bien pour quelqu'un qui venait de frôler la mort. Elle rit de son bon mot qui, malgré mes efforts, ne parvint à m'arracher qu'un sourire.

— Mais ça a marché ! insista Flora. Vous devriez vous réjouir. Tout le monde s'est laissé prendre à votre tour de passe-passe. C'était incroyable.

— Oui, je sais, répondis-je, jetant mon sac sur le lit.

— Et maintenant ? demanda Flora, qui se rembrunit. Aujourd'hui, un entrepreneur des pompes funèbres ou ce médecin va passer à la maison. S'il n'y a personne, ça va éveiller leurs soupçons ; ils finiront par prévenir la police, qui n'hésitera pas à forcer la porte et découvrira que le corps de la femme qu'on croyait morte a disparu. Et Patrick s'apercevra tôt ou tard que quelque chose ne s'est pas déroulé comme prévu ; ce n'est qu'une question de temps.

— Vous n'avez pas à vous inquiéter pour ça, pas après la terrible épreuve que vous venez de traverser, dis-je, d'une voix plus calme que ce que je ressentais.

— Oui, mais Agatha, qu'allons-nous faire? Il va vouloir se venger de vous, de nous. Oh, non, cette idée m'est insupportable.

Je tendis la main pour lui toucher le bras; sa peau était déjà un peu plus chaude. Je savais exactement ce que j'avais à faire, mais je ne tenais pas à en discuter avec Flora.

— J'ai tout prévu, la rassurai-je.

À cet instant, elle devina ce que j'avais en tête. Elle ne fit aucun commentaire, mais l'entrain avec lequel elle m'avait accueillie avait disparu. Sa gorge se serra, elle prit ma main et hocha la tête.

— Comprenez bien que je n'ai pas d'autre solution que de…

Je n'eus pas à terminer ma phrase.

— Oui, vous avez raison, chuchota-t-elle. Hélas, je n'en vois pas non plus.

— Ça va à l'encontre de mes valeurs, de tout ce en quoi je crois. Mais j'ai bien réfléchi, et je n'ai pas d'autre idée pour nous sortir de ce cauchemar. J'ai conscience que je risque d'en souffrir pour l'éternité, mais si c'est le prix de la sécurité de Rosalind, je suis prête à le payer.

Des larmes me piquèrent les yeux, comme autant de gouttelettes d'acide.

— Je suis navrée de vous avoir entraînée dans cette histoire, ajoutai-je, me sentant soudain très lasse. Parfois, je regrette de ne pas avoir mis fin à mes jours dès le début, quand Kurs m'a exposé son plan. Tout aurait été tellement plus facile.

Mais le suicide pouvait-il arranger les choses ? Non, en me supprimant, je ne ferais qu'abandonner Flora à un mari dangereux et vengeur. Rosalind se retrouverait sans mère, et la honte la poursuivrait pour le reste de son existence ; ma sœur Madge serait anéantie et la raison déjà si fragile de mon frère, ce pauvre Monty, n'y survivrait pas.

— Ne parlez pas ainsi, dit-elle en fermant les yeux.

Le silence se prolongea un moment.

— Ressentez-vous toujours certains effets de la toxine ? demandai-je.

— Oui. D'ailleurs, j'ai soudain très soif. Vous voulez bien m'apporter un verre d'eau ?

— Je suis désolée, Flora, répondis-je en me levant. Saurez-vous jamais me pardonner ?

— Vous n'avez rien à vous faire pardonner. À part votre manque d'empressement à me chercher ce verre d'eau.

— Bien sûr, dis-je, me forçant à sourire. Et pour votre petit déjeuner ? Un peu de pain grillé, peut-être ?

— Non, juste de l'eau pour l'instant, merci. Malheureusement, celle qui sort des deux robinets du lavabo de ma chambre est chaude ou bouillante. J'ignore pour quelle raison. Un problème de tuyauterie, je suppose. Vous allez devoir tenter votre chance dans la salle de bains au bout du couloir.

— J'en ai pour une minute, dis-je, quittant la pièce avec un verre.

À mon retour, elle n'avait pas bougé de son lit, mais je notai la présence de marbrures rouges sur son cou et le haut de sa poitrine.

— Tenez, ma chère, dis-je en lui donnant le verre. J'espère que vous ne faites pas une réaction.

Elle me regarda curieusement.

— Je veux parler de ces rougeurs dans le cou.

— Oh, ce n'est rien, minimisa-t-elle en secouant la tête. Quelques gorgées, et ça ira déjà beaucoup mieux. À vrai dire, je me sens légèrement fatiguée. Vous ne m'en voudrez pas, si je me rendors ?

— Laissez-moi prendre votre pouls.

Flora tendit docilement son poignet, alors que je comptais les battements de son cœur.

— C'est un peu rapide, constatai-je, la regardant d'un air soucieux. C'est mieux que le contraire, je suppose.

— J'ai juste besoin d'un peu de repos, je pense.

— Et si je repassais à l'heure du déjeuner ? Peut-être aurez-vous faim ? Je pourrais vous apporter quelque chose à manger.

— Merci. C'est vraiment très gentil.

J'étais sur le point de demander à Flora ce qui lui ferait plaisir – un sandwich à l'œuf, peut-être, ou une assiette un peu plus copieuse – quand elle détourna la tête et commença à s'endormir. Je l'observai, lui enviant ce moment de paix. Personnellement, je doutais de retrouver un jour une telle sérénité.

En sortant de l'hôtel, j'aperçus un attroupement autour d'une voiture. Des hommes se passaient un journal entre eux, avec force gestes. Craignant d'avoir affaire à des journalistes, je rabattis mon chapeau. Au passage, je crus entendre l'un d'eux, un petit chauve à la moustache noire, prononcer mon nom, puis les mots : « Elle est morte maintenant, c'est sûr ». La suite de sa phrase m'échappa, mais la discussion semblait porter sur la façon dont j'étais morte – suicide ou meurtre. Dans les rues animées, où je croisais des gens aux visages rayonnants, les bras chargés de cadeaux de Noël, je me sentis comme une coquille vide, une ombre. Au coin d'une rue, j'évitai de peu une collision avec une dame âgée aux cheveux gris et aux yeux bleu de Chine. Elle s'arrêta et me fixa de son regard intelligent, comme si elle m'avait reconnue. Mais alors qu'elle ouvrait la bouche pour dire quelque chose, je me détournai d'elle et me hâtai de m'éloigner, le menton enfoncé dans mon manteau, les yeux baissés. Je n'étais manifestement pas aussi invisible que je le croyais ; j'allais devoir redoubler de prudence.

Alors que je regagnais ma chambre et consultais une nouvelle fois mon calepin, je songeai à Kurs et à la façon dont il avait pu réagir à la « mort » de sa femme. J'imaginai les policiers lui annonçant la nouvelle, le masque de chagrin hypocrite qu'il avait dû afficher – peut-être avait-il même versé une larme ou deux. Puis son exultation, après leur départ. Kurs, qui était attendu à Leeds pour examiner le corps de sa défunte épouse, ne doutait probablement pas un instant du succès de son plan génial. Il avait commis le crime parfait. Comment faire pour qu'il continue à le croire ?

J'avais envisagé toutes sortes d'idées saugrenues. Me rendre à Leeds et voler le cadavre d'une femme de l'âge et de l'apparence de Flora ? Non, ça ne marcherait jamais. Demander à Flora d'avaler une seconde dose de poison et de reprendre sa position sur son lit de mort ? J'avais eu de la chance la première fois, mais je doutais que son organisme résiste à une nouvelle prise. Lui administrer une substance soporifique, en espérant que le médecin présent ou l'entrepreneur de pompes funèbres n'y regarde pas de trop près ? Et si on emmenait Flora dans un cercueil ? Je ne pouvais pas risquer que mon amie soit enterrée vivante. J'avais tiré un trait sur la liste de ces scénarios, tous plus ridicules l'un que l'autre.

Je savais ce qu'il me restait à faire, mais j'avais simplement peur d'affronter l'inévitable.

J'allais devoir tuer le docteur Kurs moi-même.

31

Grâce à ses contacts à Fleet Street, il avait appris que les journaux titreraient sur « La grande battue du dimanche ». Plutôt accrocheur, pensa Kenward, qui misait gros sur cette nouvelle opération, une de plus, pour retrouver Mme Christie. Il avait consacré ces deux derniers jours à la préparer. Plus tard dans la journée, la presse publierait des appels à la population, l'encourageant à se rendre à Newlands Corner et à participer aux recherches.

Le commissaire avait déjà réuni un effectif impressionnant : si ses calculs se révélaient exacts, cinquante-trois équipes différentes, chacune dirigée par un policier, seraient de la partie. Un omnibus réquisitionné conduirait les volontaires de Guildford à Newlands Corner ; on avait prévu d'autres points de rassemblement à Coal Kitchen Lane, à One Tree Hill et à la station hydraulique de Clandon ; un éleveur de limiers de la région avait contacté Kenward pour offrir ses services, dans l'espoir que ses chiens flairent une piste ; enfin, les hommes du domaine appartenant au duc du Northumberland à Albury avaient de nouveau promis de venir leur prêter main-forte. Persuadés que la romancière s'était suicidée, ils considéraient de leur devoir de protéger sa réputation. Ils tenaient donc à être ceux qui retrouveraient le corps, de manière à pouvoir gérer la situation avec dignité et aussi peu de scandale que possible.

Kenward, bien entendu, n'était pas de cet avis. L'interview du colonel Christie dans le *Daily Mail* l'avait laissé sur sa faim, et il se sentait frustré. Il avait appelé George Fox pour lui demander si quoi que ce soit dans le comportement ou les déclarations de Christie lui avait paru suspect, mais ce diable d'homme semblait avoir mis le journaliste dans sa poche ! Si seulement il pouvait l'arrêter et l'interroger sérieusement, il était sûr de le faire craquer. Mais d'abord, il avait besoin de trouver un corps.

Plusieurs médiums avaient également proposé leurs services – un quotidien avait d'ailleurs ouvert ses pages à l'un d'eux – mais lui ne voulait pas entendre parler de ce genre de balivernes. Certaines personnes ne manquaient décidément pas d'imagination ! Quelqu'un avait suggéré que Mme Christie avait mis en scène sa disparition pour se faire de la publicité. Certes, tout ce battage attirerait forcément l'attention sur elle. Le *Daily Mirror* ne venait-il pas d'annoncer le début de la publication en feuilleton de son roman, *Le Crime du golf*, dans *Reynold's Illustrated News* ? Mais même l'esprit dégénéré le plus avide de succès n'irait pas s'abaisser à faire perdre son temps à la police de cette manière, n'est-ce pas ?

Alors qu'il planifiait les recherches, distribuant les rôles entre les parties concernées, il eut conscience de préparer cette opération avec une précision toute militaire. Il avait toujours apprécié l'attention portée aux détails et l'ordre. Si Mme Christie avait eu la bonne idée de disparaître de son domicile ou d'une chambre d'hôtel, il aurait eu plus de facilité pour mener les choses avec la minutie et la méthode qui, d'ordinaire, lui permettaient d'avancer. Là, le problème essentiel résidait dans l'étendue de la scène de crime. Plus tôt dans la journée, l'un de ses gars, le genre intellectuel de service, avait qualifié l'organisation de l'enquête de « tour de force ».

— Vous perdez votre temps dans la police, avait plaisanté Kenward. Vous avez l'âme d'un journaliste.

Cette petite pique lui avait valu quelques rires au commissariat. Mais en vérité, il n'avait pas envie de rire, du tout. Il ne l'aurait pas reconnu devant qui que ce soit, mais il commençait à se demander si, avec cette affaire, il n'avait pas péché par ambition.

En plus, le capitaine Sant, le directeur de la police du Surrey, avait appelé environ une heure plus tôt pour lui annoncer d'un ton guère aimable son arrivée imminente à Guildford. Il voulait discuter avec lui de la gestion de l'opération. Kenward se dit qu'il devait rester confiant ; à force d'enchaîner les battues, ils finiraient tôt ou tard par trouver, sinon le corps de la romancière, au moins un indice, une trace, qui expliqueraient sa disparition.

Il était au téléphone avec la police du Berkshire quand le capitaine Sant, qu'il n'attendait pas aussi tôt, entra dans son bureau. Le regard impatient de son supérieur lui fit comprendre qu'il avait tout intérêt à abréger sa conversation.

— Tout est en place pour demain ? s'enquit Sant.

— Oui, c'est un travail de titan, mais tout semble prêt.

Il y eut un silence, qui se prolongea au point de mettre Kenward mal à l'aise. Sant s'éclaircit la voix.

— Je ne vous mentirai pas, Kenward, reprit-il. J'ai eu le Home Office en ligne, et votre absence de résultats commence à inquiéter en haut lieu. On s'interroge aussi, à juste titre d'après moi, sur le coût de tout ça. Apparemment, vous auriez déjà engagé des centaines de livres et…

Kenward tenta de l'interrompre, mais le capitaine leva une main pour l'apaiser.

— Ce n'est pas un problème, *si* vous parvenez à résoudre cette affaire de manière satisfaisante. En revanche, ça pourrait sérieusement le devenir, si nous ne retrouvions pas Mme Christie. Suis-je assez clair ?

— Oui, capitaine, répondit Kenward, sentant se réveiller cette pression inconfortable autour de son cœur, désormais familière. Je suis certain que nous trouverons quelque chose demain. Nous devons poursuivre et approfondir les recherches, c'est la seule voie. Mme Christie, ou une trace qu'elle aura laissée, est là, qui nous attend.

— Ça ne fait aucun doute pour vous ?

— Aucun, affirma Kenward, dont l'anxiété se referma sur sa nuque, tel un étau.

— Très bien, conclut Sant en se tournant vers la porte. Nous en reparlerons demain. Mais vous imaginez sans peine la pression que je subis de la part de ma hiérarchie. Vous êtes un bon élément, votre travail – comme votre remarquable enquête pour le meurtre du Blue Anchor Hotel – plaide en votre faveur, alors je ne voudrais pas que cette affaire marque la fin de votre carrière.

Sant quitta la pièce avant que Kenward eût une chance de répondre. Sa réaction immédiate consista à ouvrir le tiroir de son bureau pour y prendre la bouteille de whisky presque vide. Il hésita un moment, puis but en quelques lampées ce qui restait. Le liquide ambré et tourbé l'apaisa un peu, mais une question le tourmentait à présent, le rongeant de l'intérieur, tel un parasite cherchant à pénétrer dans son cerveau. Et s'il avait fait fausse route depuis le début ?

32

J'étais sûre qu'on allait découvrir ma véritable identité d'un moment à l'autre. J'avais surpris Rosie et une autre femme de chambre en train de chuchoter dans le couloir ; quand elles avaient levé les yeux vers moi, elles avaient rougi. Alors que je traversais l'hôtel, je sentis, ou imaginai, des centaines de regards sur moi. J'avais faim, mais décidai de ne pas m'asseoir dans la salle de restaurant pour le déjeuner, préférant ne pas courir de risque inutile. Par ailleurs, je devais retourner auprès de Flora. Les quelques heures de repos lui avaient probablement été bénéfiques, mais son pouls, un peu trop rapide, continuait de me préoccuper. Il méritait qu'on le surveille et, au besoin, qu'on le fasse baisser.

J'étais sur le point de quitter mon hôtel quand quelqu'un me héla par mon nom d'emprunt. J'avais un pincement au cœur chaque fois que je l'entendais, il me rappelait à la fois la trahison d'Archie et la cruauté de Kurs.

— Madame Neele ? Madame Neele ?

Je me retournai et vis une des clientes – une femme, plutôt petite et frêle, à qui j'avais été présentée, mais dont le nom m'échappait à présent – désigner un journal lu et relu.

— Vous avez vu les nouvelles ? Qu'est-ce qui s'est passé, d'après vous ? Vous avez une idée ?

Je secouai la tête.

— Je disais justement à Mme Robson, ce matin au petit déjeuner, combien cette disparition de Mme Christie m'intriguait. Toute cette affaire est décidément très bizarre.

Je ne savais pas vraiment comment réagir.

— Je me demande si elle a été enlevée et vendue pour la traite des Blanches. Ne riez pas, madame Neele, ça arrive plus souvent qu'on le croit. Oh, quand je pense aux horreurs que ces brutes lui font peut-être subir en ce moment !

Je souris poliment, tandis qu'elle continuait à radoter, mais elle s'interrompit brusquement et me fixa du regard, bouche bée. Alors que je tournais les talons vers la sortie, je sentis ses doigts me tapoter le bras.

— C'est incroyable, dit-elle en jetant un coup d'œil au journal. Vous savez que vous lui ressemblez ? Vous pourriez être sœurs, je vous assure. On ne vous l'a jamais dit ?

Je fis de mon mieux pour feindre l'indifférence.

— Si, quelques personnes m'en ont fait la remarque. Mais pour ma part, je ne m'en rends pas compte.

— Avez-vous suivi cette affaire dans la presse ? poursuivit-elle d'une voix excitée. C'est horrible, et tellement captivant ! On croirait lire un de ses livres, n'est-ce pas ?

— Je suis sûre que cette Mme Christie est quelqu'un de mystérieux, mais j'ai d'autres sujets de préoccupation et les journaux devraient peut-être cesser de s'immiscer dans sa vie.

— Vous pensez donc qu'elle est toujours en vie ? C'est intéressant, parce que l'opinion de la plupart des experts consultés…

Je n'en pouvais plus. Tournant les talons, je quittai l'hôtel. Quelle femme insupportable ! Je serais bien avisée de l'éviter à l'avenir. Je pressai le pas vers l'hôtel Cairn, en proie à un mauvais pressentiment. Je frappai à la porte de la chambre de Flora. N'obtenant aucune réponse, j'introduisis la clé qu'elle m'avait donnée dans la serrure. La sueur me picotait la nuque, tandis qu'une panique grandissante m'envahissait. Flora avait tiré les rideaux, il faisait sombre, et elle n'était nulle part. J'enlevai les draps, les couvertures et l'édredon en soie, je regardai même sous le lit et dans la penderie, sans trouver aucune trace d'elle.

Après ma course dans les rues de la ville, le choc de ne pas la trouver acheva de me couper le souffle. Un peu d'eau me ferait du bien. Je pris un verre sur le plateau posé sur la coiffeuse, marchai jusqu'au lavabo et tendis la main vers le robinet. Où avais-je la tête ? À peine quelques heures plus tôt, Flora m'avait expliqué qu'il y avait un problème de tuyauterie. Alors que je me remémorais la scène de ce matin, je tournai le robinet, et de l'eau froide en jaillit. Soudain, je me sentis mal. Je ne m'étais absentée de la pièce qu'environ une minute, mais bien sûr, Flora n'aurait pas eu besoin de plus.

Les mains encore ruisselantes, je me précipitai à travers la chambre pour fouiller dans mon sac : mon calepin, un poudrier, un mouchoir, un vieux carnet d'adresses usé ; mais je ne trouvai pas l'ampoule de poison. Perdant patience, je vidai le sac sur le lit, mes doigts explorant les détritus. En vain. Flora avait pris la tétrodotoxine. Alors que je me penchais en avant, la tête entre les mains, je remarquai une enveloppe portant mon nom sur le sol. Elle avait dû tomber sur le tapis quand j'avais arraché la literie. Je la déchirai et lus :

Ma chère Agatha,
Permettez que je m'adresse à vous comme à une amie, même si nous ne nous connaissons que depuis quelques jours. Je n'ai que peu de temps devant moi, alors vous voudrez bien me pardonner la brièveté de cette lettre.
Quand je vous ai vue ce matin, j'ai compris que vous aviez résolu de tuer Patrick. Je ne pouvais pas vous laisser faire, sachant que cet acte vous détruirait. Vous ne vous le pardonneriez jamais, et le spectre de ce meurtre vous hanterait pour le restant de vos jours.
Dès lors, j'ai décidé de prendre mon destin, et celui de mon mari, entre mes propres mains. J'aurais dû le faire beaucoup plus tôt, dès que vous êtes venue me voir. C'était l'unique solution pour vous tirer de l'odieuse situation à laquelle il vous avait mêlée. Je vous demande de me pardonner. L'acte que je vais commettre est un péché, j'en ai conscience. Mais de deux maux, ne doit-on pas choisir le moindre ?
Je prends le train pour le Sud aujourd'hui, pour retrouver Patrick chez lui, à Rickmansworth, où j'ai l'intention de mettre un terme à tout cela. Je vous demande de ne rien tenter pour m'en empêcher. Ma décision vous met probablement dans une position délicate, mais au fond de vous-même, vous savez que c'est pour le mieux.
Soyez gentille de dire une prière pour moi.
Bien à vous,

Flora Kurs

Après avoir lu la lettre, je la laissai tomber sur mes genoux. Une partie de moi, la meilleure, voulait essayer d'arrêter Flora, l'appeler pour la persuader de renoncer. Ou prévenir la police. Au risque de paraître vieux jeu, je m'inquiétais du salut de son âme. Puis je m'aperçus de mes propres contradictions ; après tout, j'avais moi-même été prête à faire exactement la même chose.

Je me levai, traversai la pièce et m'examinai dans la glace. Mon visage avait-il toujours ressemblé à ça, ou les rides autour de ma bouche et les ombres sous mes yeux étaient-elles apparues au cours de la semaine écoulée ? Si Flora n'avait pas pris cette initiative, serais-je moi-même allée jusqu'au meurtre ? Oui, probablement. Depuis ma rencontre avec le docteur, mon sens moral avait été faussé et poussé dans ses retranchements. D'abord, Kurs m'avait demandé de tuer Flora ; j'avais réussi à lui résister, mais m'étais retrouvée dans une position où je n'avais d'autre choix que d'envisager son meurtre à lui. Je me sentais très mal, comme si quelque chose avait changé en moi, qu'on m'eût volé une partie de mon innocence. Ni moi ni Flora n'avions amorcé quoi que ce fût ; la faute en incombait à Kurs, qui aurait donc à en subir les conséquences. Je me moquais bien qu'il meure, je n'éprouvais de tristesse que pour Flora. Songeant à la dernière phrase de sa lettre, je baissai la tête et, laissant couler mes larmes, je priai en silence pour elle.

33

Elle entendit une clé dans la serrure, puis des bruits de pas dans le vestibule. Elle se sentait prête pour cette rencontre, parfaitement calme. Pendant des années, elle avait eu peur de son mari et de ce qu'il était capable de lui faire, à elle, mais aussi à ses proches. Lui-même n'avait peut-être pas commis de meurtre – il avait ses sbires, cette bande de dégénérés, pour s'en charger – mais ses conversations avec Mme Christie lui avaient montré la réelle étendue et la profondeur du mal en lui. Il était temps d'y mettre un terme, définitivement.

Après avoir subtilisé le poison dans le sac d'Agatha, Flora avait réussi à s'habiller sans aide et à se traîner jusqu'à la réception de son hôtel. Elle avait payé sa note et, se faisant passer pour le docteur Maxwell, avait envoyé un télégramme à Patrick, lui demandant de venir officiellement identifier le corps de sa femme qui l'attendait, chez elle, à Leeds. Elle était sûre qu'il y verrait un message codé de Mme Christie, qui ne pouvait pas courir le risque d'être associée avec le crime. À réception, son mari aurait besoin de s'assurer que tous les détails étaient réglés. Il voudrait la faire incinérer, afin de détruire toute preuve de la présence de poison dans son organisme. Même si Mme Christie avait commis le meurtre, il ne pouvait pas écarter qu'elle craque et passe aux aveux. Il avait dû quitter sa maison dans le Surrey à l'aube et pris un des premiers trains du matin en direction du nord.

Bien sûr, elle avait pris la précaution de donner aux domestiques le reste de leur semaine. Sans entrer dans les détails, elle les avait rassurés : elle allait bien, mais elle s'absentait pour quelques jours. Ce congé imprévu leur laisserait du temps pour faire leurs achats de Noël ; ceux qui le souhaitaient pouvaient même en profiter pour rendre visite à des parents disséminés ailleurs dans le pays, avant que commence pour de bon la préparation des festivités. Elle avait ajouté qu'elle avait l'intention de recevoir de nombreux amis pour les fêtes cette année. En prévision de cette surcharge de travail, la moindre des choses était qu'elle leur permette de souffler un peu avant.

Une latte du parquet grinça devant le seuil, et la poignée de la porte se mit à tourner. Flora vérifia que tout était prêt pour le thé sur le plateau. À ce moment-là, elle s'aperçut que c'était une des rares fois au cours des dernières années qu'elle était réellement impatiente de voir le visage de son mari. Comment réagirait-il, se demanda-t-elle, en apprenant qu'elle était de retour d'entre les morts ?

Son entrée dans la pièce fut lente et prudente, tel un chat prêt à bondir au premier signe de danger. Flora le vit blêmir et fixer sur elle ce regard ténébreux qui avait su la séduire autrefois, mais ne lui inspirait plus que de la répulsion. Il ne bougea pas, comme paralysé à côté de la porte. Puis, en un instant, il reprit ses esprits et avança vers elle. Alors qu'il approchait, elle remarqua une éraflure sur son visage.

— Je ne suis pas du tout surpris de vous trouver là, dit-il froidement.

— Ah ? répliqua Flora, d'un ton aussi léger que s'il venait de lui faire part de sa décision de ne pas mettre de marmelade sur son pain grillé pour le petit déjeuner.

— Je suppose que c'est l'œuvre de Mme Christie, et franchement, elle me déçoit.

— Vous pensiez réellement qu'elle accepterait de me tuer ?

Kurs ne répondit pas.

— J'ai dû lui mentir, lui dire que j'étais condamnée, pour qu'elle envisage seulement de courir le risque. C'est quelqu'un de bien, Patrick.

— Pas autant que vous le croyez, siffla-t-il. Tant pis, elle devra en supporter la responsabilité.

Flora savait à quoi il faisait allusion, mais elle se força à poser la question.

— La responsabilité de quoi ?

— De votre mort, bien sûr. Je ne peux pas la laisser s'en tirer impunément. Corrigez-moi si je me trompe, mais un médecin vous a déjà déclarée morte et la police a vu votre cadavre. C'est ce qu'on m'a dit quand on est venu m'annoncer la nouvelle à la maison.

— Oui, c'est vrai. Mais…

— Vous voyez bien. Je n'ai plus qu'à vous tuer, à vous remettre au lit et, quand je serai prêt, à appeler les pompes funèbres pour vous emporter. À propos du poison que vous a administré Mme Christie, vous ne sauriez pas ce que c'est, par hasard ?

— Non, je l'ignore.

— Peu importe, dit Kurs, s'asseyant face à elle. Quelle que soit la substance toxique que vous avez absorbée, elle subsiste probablement à l'état de traces dans votre organisme. Le pathologiste qui procédera à votre autopsie les trouvera, et la police arrêtera Mme Christie pour votre meurtre. Je l'ai pourtant prévenue, mais elle n'a pas voulu m'écouter. Vous imaginez les gros titres dans la presse : « LA CÉLÈBRE ROMANCIÈRE PASSE DE LA THÉORIE À LA PRATIQUE ET COMMET ELLE-MÊME UN CRIME. » Voilà qui ne devrait pas manquer de captiver ses lecteurs !

Flora ne ressentait plus de haine en regardant Kurs, mais une sorte de profonde compassion. Des larmes se formèrent dans ses yeux quand elle se rappela le jour de leur mariage et le parfum de chèvrefeuille qui persistait dans l'air nocturne à la fenêtre du charmant petit hôtel où ils avaient séjourné pendant leur lune de miel en Cornouailles.

— Et comment comptez-vous vous y prendre ? Pour me tuer ?

— Je n'ai encore rien décidé. Avez-vous une préférence ?

La froideur de la question épuisa les réserves de pitié de son cœur. Sa vue lui devint insupportable.

— Voulez-vous du thé ? Après ce long trajet ?

— Partager une dernière tasse avec ma femme qui a tant souffert ? Oui, volontiers.

Flora regarda le plateau.

— J'ai oublié le lait. Il doit en rester dans le garde-manger. Vous pouvez le chercher ? J'ai donné congé aux domestiques.

Kurs plissa les yeux d'un air méfiant, étudiant le service en porcelaine décorée de petites fleurs roses posé sur la table devant lui. Saisissant une tasse avec précaution, il l'examina et la fit tourner entre ses mains avec une certaine douceur, avant de la remettre sur la soucoupe, puis de répéter l'opération avec la seconde.

— Je prendrai mon thé nature, si vous n'y voyez pas d'inconvénient, dit-il enfin.

Flora tenta d'avaler sa salive, mais elle avait la bouche sèche.

— Très bien, répondit-elle, ne parvenant pas à masquer la terreur dans sa voix.

Alors qu'elle servait le thé de ses mains tremblantes, elle renversa un peu de liquide sur le plateau.

— Je sais ce que vous avez en tête, Flora. Vous êtes nerveuse, à juste titre. Mais si vous imaginez pouvoir me berner en me demandant de sortir pour chercher du lait dans le garde-manger, vous êtes vraiment plus bête que je le pensais.

Il émit quelques sons désapprobateurs.

— Par curiosité, vous devez absolument m'expliquer comment elle s'y est prise. Vous a-t-elle donné une potion soporifique qui vous a fait passer pour morte ? C'est tout de même incroyable que ce médecin n'y ait vu que du feu. Je me demande vraiment ce qu'elle a utilisé. Vous êtes sûre de ne pas pouvoir vous en souvenir ?

Flora secoua la tête et lui tendit une tasse.

— Aucun opiacé ordinaire n'aurait produit ce résultat. Non, plutôt quelque substance exotique. C'est fascinant. En rentrant, je dois absolument consulter mon dictionnaire des poisons. Sinon, rien ne m'empêche d'aller rendre une dernière visite à Mme Christie, dans sa prison, avant qu'on la pende.

— Puis-je vous poser une question avant… eh bien, avant que…

— Bien sûr, répondit Kurs, buvant une petite gorgée de thé nature. Un homme et son épouse ne devraient pas avoir de secrets l'un pour l'autre, en particulier dans un moment comme celui-ci.

— Ai-je raison de soupçonner que vous avez orchestré l'accident de voiture qui a coûté la vie à mes parents ?

— Oui, c'est exact. Ça n'a d'ailleurs pas été très difficile, j'ai juste eu à trouver les bonnes personnes. Admettez-le, ils se faisaient vieux, et je leur ai probablement épargné quantité de souffrances et d'indignités que peut entraîner une maladie grave.

Flora se retint pour ne pas le frapper, mais elle ne parvint pas à exercer le même contrôle sur les mots qui sortirent de sa bouche.

— Mais vous n'avez jamais eu le cran de commettre un meurtre vous-même, cracha-t-elle. Vous n'êtes qu'un lâche !

— Détrompez-vous ma chère. Pas plus tard qu'hier, je me suis débarrassé d'une jeune femme qui devenait terriblement pénible, une journaliste en herbe qui posait beaucoup trop de questions. Elle était charmante, et plutôt intelligente, issue d'une excellente famille. Et comme vous pouvez le constater, ajouta-t-il, elle a bravement résisté, jusqu'au bout.

Alors qu'il montrait l'éraflure sur sa joue, sa main s'immobilisa, comme si un sculpteur l'avait figé dans le marbre.

— Qu'avez-vous fait ? demanda-t-il posément, mais d'une voix pleine de fureur. Flora ?

— Puisque vous teniez tant à savoir comment Mme Christie avait procédé, j'ai pensé que l'expérience valait tous les discours. Le poison en question est appelé tétrodotoxine ; je crois le prononcer correctement. Si j'ai bonne mémoire, on le trouve dans le poisson-globe. Une substance intéressante, à bien des égards. Mme Christie m'a parlé d'un cas fascinant, décrit dans le journal du capitaine James Cook, mais vous ne vivrez sans doute pas assez longtemps pour le lire. Vous vous inquiétez probablement de l'absence de sensation dans vos lèvres. C'est le symptôme le moins perturbant, je vous assure. Bientôt, vous devriez souffrir d'hypersalivation, puis – écoutez attentivement, en tant que médecin, vous êtes mieux à même de comprendre pleinement les implications de ce que je vais vous dire – se succéderont : transpiration, faiblesse, nausée, diarrhée, paralysie, tremblements, aphonie, dyspnée, dysphagie, convulsions, bronchorrhée, bronchospasme, insuffisance respiratoire, coma et enfin… la mort.

Un silence tomba sur la pièce, alors que le couple s'entre-regardait. D'abord, Kurs ne réagit pas – Flora se demanda si la paralysie avait déjà commencé son œuvre –, mais soudain, il se leva d'un bond, jetant violemment sa tasse par terre. Un éclat de porcelaine fendit l'air, entaillant la cheville de Flora. Le liquide éclaboussa le bas de sa robe, et une tache sombre, mélange de sang et de thé, s'épanouit sur le tissu blanc. Il avança vers elle, avec les bras tendus, renversant le plateau et la théière qui contenait le poison sur le sol. Ses mains se refermèrent sur le cou de Flora, qu'il se mit à serrer.

— C'est… c'est trop tard, parvint-elle à chuchoter. J'en ai pris aussi. Je sais à quoi m'attendre… Je suis prête à partir.

Ses paroles ne l'empêchèrent pas de continuer à serrer. Alors qu'elle sentait ses doigts s'enfoncer dans sa peau, de manière à restreindre l'arrivée d'air au cerveau, elle ne se débattit ni ne résista. Après tout, la mort par strangulation lui apparaissait préférable au sort terrible qu'elle aurait sinon à subir.

Elle avait une dernière chose à lui dire, avant la fin. Mais les mots restèrent bloqués dans sa gorge. Elle avait l'impression que ses yeux allaient sortir de leurs orbites et qu'elle allait avaler sa langue. Elle se dit qu'elle n'en avait certainement plus pour longtemps. Pourtant, à ce moment-là, l'étau des mains de Patrick se desserra et il s'écroula en arrière sur le sol. À travers un voile de larmes, elle vit le corps de son mari trembler violemment. Elle se laissa tomber sur le canapé, avec un mélange de soulagement et de déception. Le poison le tuerait, elle en avait la certitude ; la quantité qu'elle avait versée dans la théière y veillerait. Mais elle regrettait qu'il n'ait pas eu le temps de l'achever rapidement avant. Elle subirait, comme lui, une mort atroce, longue et douloureuse, et resterait consciente jusqu'au bout.

34

J'eus un sommeil agité, interrompu par des cauchemars, des visions horribles de Flora et de Kurs. Dans l'un de mes rêves, elle tentait de l'empoisonner, mais il se montrait plus malin ; il lui arrachait l'ampoule des mains, qui se brisait sur le sol, puis saisissait sa femme à la gorge et serrait, serrait, serrait… Dans un autre, elle parvenait à le tuer, mais était jetée en enfer pour ses actes ; alors que les flammes lui léchaient les chevilles, elle criait mon nom, me maudissant pour ce que je l'avais obligée à faire. Je me réveillai, tourmentée par ma conscience. Le plan de Flora avait été le meilleur, la logique même – je savais qu'elle n'avait plus longtemps à vivre, et je n'aurais probablement pas réussi à la dissuader. Mais je ne me sentais pas moins coupable pour autant. J'étais mal, tant mentalement que physiquement.

Quand Rosie m'apporta mon petit déjeuner, je me détournai de l'odeur de pain grillé beurré. Je levai la tête pour m'excuser de mon manque d'appétit, mais elle refusa de croiser mon regard, comme si elle avait honte de quelque chose. En dépit du fardeau de la culpabilité qui pesait sur moi, j'adoptai un ton faussement badin et tentai d'engager la conversation. Mais j'échouai à percer la coquille sous laquelle semblait avoir disparu sa jovialité habituelle. Je compris immédiatement : Rosie avait fini par révéler à quelqu'un la véritable identité de la cliente de la chambre 105. Dès qu'elle eut quitté la pièce, je sentis une panique familière palpiter dans ma poitrine.

La veille au soir, deux des musiciens de l'orchestre m'avaient dévisagée d'un air curieux. Plus tard, après le dîner, je retournais dans ma chambre quand je les avais surpris en conversation avec deux hommes, visiblement des policiers en civil. Je les avais reconnus, parce que l'un d'eux avait les yeux de quelqu'un qui a vu tant d'horreurs qu'il ne se fait plus guère d'illusion sur la nature humaine. Quant à son collègue, un petit crayon, du genre de ceux utilisés dans sa profession pour prendre des notes, dépassait de sa poche de pantalon.

Je me plongeai dans le journal du matin, dans l'espoir de me distraire de l'inévitable, mais mon nom m'y attendait, étalé sur les pages, telle une vilaine éruption. L'article se faisait l'écho, avec un luxe de détails choquants, de ce que la presse avait baptisé « La grande battue du dimanche ». J'y apprenais également qu'Arthur Conan Doyle en personne avait jugé utile de confier un de mes gants à un médium, dans l'espoir que le monde des esprits pourrait guider les autorités dans la bonne direction – c'était ridicule !

J'étais en colère ; comment s'était-il procuré un de mes gants ? Dégoûtée, j'allais tourner la page quand je reconnus un nom : Una Crowe, la jeune femme que j'avais rencontrée à Londres en compagnie de Davison. Mlle Crowe, qui n'avait que vingt ans, avait disparu de son domicile de Chelsea le samedi. D'après sa famille, elle était en proie à une profonde mélancolie depuis le décès de son père. Ses proches s'inquiétaient beaucoup. Après la mort de ma mère, dans les moments où j'avais été au plus bas, j'avais moi aussi eu parfois la tentation de céder au pire. Sans Rosalind, et Peter dans une certaine mesure, j'aurais peut-être voulu en finir. Était-ce la voie qu'avait choisie Mlle Crowe ? Je découpai l'article que je glissai à la fin de mon calepin.

Je continuai à parcourir le journal, heureuse de constater que la presse ne s'intéressait pas uniquement à moi : la police avait effectué une descente au Kit-Kat Club ; on avait retrouvé un précieux manuscrit du quatorzième siècle volé en France ; on craignait la mort prochaine de l'empereur du Japon, gravement malade depuis déjà un moment ; la police avait poursuivi des monte-en-l'air sur les toits du centre de Londres. Puis, alors que je tournais la page, un nom familier me sauta aux yeux.

MORT D'UN MÉDECIN ET DE SA FEMME

UN COUPLE RETROUVÉ À LEEDS

La police a identifié hier les corps du docteur Patrick Kurs, médecin généraliste à Rickmansworth, et de sa femme, Flora, dans une maison à Leeds. Les enquêteurs précisent que le couple a été découvert à Calverley Lane. Bien que cela reste à confirmer, Flora Kurs serait morte samedi, et le docteur Kurs aurait mis fin à ses jours en apprenant le décès de son épouse. Dans l'hypothèse retenue par les enquêteurs, il serait arrivé à Calverley Lane samedi, où il aurait trouvé Mme Kurs, étendue sans vie dans son lit. Comme les deux corps ont été découverts au salon, on pense qu'il a dû déplacer sa femme, avant de se donner la mort, dans un accès de chagrin. Par ailleurs, la police de Leeds cherche à joindre une dame d'une trentaine d'années, une amie de la famille, qui aurait rendu visite à Flora Kurs le jour de sa mort.

Je lus d'abord l'article dans une certaine torpeur, comme si je n'étais absolument pas concernée. Kurs était mort. Mon cauchemar était terminé. Au lieu de partir vers le sud, comme elle me l'avait écrit, Flora était simplement rentrée à Leeds. Ç'avait également été mon plan : surprendre Kurs chez Flora, où on l'attendait pour examiner son corps. J'aurais probablement tenté de l'empoisonner, de préférence avec une substance laissant peu de traces. Flora m'avait épargné cette tâche répugnante ; à bien des égards, elle m'avait sauvée. Comment aurais-je pu continuer à être une femme, une mère, sachant que j'avais pris la vie d'un autre être humain, même quelqu'un d'aussi abject que Kurs ? Sa mort aurait dû me remplir de joie, j'aurais dû avoir envie de crier la nouvelle par la fenêtre de ma chambre, mais je me sentais surtout vide, et un peu hypocrite.

La vérité, c'était qu'une innocente s'était sacrifiée pour moi. Alors que je pensais à cette chère Flora, les larmes me montèrent aux yeux et se mirent à couler sur mon visage. Elle avait été si bonne. Et quelle horrible façon de mourir ! Fichu *Roger Ackroyd*. Si je n'avais pas publié ce livre, rien de tout cela ne serait arrivé. Kurs m'avait lui-même affirmé que ce roman en particulier, avec son narrateur médecin, avait suscité son macabre intérêt pour moi. Peut-être valait-il mieux pour tout le monde que j'abandonne l'écriture ? Cette idée me parut immédiatement ridicule, dans la mesure où je n'aurais peut-être pas le choix : je n'avais rien produit de correct depuis la mort de ma mère. Un coup à la porte interrompit le cours de mes pensées. C'était Rosie, venue récupérer le plateau. Je séchai mes larmes. Maintenant, c'était moi qui étais incapable de croiser son regard.

— Vous n'avez pas très faim ce matin, madame ? demanda-t-elle en soulevant mon plateau.

Je perçus une certaine gêne dans sa voix.

— Non, pas beaucoup, répondis-je, essayant de ne pas renifler trop fort.

Ne sachant pas quoi ajouter, je laissai le silence s'installer. Elle sortit discrètement de la pièce peu après. J'étais démasquée, ça ne faisait plus aucun doute. Plus tard, quand je descendrais, je trouverais peut-être Archie qui m'attendait au salon. Qu'allais-je bien pouvoir lui dire ? Certainement pas la vérité. Je ne devais en aucun cas être associée à la mort des Kurs, pas si je voulais éviter d'être impliquée. Non, il me faudrait inventer une histoire qui explique mon comportement étrange. Que les gens la croient ou pas, c'était une autre affaire. J'avais lu une fois qu'une femme avait disparu pendant trois jours, après avoir perdu la mémoire. Cette excuse pouvait aussi me servir. Si je soutenais avoir souffert d'une crise d'amnésie, tout le monde comprendrait que je ne pouvais pas me rappeler les circonstances de ma disparition, ni la façon dont j'avais parcouru la distance séparant le Berkshire d'Harrogate. Je répéterais, en m'époumonant au besoin, que j'ignorais totalement ce qui m'avait amenée dans cette ville d'eau du nord de l'Angleterre. Les lettres que j'avais envoyées? Je nierais m'en souvenir. Les articles sur moi parus dans la presse? me demanderait-on. Je les avais vus, mais sans me sentir concernée. J'avais reconnu la femme des photos, avec l'impression de regarder quelqu'un de vaguement familier, que j'avais peut-être croisé une ou deux fois, mais dont le nom m'échappait.

Je maintiendrais que la mort de ma mère avait mis mes nerfs à rude épreuve et que mes problèmes d'inspiration n'avaient rien fait pour arranger les choses. Après tout, une bonne part de ces affirmations correspondait à la vérité. Les raisons de me sentir déprimée n'avaient pas manqué ces derniers temps. Pourquoi avoir choisi ce nom, Mme Teresa Neele? Je m'efforcerais d'éluder la question, ne souhaitant surtout pas qu'un scandale s'abatte sur la famille. Mais si on m'y poussait, je concéderais que je l'avais entendu mentionner quelque part, peut-être par mon mari.

Ma priorité était le bien-être de Rosalind. Je ressentais pour elle une tendresse si profonde qu'elle éclipsait tout ce que j'avais pu éprouver pour Archie jusqu'à présent. Une émotion plus élémentaire, plus primitive. J'espérais simplement que toute cette agitation retomberait très vite. Une partie de moi brûlait de se précipiter en bas pour crier mon identité à la face du monde, mais je comprenais qu'un tel comportement ne serait pas judicieux. Je devais continuer à feindre l'amnésie, jusqu'à ce que les autorités, la police ou un inconnu m'approchent. D'ici là, je tâcherais de me conduire en public de manière un peu bizarre. Voilà qui n'exigerait pas beaucoup d'effort de ma part, me dis-je avec une grimace.

35

Kenward était au téléphone avec le *Daily Mirror* quand Sant entra dans son bureau. Depuis le début de la journée, il tentait d'expliquer à une horde de journalistes pourquoi la battue de dimanche n'avait rien donné. Bien qu'il ne fût pas pressé de répondre aux questions de son patron à ce sujet, il voyait bien que Sant attendait de lui qu'il abrège sa conversation. Comme l'interview venait à peine de commencer, Kenward leva la main pour indiquer qu'il en avait encore pour une minute, un geste qui lui valut un regard noir.

— Croyez-en mon expérience, dit-il au journaliste, nous trouverons Mme Christie à proximité de Newslands Corner, morte ou vive. Si elle était à Londres ou ailleurs, elle aurait sans aucun doute écrit, anonymement au besoin, pour interrompre les recherches. Nous sommes absolument sûrs d'obtenir des résultats ; d'ailleurs, nous relançons à partir de mercredi une vaste opération qui s'étalera sur une semaine et couvrira une zone de plus de quarante miles.

Sant contourna le bureau et vint se placer derrière Kenward. Ce dernier pouvait entendre son supérieur ahaner, un bruit qui le mettait particulièrement mal à l'aise.

— Désolé, mais je dois vous laisser. Je peux vous rappeler ? Oui, parfait. Dans un quart d'heure. Au revoir.

Kenward eut à peine le temps de reposer le combiné.

— Une nouvelle opération ? Mercredi ? Avez-vous perdu la tête ? exposa Sant.

— C'est pourtant la seule façon d'avancer.

— Quarante miles ? Pendant une semaine ? Vous n'y pensez pas, enfin !

— Laissez-moi vous expliquer mon raisonnement, capitaine. Si Mme Christie était toujours en vie…

— Oui, je vous ai entendu. Elle aurait pris contact avec nous. Peut-être, mais pas forcément. Mais si elle est morte, ce qui reste à prouver, qui nous dit que son corps ne gît pas dans quelque garage à Guildford ou Camberley, ou Dieu sait où ? Vous y avez pensé ?

— Dans ce cas, capitaine, je suis persuadé que nous découvrirons les indices qui nous conduiront à cette conclusion.

— J'ai l'impression que vous ne vous rendez pas compte du sérieux de la situation. L'avenir et la réputation de toute la police du Surrey sont en jeu.

Sant parlait de nouveau plus posément, mais sa voix, glaciale, donna le frisson à Kenward.

— Ce matin, j'ai reçu un nouveau coup de téléphone du Home Office, qui s'inquiète du bon usage des ressources consacrées à cette affaire. Nous leur avions garanti un résultat. Dois-je comprendre qu'après votre « grande battue » totalement infructueuse, vous avez l'intention de remettre ça, et à plus grande échelle ?

— Oui, capitaine, mais laissez-moi vous expliquer…

— Rien de ce que vous avez à me dire ne pourra me convaincre du bien-fondé de vos actions. Vraiment,

Kenward, il faut que ça cesse. Vous êtes en train de nous couvrir de ridicule, vous et toute la police.

— Mais ça ne coûtera pas beaucoup d'argent supplémentaire. Quatre-vingts membres d'Aldershot Motorcycle Club m'ont déjà promis leur aide, et une entreprise de Londres m'a proposé les services d'un plongeur pour explorer les étangs les plus profonds autour de Newlands Corner. Et d'autres volontaires se présenteront, si nous faisons appel à la population. Vous avez pu constater à quel point ma grande battue de dimanche a enflammé l'imagination du public. Ils étaient des milliers, hier. Continuons simplement à exploiter cet engouement, et je suis convaincu que nous trouverons l'indice qui nous a échappé jusqu'à présent. Que se passera-t-il si nous renonçons maintenant, et que la semaine prochaine, un promeneur et son chien tombent sur le corps de Mme Christie, étendu dans des fougères ou pendu à un arbre ? Je peux vous garantir que là, nous serons réellement la risée de la nation.

Sant hésita un moment, réfléchissant au raisonnement du commissaire.

— Je ne sais pas si je dois admirer ou déplorer votre entêtement, Kenward, dit-il, s'adoucissant un peu. Force est de reconnaître que vous ne manquez pas de détermination, c'est déjà ça. Très bien, nous maintenons l'opération de mercredi, mais seulement pour quelques jours – certainement pas une semaine. Et tâchez de recourir au volontariat le plus possible. Ni vous ni moi n'avons envie que toute cette histoire s'achève par une séance de questions au Parlement.

— Merci, capitaine. Vous ne le regretterez pas.

Sant quitta la pièce sans rien ajouter. Kenward rappela le journaliste du *Mirror* ; pendant l'interview, alors qu'il donnait les détails de l'opération – les recherches se concentreraient sur les Downs, de Newlands Corner à Ranmore Common, près de Dorking ; elles couvriraient aussi des zones comme Albury et Hurtwood –, un brigadier posa un télégramme sur son bureau. Un message de la part de ses collègues de la police de West Riding.

Kenward eut un choc en lisant qu'on avait repéré Mme Christie à Harrogate, où elle séjournait au Swan Hydropathic Hotel depuis une dizaine de jours. Quel tissu d'âneries ! Il refusait d'y croire et poussa le télégramme de côté, où il rejoignit la pile grandissante de divers signalements, interventions médiumniques et autres théories farfelues. Il mit fin à sa conversation avec le gars du *Mirror*, espérant que cette interview et toutes celles qu'il avait déjà accordées contribueraient à éviter une catastrophe imminente en matière de relations publiques. Le soutien de la population lui était d'une importance capitale. Par habitude, sa main esquissa un mouvement vers le tiroir de son bureau ; boire un coup lui aurait fait du bien, mais il parvint à résister. Avec Sant sur le sentier de la guerre, il devait conserver toute sa tête.

Au dîner, Kenward régala sa femme du récit de son entretien avec Sant.

— Toujours à tempêter et à fulminer, celui-là, conclut-elle. Il a beaucoup d'estime pour vous, ça semble évident, mais il ne peut pas se résoudre à vous l'avouer. À mon avis, en tout cas.

— Vous croyez ? réagit Kenward, assez content de lui.

Il était surpris, et pas peu fier, de la manière dont il avait su présenter leur conversation à son avantage.

— Vous ne devinerez jamais la dernière, poursuivit-il en riant. Je vous préviens, c'est complètement fou !

— Oui ?

— Juste au moment où je terminais mon interview avec le *Mirror*, Hugues a frappé à ma porte et a posé un télégramme sur mon bureau. Ça disait – vous n'allez pas le croire ! – qu'on avait aperçu Mme Christie dans un hôtel d'Harrogate, la station thermale.

— Harrogate ?

— Je sais. C'est tellement absurde que c'en est ridicule. Comme si elle était tranquillement allée prendre les eaux dans le nord de l'Angleterre ces dix derniers jours. Je dois dire que ça nous a bien fait rire.

— Ça ne m'étonne pas, répondit Naomi, partageant son hilarité. Alors, qu'est-ce que vous comptez faire ?

— Faire ? Rien, bien sûr.

— Rien, bien sûr. Vous avez raison, ajouta Naomi.

36

Quand ? Quand sentirais-je une main inconnue frôler mon épaule, ou entendrais-je murmurer mon nom derrière moi ? Probablement d'une voix hésitante, pour ne pas m'effaroucher. J'imaginais sans peine le genre de charabia que débiterait un psychiatre, les balivernes à propos de troubles de la personnalité. Je n'aurais d'ailleurs pas à forcer mon talent pour entrer dans le rôle de la romancière à la sensibilité à fleur de peau, avec une tendance naturelle à s'identifier un peu trop à ses personnages. Qui s'étonnerait qu'après avoir enduré un deuil et l'infidélité d'un mari, j'aie pu sombrer dans la dépression et être victime d'une crise d'amnésie ? Oui, ce scénario conviendrait à merveille.

J'espérais simplement ne pas trouver d'amateurs de romans policiers parmi les enquêteurs qui m'interrogeraient bientôt. En effet, la mystérieuse Jane Finn de mon livre, *Mr Brown*, avait elle-même prétendu perdre la mémoire pour damer le pion à ses adversaires.

Le moment de la révélation était proche, quelques heures tout au plus. La veille au soir, en regagnant ma chambre, j'avais remarqué que certaines de mes affaires avaient changé de place. C'était très discret ; celui ou ceux qui s'étaient introduits dans la pièce – une légère odeur de tabac persistait dans l'air – n'auraient probablement pas pu s'apercevoir de la différence. Mais l'œil d'une femme détectait immédiatement ce genre de chose. Ma brosse à cheveux n'occupait plus tout à fait la même position sur la coiffeuse ; l'angle que faisait le roman sur ma table de nuit n'était plus le même non plus. La petite photo encadrée de Rosalind, avec la mention de son surnom « Teddy » griffonnée dessus, avait sans doute fourni la confirmation dont la police avait besoin.

Bien sûr, j'avais pris la précaution de garder mon calepin sur moi, dans mon sac. J'avais l'intention de brûler à la première occasion ce document qui contenait les détails de mon plan pour empoisonner Flora et tuer Kurs. Ces informations compromettantes pouvaient conduire à mon arrestation dans le cadre de l'enquête sur la mort du couple. J'y avais également consigné mes pensées sur un certain nombre de sujets intimes, mes sentiments à l'égard d'Archie comme de Nancy Neele. Enfin, ces pages renfermaient mes notes pour *Le Meurtre de Roger Ackroyd* ; je regretterais terriblement de les voir partir en fumée, mais c'était inévitable.

Je passai la journée plongée dans *Le Train fantôme*, un roman un peu idiot, mais parfait pour me changer les idées. Je ne m'aventurai hors de ma chambre que pour les repas et, de temps en temps, une visite dans les principales pièces communes de l'hôtel, où j'ouvrais l'œil, tentant de repérer tout individu suspect. Après un déjeuner assez tardif, je traversais le salon pour remonter dans ma chambre quand un homme en costume sombre qui lisait un quotidien attira mon attention. Je pensais m'être préparée mentalement, mais ma présence à la une fut un tel choc que je crus me sentir mal et dus m'appuyer à l'accoudoir d'un fauteuil brun. « MME CHRISTIE SERAIT À HARROGATE. » Puis : « Le mari de la romancière disparue en route pour le nord du pays. » Archie n'allait donc pas tarder. Serait-il dupe de mon histoire ? Peut-être pas ; de toute façon, cela n'avait plus vraiment d'importance.

De retour dans ma chambre, alors que *Le Train fantôme* commençait à m'ennuyer un peu, j'entendis frapper. Pas déjà Archie tout de même ?

— Oui ? dis-je, alors que j'avançais vers la porte.

— Madame Christie, chuchota une voix. C'est Davison – John Davison. Je vous ai rencontrée à Londres récemment.

Que diable faisait-il là ?

— Ouvrez, s'il vous plaît. Je n'ai pas beaucoup de temps, ajouta-t-il.

Pouvais-je lui faire confiance ? Alors que ma main hésitait sur la poignée, je remarquai que mes doigts tremblaient.

— Vous n'avez pas d'ennuis, je vous assure, insista-t-il. Mais je crains d'avoir de mauvaises nouvelles.

Oh, non. Un malheur était-il arrivé à Archie ou à Rosalind ? Kurs avait-il exercé sa vengeance d'outre-tombe, par l'intermédiaire de ses complices, ces dégénérés ? Priant pour que mon mari et ma fille aillent bien, j'ouvris et vis un Davison bien différent de l'homme croisé à Londres. Il semblait avoir perdu toute vivacité, son élégance naturelle n'était plus qu'un souvenir ; les yeux injectés de sang, la peau pâle, il donnait l'impression de n'avoir pas dormi depuis des jours.

— Qu'y a-t-il ? Rassurez-moi, ce n'est pas…

— Non, votre famille n'a rien, me coupa-t-il en entrant dans la pièce.

— Vous êtes sûr ?

— Certain.

— Alors, de quoi s'agit-il ?

Je me creusai les méninges. Charlotte, peut-être ? À moins qu'il ne soit venu m'annoncer ce que je savais déjà : que Flora était morte ? Mais pourquoi aurait-il établi un lien avec moi ?

— Puis-je vous demander un verre d'eau ? dit-il. Je suis désolé, c'est juste que je reviens de…

Sa voix hésita. Il plaça un poing sur sa bouche pour étouffer un cri.

— Mais oui, bien sûr, répondis-je, allant lui chercher à boire. Veuillez vous asseoir.

Davison s'installa dans le fauteuil près de la fenêtre, alors qu'il tentait de se calmer. Il but une gorgée, puis s'éclaircit la voix.

— Je reviens de Leeds, reprit-il. De là où la police a retrouvé les corps du docteur et de Mme Kurs.

Il attendit ma réaction. Que savait-il au juste ? Et pourquoi semblait-il si bouleversé par les décès de Patrick et Flora Kurs ? Il ne pouvait tout de même pas les avoir connus ? Ou était-il l'homme dont Kurs m'avait parlé ? L'individu capable de commettre ces actes indicibles ?

— J'ai lu quelque chose à ce propos dans le journal, répondis-je prudemment, d'une voix aussi neutre que possible. Mais je ne vois pas en quoi cette affaire me concerne.

Davison me dévisagea froidement.

— Vous rappelez-vous Mlle Crowe ? La jeune femme qui se promenait en ma compagnie le jour où je vous ai rencontrée à Londres ?

— Oui, j'ai lu…

— Qu'elle a disparu, c'est exact. Nous l'avons cherchée partout, mais en vain. Maintenant, hélas, nous craignons le pire.

— Que voulez-vous dire ?

— D'abord, nous avons pensé qu'elle était partie pour faire une bêtise. La mort de son père lui a vraiment porté un coup terrible, vous savez. Cette perspective avait déjà de quoi inquiéter. Mais ensuite, la police m'a contacté pour me prévenir qu'un calepin appartenant à Una avait été trouvé en possession de Kurs.

Il me regarda pour observer ma réaction.

— Apparemment, ces deux-là se connaissaient, ajouta-t-il.

— Mais comment ?

— C'est ma faute. Je n'aurais jamais dû l'encourager, dit-il, la colère lui redonnant des couleurs. Comment ai-je pu lui suggérer une chose pareille ?

— Que voulez-vous dire ?

— Quand vous avez disparu, j'ai proposé à Una d'enquêter. Elle cherchait à faire ses preuves, comme journaliste. Et j'ai cru que ça lui changerait les idées. Elle penserait moins à son père, ce serait une sorte de distraction, ajouta-t-il, prononçant le dernier mot avec mépris.

Subitement, je compris. Une prise de conscience presque insupportable. Je sentis mon visage se figer dans un masque effrayant, à l'image de ceux de la tragédie grecque.

— Elle était donc sur… sur ma piste ?

— Oui, absolument.

— Et vous soupçonnez Kurs de…

— De meurtre.

Le mot sembla contaminer la pièce, tel un poison en suspension dans l'air.

— Elle avait rendez-vous avec le médecin de Mlle Neele, poursuivit Davison, mais quand elle m'en a parlé, je n'y ai pas attaché d'importance particulière. Je lui ai simplement recommandé de ne pas commettre d'imprudence…

Il marqua une pause et respira à fond.

— D'après ce que j'ai cru comprendre, Kurs l'a attirée dans le Dorset en lui faisant miroiter une rencontre avec vous – pour une interview, j'imagine. Il l'a probablement tuée là-bas. Des recherches sont en cours, mais bien sûr, la mer a pu l'emporter et…

Sa voix lui fit défaut.

La pensée de cette jeune et innocente créature, seule face à ce monstre, me bouleversa.

— Mon Dieu, quel être malfaisant, dis-je.

Mais que savait exactement Davison de mes relations avec le docteur ?

— Quelle tristesse, ajoutai-je, tentant de réfléchir un moment, alors que je me levais pour poser la main sur son épaule. Étiez-vous proches ?

— Comme frère et sœur, peut-être davantage, cracha Davison en refoulant ses larmes. Je suis désolé, un homme, ça ne pleure pas.

— Ne dites pas de bêtise. En fait, je pense que c'est même plus un signe de force que de faiblesse.

Se mordant la lèvre, il avala sa salive.

— Ce que je ne parviens pas à comprendre, c'est comment Kurs vous tenait.

— Je crains de ne pas vous suivre, j'ai souffert d'une dépression nerveuse et…

— Je n'en doute pas, mais je reste persuadé que Kurs a joué un rôle dans toute cette histoire, et votre prétendue disparition. Una le pensait, en tout cas. Ce que vous avez fait – abandonner votre voiture près de Newlands Corner et vous volatiliser sans laisser de traces – ne vous ressemble absolument pas. La police s'est tiré les cheveux et cette affaire aura ruiné la réputation d'un de ses meilleurs éléments, ce pauvre commissaire Kenward, qui sera lentement poussé vers la retraite.

Je restai silencieuse.

— Comprenez bien qu'à un moment ou à un autre, vous devrez tout me dire, poursuivit Davison, qui s'éclaircit la voix. Mais pas maintenant et pas ici, puisque votre mari ne devrait plus tarder, je crois.

Il consulta sa montre, se leva et sortit de la poche intérieure de sa veste une carte de visite semblable à celle déjà glissée dans mon sac.

— Je suis sûr qu'avec votre aide, nous saurons minimiser les retombées dans la presse.

Je sentis une nouvelle vague de panique monter en moi.

— Vous… vous pensez que les journaux vont s'emparer de cette affaire ?

Leur façon de couvrir ma disparition m'avait horrifiée, alors comment ne pas imaginer le pire, s'ils me mêlaient à l'enquête concernant Kurs et sa femme ? Je n'avais pas la force d'envisager les conséquences.

— Ne vous inquiétez pas. Si vous répondez à nos questions et vous montrez coopérative, nous pourrons nous assurer que tout cela reste en dehors des feux de l'actualité.

— Vous en êtes certain ? Bien assez de ragots circulent déjà sur mon compte.

S'il était trop tard pour sauver mon mariage, je devais au moins continuer à protéger ma fille.

— Reprenez contact, dès que vous vous sentirez prête. Par ailleurs, nos services tiennent toujours autant à exploiter vos talents, dans une sorte de collaboration non officielle.

— Je vois, dis-je, commençant à comprendre que Davison était encore plus malin que je le pensais. Je suis vraiment navrée pour Mlle Crowe, croyez-le bien.

— Moi aussi, je ne saurais dire à quel point, répondit-il, alors qu'il se dirigeait vers la porte.

Il ferma les yeux un moment, le temps de reprendre contenance.

— Bonne chance pour votre retour dans le monde. Avez-vous une histoire qui tient debout ?

— Je l'espère, dis-je d'une voix hésitante.

Je savais, mieux que personne, les problèmes que pouvait poser la création d'une bonne histoire.

37

Je pris plus longtemps que d'habitude à me préparer avant d'aller dîner. J'appliquai une touche de poudre, un peu de fard à joues et de rouge à lèvres. J'avais les traits tirés. Ce que je venais d'apprendre à propos de Mlle Crowe m'avait ébranlée. Ensuite, j'enfilai la robe de soirée rose saumon en crêpe georgette achetée le jour où je m'étais abritée de la pluie chez Louis Copé. Dès que j'avais posé les yeux sur ce vêtement un rien indécent, j'avais su que je lui trouverais une utilité. Ce soir, j'avais besoin qu'Archie me voie comme une femme différente.

En descendant au salon, je tombai sur Mme Robson.

— Oh là là, dit-elle en rougissant.

— Un problème ? lui demandai-je.

— Non, rien, répondit-elle, tentant délibérément de ne pas regarder la façon dont le tissu épousait mes courbes. Vous voilà fin prête pour ce soir, alors ?

M'avait-on déjà démasquée ?

— Ce soir ?

— Pour le bal, à l'hôtel Prospect. Je pense que ce sera vraiment amusant. Même Arthur se réjouit, et il n'est pourtant pas très bon danseur.

— Oh, mon Dieu, je suis terriblement confuse, mais ça m'est complètement sorti de la tête.

Que pouvais-je inventer pour échapper à cette corvée ?

— Ce sera sans moi, je le crains, poursuivis-je. Je viens d'apprendre que mon frère a l'intention de me retrouver à l'hôtel ce soir. Me pardonnerez-vous ?

— Bien sûr, voyons, répondit Mme Robson, qui se rapprocha. Je suis contente que vous ayez enfin un peu de compagnie. Vous avez été si seule cette dernière semaine, n'est-ce pas ? Vous avez dû terriblement vous ennuyer.

— Oui, en effet, dis-je doucement.

— Eh bien, ce n'est que partie remise. Peut-être aurons-nous d'autres occasions d'aller danser. Je crois qu'un nouveau bal est prévu jeudi. Ça vous conviendrait ?

— Oui, excellente idée.

Je savais que je ne reverrais probablement jamais Mme Robson. C'était tout aussi bien d'ailleurs ; je ne voulais pas lire la déception sur le visage de cette dame charmante quand elle apprendrait la vérité.

— En tout cas, faites-moi plaisir et promettez-moi de passer un bon moment avec votre frère, d'accord ? Vous le méritez.

— Merci, Janet.

Danser, ou tout autre exercice physique m'aurait pourtant bien aidée à dissiper cette poche de nervosité qui me nouait l'estomac. Une partie de moi mourait d'envie de courir dans le parc de l'hôtel en criant mon nom à la cantonade. Ce comportement n'eût sans doute pas manqué de consolider mon image de femme décidément bizarre, mais j'estimai préférable de me contenir. Bien que je ne boive normalement jamais d'alcool – mon breuvage favori se composait d'une demi-pinte de crème fraîche épaisse mélangée à du lait –, j'avoue qu'en cette occasion, j'aurais pu me laisser tenter par le bar de l'hôtel.

Mes pas me menèrent dans la salle de détente ; oui, un petit billard me ferait du bien. Me dépenser un peu contribuerait à soulager mon angoisse, tandis que mon apparition en robe du soir suggérerait juste la bonne dose d'excentricité aux témoins présents qui me verraient brandir une queue autour de la table. Je jouai d'abord seule, appréciant la sensation et le son des billes claquant sur la surface en tissu. Bientôt, un sympathique négociant en vins de Londres, M. Pettleson, se joignit à moi. Son visage rougeaud évoquait un bon porto.

— Je ne sais vraiment pas ce qui se passe devant l'hôtel, dit-il, alors qu'il empochait une bille.

— Que voulez-vous dire ? demandai-je, connaissant déjà la réponse.

— C'est le cirque ! Un grand nombre de voitures sont garées là, avec tous ces types en costume qui semblent attendre quelque chose. Des photographes. J'ai l'impression que la police est sur le point de procéder à une arrestation. Ça y ressemble, en tout cas.

— Une arrestation ? répétai-je d'une voix qui se brisait.

Étaient-ils parvenus, d'une manière ou d'une autre, à établir un lien entre moi et les morts de Kurs et de sa femme ?

— Vous êtes sûr ?

— Un jour, j'ai assisté à la même scène, quelque part près d'Aldgate. La police avait refilé un tuyau à la presse, expliqua-t-il, levant les yeux de son coup pour les fixer directement dans les miens. Sait-on jamais, un meurtrier se cache peut-être parmi les clients de l'hôtel. Qu'est-ce que vous dites de ça, hein ?

— Je suis désolée, monsieur Pettleson, pouvez-vous m'excuser un moment ? Je dois juste remonter dans ma chambre.

— Vous ne vous sentez pas bien ? J'espère ne pas vous avoir découragée par mes exploits au billard ? D'ordinaire, je suis un piètre joueur.

— Non, non, absolument pas. Accordez-moi simplement quelques minutes.

D'une démarche aussi assurée que possible, je traversai la salle de détente, puis le salon, avant de gravir les marches qui menaient à l'étage. Mes fenêtres donnaient en façade ; j'écartai donc lentement les rideaux, et vis la meute de journalistes et de photographes qui attendaient dans le parc de l'hôtel. Quelque chose dans leur air fanfaron et leur arrogance me rappela un groupe de chasseurs que j'avais aperçus lors de mon voyage en Afrique du Sud. Ils traquaient un lion. Aujourd'hui, c'était moi le gibier ; et je savais qu'ils ne reculeraient devant rien pour obtenir, sinon ma peau, au moins une partie de mon âme. Croyant distinguer l'un d'eux qui pointait du doigt dans ma direction depuis la foule, je laissai retomber le rideau et m'écartai de la fenêtre, comme si je m'éloignais du bord d'une falaise. Je me versai un verre d'eau et m'assis dans le fauteuil, mon cœur battant plus fort à chaque nouvelle clameur en provenance des hommes agglutinés à l'extérieur. Je tressaillis en entendant un bruit dans le couloir. Quelqu'un devant ma chambre ? Archie ? À moins que Davison ne soit revenu ? Je consultai ma montre : un peu plus de sept heures. Le moment était venu d'affronter le monde, non comme Teresa Neele d'Afrique du Sud, mais comme Mme Agatha Christie, même quelque peu traumatisée.

Je m'inspectai dans la glace et décidai de me repoudrer légèrement le nez. J'avais toutefois conscience que je n'avais pas vraiment besoin de forcer le trait ; mon sentiment de dissociation, pour employer un terme que ne manqueraient probablement pas d'utiliser les psychiatres pour décrire mon état, n'était que trop réel. Un peu hors d'haleine, j'ouvris la porte d'une main tremblante et sortis dans le couloir. Quel qu'il soit, l'auteur du bruit que j'avais surpris plus tôt avait disparu. Je descendis l'escalier en serrant la rampe, puis, respirant à fond, j'entrai au salon. À première vue, tout semblait normal. Il y avait là les couples habituels, je reconnus certaines personnes fréquemment croisées au cours de mon séjour ; le brouhaha des conversations ne dépassait pas le volume qu'on est en droit d'attendre en bonne société. Aucun signe des journalistes, auxquels on avait visiblement interdit l'accès des lieux.

À côté d'une belle flambée se trouvait un homme dissimulé par son journal. Alors qu'il le baissait, il me regarda. Un visage familier, séduisant : Archie. Après un examen plus minutieux, je m'aperçus qu'il avait très mauvaise mine. Les traits tirés, il s'était coupé en se rasant et des cernes violets lui soulignaient les yeux. Peut-être n'avait-il pas assez mangé récemment, peut-être avait-il langui après moi. Se pouvait-il qu'il fût toujours amoureux de moi ? J'étais ridicule, me dis-je.

J'ouvris la bouche, mais je ne parvins pas à me résoudre à parler. Archie non plus, d'ailleurs, qui me fixait comme s'il voyait une inconnue. Ses yeux détaillèrent ma robe, s'arrêtant sur le tissu fin et délicat, et ses joues pâles rosirent légèrement. Qu'éprouvait-il ? Des regrets ? De la nostalgie ? Du désir ? De la honte ? Je crus qu'il allait dire quelque chose – qu'il me trouvait belle, par exemple – mais il se contenta d'un geste pour m'inviter à m'asseoir dans le fauteuil à côté du sien. Alors que je prenais place, je sentis mon vieil amour pour lui remonter à la surface – avait-il jamais vraiment disparu ? L'espace d'une fraction de seconde, je songeai à tout lui raconter, à ne taire aucun détail sordide. Il tendit le bras vers moi et posa une main sur la mienne. À ce contact, j'eus l'impression d'éprouver quelque chose de réel pour la première fois depuis longtemps.

— Madame Neele ? Vous allez mieux ?

La voix de M. Pettleson détruisit le moment de tendre intimité.

— Je vous ai attendue une bonne vingtaine de minutes dans la salle de détente, mais après, je me suis dit que vous ne redescendriez pas. J'espère ne pas vous avoir dégoûtée définitivement du billard ?

Que pouvais-je répondre ?

— Monsieur Pettleson, permettez-moi de vous présenter mon… mon frère, finis-je par marmonner. Archie, c'est monsieur Alexander Pettleson, un négociant en vins de Londres.

— Enchanté, dit Pettleson, serrant la main d'Archie. Vous restez longtemps ? C'est un excellent établissement, vous verrez. Je n'ai pas eu à me plaindre.

Un silence gêné s'installa. Quelle lamentable affaire. Archie me regardait comme si j'étais folle.

— Que diriez-vous de passer à table, ma chère ? me proposa-t-il, terriblement formel, dans un effort de nous débarrasser de M. Pettleson.

— Oui, bonne idée, répondis-je avec la même raideur.

Sur le chemin de la salle de restaurant, nous croisâmes de nouveau Mme Robson, bien décidée à ne pas bouger avant d'avoir été présentée à ce grand et séduisant gentleman. Comme avec M. Pettleson, je fis donc passer mon mari pour mon frère. Alors que nous repartions vers notre table, je continuai ma comédie avec Archie, que je devais impérativement convaincre de mon instabilité.

— La fille de cette dame a eu un bébé, et comme moi, elle a perdu la mémoire, chuchotai-je. Mais elle m'a rassurée : sa fille s'est complètement remise.

Je vis des larmes se former dans les yeux d'Archie. Quelle horreur de devoir le tromper de cette manière, mais je n'avais pas d'autre solution.

— Ne vous inquiétez pas, ma chère, dit-il, me parlant moins comme un mari que comme un ami soucieux. Tout va rentrer dans l'ordre. Nous allons dîner, et demain, nous partirons d'ici et nos vies reprendront leur cours normal.

Je savais qu'il n'en serait jamais ainsi.

Après nous avoir commandé des steaks, Archie tint de nouveau ma main dans la sienne et dit à voix basse :

— Vous avez été terriblement tendue ces derniers temps, ma chère. Je peux comprendre. La vie n'a pas été tous les jours facile pour vous. En tout cas, nous sommes tous profondément soulagés ; nous étions si inquiets. La police s'en est mêlée, et on peut dire qu'elle a mis une sacrée pagaille. Mais vous n'avez pas à vous préoccuper de ça pour l'instant. Vous rétablir, voilà votre priorité.

— J'ai été malade ?

Archie ne répondit pas, et le silence se prolongea ce qui sembla une éternité. Après qu'on nous eut servis, Archie me regarda droit dans les yeux et baissa la voix.

— Et Rosalind ? Vous n'avez pas oublié Rosalind ? demanda-t-il. Elle est très impatiente de vous voir.

Je ne pus empêcher mon visage de s'éclairer. Néanmoins, je parvins à me retenir les questions qui me brûlaient vraiment la langue – comment allait-elle ? qu'avait-elle dessiné récemment ? quelles bêtises avait-elle encore imaginées ? – pour continuer à feindre.

— Bien sûr, cette chère Rosalind, répondis-je en coupant ma viande. Comme s'ajuste-t-elle à la vie conjugale ? Elle est heureuse, j'espère ?

— Et Peter ? Vous vous rappelez forcément Peter.

— Oui, un si bon ami à vous. Est-il satisfait de son travail à la City ?

Mon chien adoré. Comme il m'avait manqué. Je brûlais d'envie de le revoir. Puis le souvenir de cet horrible paquet envoyé par Kurs, celui renfermant la patte ensanglantée, me traversa l'esprit. Soudain, le steak me parut immangeable ; je reposai mon couteau et ma fourchette sur l'assiette.

— J'aimerais me coucher tôt, si vous n'y voyez pas d'inconvénient.

— Non, bien sûr que non.

Après être retombé dans le silence une fois de plus, Archie me regarda d'un air inquiet ; je lui inspirais de la compassion, mais pas de l'amour. Non, ce dernier sentiment appartenait au passé. Il m'était manifestement reconnaissant, soulagé que je n'aie pas causé d'esclandre à propos de sa liaison. Toutefois, comme je restais imprévisible – du moins le lui avais-je laissé croire –, je le soupçonnai de n'être pas mécontent que j'exprime le souhait de me coucher tôt. Il m'aida à me lever de ma chaise et m'accompagna à l'étage, jusqu'à ma chambre. Il m'expliqua qu'il avait réservé celle d'à côté et que si j'avais besoin de quoi que ce soit, je n'aurais qu'à frapper à la porte communicante. Sinon, nous nous retrouverions pour le petit déjeuner à huit heures, après quoi un train nous ramènerait à la maison. Ma sœur Madge et son mari Jimmy étaient également en route pour Harrogate, ajouta-t-il. Ils voyageraient avec nous le lendemain. Voilà qui ne manquerait pas de me réconforter.

Archie se tourna vers moi pour me souhaiter une bonne nuit.

— Pourrez-vous dormir ou avez-vous besoin de consulter un médecin ?

Ces paroles me donnèrent le frisson, et je sentis mon regard s'assombrir.

— Non, je vois que vous êtes fatiguée, se hâta-t-il d'enchaîner, d'une voix qui se brisait. Une bonne nuit de sommeil devrait suffire. Attendons d'être rentrés pour un examen médical complet. Et nous ne regarderons pas à la dépense, vous aurez droit au meilleur praticien que nous trouverons.

Je ne me sentirai sans doute plus jamais à l'aise en présence d'un médecin. Il m'embrassa doucement sur la joue, un geste mou et sans passion, puis il se détourna, de nouveau les larmes aux yeux. Je le vis marcher tête baissée dans le couloir, vers sa chambre. Ses épaules tremblèrent légèrement alors qu'il tentait de cacher ses sanglots.

38

Le petit déjeuner se déroula dans une ambiance sinistre. Seuls les coups de dent d'Archie en train de mordre dans son pain grillé et, de temps en temps, le tintement d'une cuiller contre une tasse en porcelaine venaient briser le silence à notre table. Il semblait ne pas avoir fermé l'œil de la nuit. Ses cernes violets s'étaient assombris et sa peau avait pris l'apparence d'un fin parchemin. Nous savions tous deux que nous aurions à communiquer tôt ou tard, au moins pour aborder les considérations pratiques, comme l'heure de notre départ, mais Archie avait l'air terriblement abattu et défait. Peut-être avait-il appris une mauvaise nouvelle. Mlle Neele lui avait-elle écrit une lettre ou envoyé un télégramme pour lui annoncer qu'elle mettait définitivement un terme à leur relation? Les journaux avaient associé son nom à celui d'un homme marié. Cet étalage de leur amitié dans la presse n'avait pu que déplaire à ses parents.

Finalement, n'y tenant plus, je tendis le bras et lui pris la main. Il se mordit la lèvre; quand il se décida enfin à me regarder, ce fut avec des yeux pleins de regret, de tristesse et de culpabilité.

— Je suis navré, dit-il, je…

— Ne soyez pas ridicule, le coupai-je, affectant un ton enjoué. Vous n'avez rien à vous faire pardonner.

— J'ai le sentiment que tout est de ma faute. Sans… eh bien, vous savez…

Il hésita, le visage tordu par la douleur, puis parvint à prononcer un prénom devenu synonyme de beaucoup de choses : de trahison, de fin de notre mariage, d'humiliation, privée et publique :

— Nancy.

— Chut… chut… lui dis-je, avant que nous retombions de nouveau dans le silence.

Archie but une autre gorgée de thé. Surpris par cette incursion timide sur le territoire périlleux des émotions, une contrée dont il avait tendance à se méfier et considérait comme la chasse gardée du beau sexe, il s'éclaircit la voix et se mit à parler des horaires des trains. La certitude des faits apaisa sa conscience tourmentée et il redevint bientôt égal à lui-même.

— J'ignore à quelle heure Madge et Jimmy ont prévu de descendre pour le petit déjeuner, dit-il en consultant sa montre. Ils sont arrivés très tard hier soir. Ils proposent que vous rentriez avec eux à Abney Hall, plutôt qu'à Styles. C'est préférable, si vous souhaitez éviter la presse. Cette affaire a suscité un intérêt extraordinaire. Le *Daily Mail* a offert 500 livres pour une interview exclusive. Ils sont même prêts à affréter un train spécial pour vous au besoin ! Les charognards… Et la police ne vaut guère mieux. Ce Kenward, quel enquiquineur ! Je ne sais pas ce qui me retient de le poursuivre pour son acharnement contre moi. Désolé, ma chère. Je ne voulais pas vous alarmer.

Non, ne parlons pas de ça. Mais ayez conscience qu'un grand nombre de journalistes attendent devant l'hôtel, à l'affût d'une déclaration ou d'une photo de vous. Jimmy a imaginé un plan très ingénieux. Il a trouvé des volontaires dans l'établissement qui feront office de leurres. Deux couples sortiront par l'entrée principale et monteront dans une voiture, en espérant que la meute les suive. Pendant ce temps, nous nous éclipserons par une porte de service. Qu'en pensez-vous ? Nous avons également discuté avec le chef de gare, qui nous a réservé un compartiment dans le train.

Il semblait de nouveau lui-même – un peu de vie était revenue dans son regard –, plus à l'aise pour parler de solutions que du problème posé par sa femme.

— Jimmy a aussi suggéré de faire croire à la presse que nous partions pour Londres. Nous l'avons donc laissé entendre ici et là. Quand nous changerons de trains à Leeds, nous devrions avoir semé nos poursuivants.

Il termina son laïus sur une note triomphante, tel un petit garçon qui vient juste de résoudre une énigme qu'il trouvait particulièrement difficile.

— Très bien, dis-je. Vous semblez avoir pensé à tout. Merci.

— Et si nous montions voir Madge et Jimmy ?

— Oh, oui, ils m'ont beaucoup manqué.

Archie vit dans ma réponse un signe d'amélioration, comme en témoignait la lueur encourageante dans son regard.

— Mes tous beaux, ajoutai-je.

Archie hésita, lissant nerveusement ses cheveux de la main droite.

— Vous vous rappelez Madge, n'est-ce pas ? Punkie ?

— Bien sûr, gros bêta, comment pourrais-je oublier ma chienne favorite ?

En y réfléchissant, le surnom de Madge sonnait un peu canin à l'oreille.

— Mais Jimmy vient juste après, me hâtai-je de préciser.

Archie baissa la tête, gêné, presque comme s'il souffrait. Combien de temps devrais-je poursuivre cette mascarade cruelle ? Et face à Madge ? Serait-elle dupe ? Alors que je me posais ces questions, ma sœur et son mari apparurent à l'entrée de la salle de restaurant. Dès qu'elle m'aperçut, Madge pressa le pas, mais Archie se leva d'un bond pour les intercepter, elle et Jimmy. Clairement, il ne me pensait pas prête. Je les vis chuchoter, puis se tourner dans ma direction, l'air soucieux. Madge secoua la tête et je crus l'entendre protester : « Mais je dois absolument la voir. » Mais Archie se montra inflexible, semblant même reprendre des couleurs. Madge tendit de nouveau le cou vers moi ; ne tenant pas à croiser son regard, je fixai le mien sur un palmier posé dans un coin au fond de la salle.

— Si vous êtes vraiment sûr, céda-t-elle enfin, avant de repartir au bras de son mari.

— Les avez-vous reconnus ? me demanda doucement Archie, alors qu'il se rasseyait à notre table.

Je secouai la tête, sans quitter des yeux la tasse de thé froid devant moi.

— Ce n'est qu'une question de temps, chercha-t-il à me rassurer. Ne vous en faites pas. Bientôt, vous redeviendrez celle que vous avez toujours été.

Ces mots sonnaient creux, comme s'il lisait un texte maintes fois répété. Pour ma part, je ne souhaitais pas redevenir « celle que j'avais toujours été », quelle que soit cette personne. Une partie de moi avait certes souffert de mon expérience récente, mais une autre l'avait vécue comme une libération.

— Si nous ne voulons pas rater ce train, nous ferions mieux d'y aller. Vos bagages sont faits ? Avez-vous besoin d'aide ?

— Non, je suis prête, répondis-je d'un air absent.

— Bien, je vais demander au groom de descendre nos valises.

Alors que j'attendais le retour d'Archie, je regardai autour de moi, cet hôtel qui m'avait accueillie pendant plus d'une semaine. À mon arrivée, j'avais considéré l'Hydro comme une sorte de prison dorée, un endroit où j'étais retenue contre mon gré. Maintenant que j'étais de nouveau libre de partir, je me découvrais une certaine affection pour cet établissement pittoresque et un peu démodé. C'était ici que j'avais dansé sur *Yes! We Have No Bananas*, ce dont je rougissais encore ; ici que j'avais changé d'identité ; ici aussi que j'avais préparé un meurtre.

— C'est réglé, annonça Archie en revenant. Maintenant, prenez mon bras, ma chère. Nous allons nous diriger vers la porte de service, comme je vous l'ai expliqué plus tôt. Ça nous facilitera les choses.

L'idée de dire au revoir aux personnes dont j'avais fait la connaissance à l'Hydro m'était insupportable. Celles qui entretenaient déjà quelques soupçons à mon égard se sentiraient certainement ridicules d'avoir été dupées de cette manière. Cette pauvre Mme Robson, si gentille avec moi, à qui j'avais même promis d'aller danser. Archie me conduisit dans un couloir, puis un autre, où Madge et Jimmy nous attendaient. Je baissai la tête alors qu'il ouvrait la porte. La fraîcheur de l'air matinal me coupa le souffle, le froid me cinglant le visage comme cette nuit à Newlands Corner, où j'étais sortie de ma voiture pour retrouver Kurs. Je rabattais légèrement mon chapeau cloche quand un photographe, un petit homme à l'air vicieux en costume bon marché qui l'identifiait comme un représentant du *Daily Mail* se mit à me mitrailler. Archie tenta d'abord d'en appeler à sa décence, mais c'était peine perdue. Je vis ses traits qui se tordaient de colère, il avait les poings serrés ; mais déclencher une bagarre était bien la dernière chose dont nous avions besoin.

— Archie, c'est bon, laissez-le faire, grommelai-je en le poussant vers le taxi. Allons à la gare.

— Oui, l'entrée des marchandises, s'il vous plaît, confirma Archie au chauffeur d'une voix un rien pompeuse. Un compartiment privé nous attend, réservé pour M. Parker et son groupe. C'est le nom du chef de gare.

Le temps d'arriver, la rumeur avait circulé et enflé. Un essaim de journalistes et de photographes avait envahi le quai à destination de Londres ; ça criait et ça jouait des coudes. La scène me fit penser à un tableau que j'avais vu autrefois, une représentation de l'enfer, un enchevêtrement de créatures, bêtes et humains, en train de commettre des actes indicibles.

Fermant les yeux, je pris la main de Madge, tandis qu'elle me guidait le long du quai. À un moment, de puissants remous dans la foule derrière nous menacèrent de me faire perdre l'équilibre. Quelqu'un, un petit garçon, je crois, cria : « C'est elle ! Mme Christie ! Regardez ! » Les gens tendirent le cou dans différentes directions, mais personne ne savait exactement où regarder. Une vague de mouvement parcourut l'attroupement. Je sentis de nouveau qu'on me poussait. Lâchant la main de Madge, je me vis entraîner le long du quai. J'étais de retour dans le métro, avec Kurs derrière moi, prêt à me précipiter vers ma perte. Je hurlai, et le son de ma propre voix m'effraya encore davantage. La vapeur chaude me brûla le visage, je fermai les yeux, laissant les ténèbres m'envelopper. Toute énergie quitta mon corps et je me sentis tomber. Peut-être était-ce ma punition. La juste conclusion de toute cette affaire. À ce moment-là, quelqu'un m'attrapa, me souleva et me fit monter dans le train.

39

J'aurais dû être heureuse, je suppose. J'avais tout ce que je pouvais souhaiter. Rosalind jouait à mes pieds avec ce cher Peter qui reniflait un morceau de petit gâteau sec à proximité. J'entendais Carlo travailler le piano au salon. Madge m'avait fourni assez de calepins et de stylos pour tenir un siège. Abney Hall, son imposante maison dans le Cheshire, disposait d'une magnifique bibliothèque pleine de livres fascinants et d'un très beau parc où me promener. Il y avait même un verre de lait délicieux, avec de la crème, posé sur la table à côté de moi. Pourtant, je me sentais nerveuse, terriblement mal à l'aise.

Peut-être n'étais-je toujours pas remise de la perte d'Archie qui, après m'avoir sauvée de cette foule horrible sur le quai et m'avoir accompagnée dans le Cheshire, était rentré à Style. Nous n'en avions pas parlé, mais je me doutais que, dans son esprit, le divorce constituait logiquement l'étape suivante. L'humiliation publique, les ragots détestables dans les journaux, les insinuations quant à son rôle dans ma disparition et ma constante instabilité mentale l'avaient blessé et meurtri durablement.

Je le soupçonnais de croire que cette histoire d'amnésie cachait quelque chose, mais de ne pas vouloir me presser de questions, de peur que la vérité – ou la perception qu'il en aurait – se révèle trop difficile à supporter. Certains journaux avaient réduit ma disparition à un coup de publicité un peu bizarre, d'autres à une sorte de vengeance contre un mari volage. Afin de faire taire ces allégations, Archie avait demandé à deux médecins de venir m'examiner. Les deux hommes, plutôt gentils – rien à voir avec Kurs – avaient effectivement conclu à une grave perte de mémoire. Ce qui n'avait pas suffi à convaincre une partie de la presse. Archie m'avait écrit pour savoir si je souhaitais porter l'affaire en justice ; je lui avais répondu que je préférais laisser tomber. Je ne voulais plus jamais parler de cet épisode de ma vie.

Ces préoccupations ne pesaient pourtant pas bien lourd, comparées à l'ombre projetée sur ma conscience par les morts de Flora Kurs et Una Crowe. On avait fini par retrouver le corps de cette dernière au pied des falaises de Ballard Point, près de Swanage. J'avais beau m'être préparée au pire, la lecture dans le journal de la nouvelle de cette découverte macabre me donna un haut-le-cœur. Apparemment, une jeune femme qui promenait son chien avait aperçu le corps. D'après l'article, la police avait mis six heures pour le dégager des rochers déchiquetés. J'avais écrit une lettre de condoléances à Davison, mais j'étais restée brève. Depuis, j'avais souvent joué avec sa carte de visite, hésitant à lui envoyer un télégramme. Mais je ne parvenais pas à me résoudre à me remémorer les événements qui m'avaient arrachée au confort illusoire de mon domicile de Sunningdale pour m'entraîner, d'abord dans les paysages désolés de Newlands Corner, puis dans les horreurs d'Harrogate et de Leeds.

J'avais beau chercher une justification après coup, me répéter que rien de ce qui était arrivé n'avait été ma faute, que Kurs avait été à l'origine de tout, je me sentais tout de même responsable des morts de ces deux femmes. Ne serais-je jamais libérée de la culpabilité qui me rongeait ? Leurs visages cesseraient-ils un jour de m'apparaître en rêve ? L'écriture serait peut-être ma seule source de soulagement, à défaut d'être mon salut. Beaucoup de travail m'attendait : j'avais ce fichu roman à terminer, *Le Train bleu*, et je devais réfléchir à ce que j'écrirais ensuite. Je ne pouvais pas dépendre éternellement de la bonté de Madge et Jimmy, j'allais devoir gagner ma vie à présent.

Alors que je prenais mon stylo pour griffonner un fragment d'idée dans mon calepin, ma sœur entra dans la pièce. Nous n'avions pas parlé de ces onze jours, et j'espérais n'avoir jamais à le faire.

— Bonjour, ma chérie. Vous avez de la visite, m'annonça Madge.

— Qui est-ce ? demandai-je.

— Ne vous inquiétez pas, ce n'est ni un de ces infects journalistes, ni un autre médecin.

Madge connaissait mon aversion pour ces deux professions, mais bien sûr, elle ignorait la véritable raison de mon antipathie envers les médecins.

— C'est un homme, ajouta-t-elle. Plutôt beau garçon, cheveux blonds, jolie voix. Il dit que vous vous êtes rencontrés à Londres. Vous ne m'avez jamais parlé de lui, cachottière !

— Hein ? Davison ?

— Oui, c'est son nom. Je lui ai demandé de patienter au petit salon. J'ai tenté de le décourager, en lui expliquant que vous étiez toujours en convalescence, mais il a beaucoup insisté.

Je me levai d'un bond et me hâtai vers la porte.

— Oh là là, j'ai pensé qu'un peu de distraction vous ferait du bien. Mais je ne me rendais pas compte qu'il était si important pour vous. Je ne vous ai jamais vue bouger aussi vite de toute ma vie !

— C'est ridicule, Madge. N'allez pas vous faire des idées, répliquai-je avec une certaine irritation.

Alors que je me précipitais dans le long couloir aux murs tapissés de tableaux de chevaux, de chiens et de paysages anglais, je sentis mon cœur accélérer. Que me voulait-il ? Jusqu'à présent, il avait réussi à empêcher mon nom d'apparaître dans les journaux, comme il me l'avait promis. La situation était-elle sur le point de changer ? Venait-il me prévenir que toute cette horrible histoire allait finalement se retrouver en première page ?

J'entrai dans la pièce exposée à l'est, où il se tenait dans le faible soleil hivernal qui filtrait par les portes-fenêtres. Alors qu'il se tournait vers moi, il me sourit, mais il avait l'air hagard.

— Bonjour, madame Christie, dit-il en avançant vers moi.

Je remarquai qu'il avait toujours les yeux cernés.

— Veuillez vous asseoir. Puis-je vous offrir du thé, du café ? proposai-je avec une certaine raideur.

— Non, c'est très aimable, mais je ne pense pas pouvoir rester longtemps. Je suis ravi de vous trouver en meilleure santé. D'après certains articles dans la presse…

— Il vaut mieux ne pas croire tout ce qu'on lit dans les journaux, lui dis-je, esquissant un sourire.

— Vous avez raison.

Nous retombâmes dans un silence uniquement troublé par le tic-tac de l'horloge de parquet.

— Je... Je suis navrée que vos pires craintes se soient finalement réalisées, dis-je. Cette pauvre jeune femme...

— Oui, c'est très regrettable, répondit-il, choisissant délibérément des mots qui masquaient ses véritables sentiments.

J'avais dans l'idée que, s'il se laissait aller à les exprimer, il s'effondrerait complètement.

— Et qu'est-ce qui vous amène dans la région ?

— J'étais à Leeds ; je rentre à Londres.

Ne cesserais-je jamais de frissonner à la mention de cette ville du Nord ?

— Qu'y faisiez-vous ?

Je n'étais pas sûre de vouloir le savoir.

— Juste de la collecte d'informations sur le docteur Kurs et sa malheureuse femme. Nous commençons à peine à dresser le portrait complet de ce triste sire.

Je me demandai jusqu'à quel point il était au courant de mon implication.

— Avez-vous découvert quelque chose ?

— En fait, oui. Apparemment, Kurs faisait chanter pas mal de monde. Des documents très intéressants trouvés dans son cabinet pourraient compromettre toutes sortes de gens, dont certains occupent des positions de pouvoir. Toutefois, il ne cherchait pas à en tirer un avantage d'ordre financier. Le contrôle qu'il exerçait sur eux semblait lui suffire.

— C'est fascinant, dis-je, prenant soin de ne pas me trahir.

— Tout indique qu'il se voyait lui-même comme une sorte d'écrivain, et considérait tous ceux qui l'entouraient comme de simples personnages. Nous avons découvert quelques manuscrits, jamais complets, mais intéressants. Des tentatives de roman policier, ce genre de chose.

Il m'observa attentivement.

— Il ne cachait d'ailleurs pas son admiration pour vous, ajouta-t-il. Il consacre des pages entières de notes à ses pensées sur *Le Meurtre de Roger Ackroyd*. Il semble avoir développé une réelle obsession pour le personnage du docteur James Sheppard, à ses yeux le héros du livre.

— C'est pour le moins fâcheux, commentai-je.

— Mais bien sûr, des lacunes subsistent, poursuivit-il, que vous pourrez combler en nous disant toute la vérité. Le récit complet de ces événements.

Je n'étais pas sûre de pouvoir courir le risque de tout raconter. Je craignais tant pour ma réputation que pour ma santé mentale.

— Je comprends pourquoi vous hésitez, madame Christie, dit Davison, sentant ma réticence. Sachez que le coroner présentera les résultats de son enquête sur la mort d'Una la semaine prochaine. Hartford, mon collègue, et moi-même avons fait le nécessaire pour que ni votre nom ni celui de Kurs ne soient mentionnés. Le coroner conclura au suicide, expliquant qu'Una, durablement affectée par le décès de son père, ne jouissait plus de toutes ses facultés. Un expert témoignera qu'elle s'est elle-même attaché les pieds avec du ruban adhésif, puis qu'elle… eh bien, vous connaissez la suite.

Il baissa les yeux, alors que sa gorge se serrait.

— La presse n'aura jamais vent de votre implication, et pour le public, vous resterez cette romancière excentrique qui, suite à une crise d'amnésie, a perdu le sens de la réalité pendant une dizaine de jours.

— Et en échange ?

Je savais que j'aurais à payer quelque chose en retour.

— Vous rappelez-vous ma proposition ? Celle que je vous ai faite sur les marches du Forum ? Et ensuite, à Harrogate ?

Je sentis mon cœur se mettre à battre plus vite.

— Oui, oui, je n'ai pas oublié.

— Eh bien, je me demandais si vous aviez eu le temps d'y réfléchir. J'aurais peut-être quelque chose à vous…

— Les médecins m'ont prescrit le repos absolu pour les deux prochains mois, le coupai-je. Ils me recommandent même de prendre des vacances au soleil. J'hésite ; j'adore voyager, mais…

— Eh bien, sur ce dernier point, nos intérêts pourraient coïncider.

— De quelle manière ?

— La mission que je songeais à vous confier prévoit un séjour aux îles Canaries. Un problème assez épineux s'est récemment présenté, une affaire pour le moins bizarre, si vous voulez mon avis. Nous nous demandions si vous envisageriez de nous aider.

Je réfléchis en silence à ma réponse.

— Bien sûr, ajouta Davison, comme en aparté, vous savez que Flora Kurs n'était pas réellement mourante ?

J'eus soudain l'impression qu'il s'adressait à moi dans une langue étrangère.

— Quoi ? Je ne comprends pas.

— Certes, elle était de santé fragile, mais son dossier médical révèle qu'elle n'avait ni le cancer ni la moindre tumeur.

— Mais elle a dit…

Je me sentis blêmir. Je me rappelai la scène ce jour-là chez elle, quand elle m'avait parlé de sa maladie. Tout devenait clair à présent. Flora avait consenti un sacrifice plus grand que je l'avais pensé. Elle avait assassiné son mari pour que je n'aie pas à le faire. Elle m'avait menti sur son état, pour que j'accepte plus facilement sa décision. Comment pourrais-je jamais m'acquitter de ma dette envers elle ? Que savait exactement Davison ? Beaucoup de choses, à l'entendre. Mais pourquoi avait-il choisi ce moment pour me dire cela ? En fin psychologue, il devait se douter que cette dernière information suffirait à faire pencher la balance.

Il était trop tard pour avoir des regrets, pour m'appesantir sur ce j'aurais dû ou pu faire. Je devais penser à l'avenir. Peut-être qu'accepter la proposition de Davison contribuerait en partie à me racheter pour les morts de Flora et Mlle Crowe.

— Je vais tout vous dire, mais uniquement à vous et une seule fois, dis-je sur un ton quelque peu comminatoire. Après ça, je n'en reparlerai jamais, est-ce clair ? Jamais.

— Oui, je comprends.

Je sentis une certaine excitation monter en moi. Je savais ce que je voulais faire.

— Mais avant que je commence, pourquoi ne pas m'en dire un peu plus sur les Canaries ? proposai-je d'une voix plus douce. C'est drôle, j'ai toujours eu envie de visiter ces îles. La réputation de leurs paysages n'est plus à faire, et bien sûr, elles jouissent d'un climat particulièrement bénéfique, surtout à cette période de l'année.

Les faits

Agatha Christie s'est rendue à Londres le mercredi 1er décembre 1926, où elle a passé la nuit à son club, le Forum. Le lendemain, elle a vu son agent, Edmund Cork, au 40 Fleet Street, puis elle est rentrée à Styles, sa maison de Sunningdale, dans le Berkshire. Le vendredi 3 décembre, Agatha et son mari Archie ont eu une dispute et il lui a annoncé son intention de passer le week-end chez ses amis, à Hurtmore Cottage, près de Godalming ; sa maîtresse, Nancy Neele, était également invitée. Plus tard ce soir-là, Agatha a quitté Styles pour Newlands Corner, dans le Surrey, où sa voiture, une Morris Cowley, a été retrouvée abandonnée le lendemain.

Le 4 décembre, Agatha s'est présentée au Swan Hydropathic Hotel, à Harrogate, où elle a pris une chambre sous le nom de Mme Teresa Neele. Ce soir-là, on l'a vue danser au rythme de *Yes! We Have No Bananas*. Au cours de son séjour, elle a affirmé à une cliente de l'hôtel, Mme Robson, qu'elle avait subi la perte d'une petite fille. Elle a également déclaré à une autre : « Cette Mme Christie est une femme bien compliquée, mais elle ne m'intéresse pas. » Le jeudi 7 décembre, elle a pris livraison d'un paquet provenant de Londres qui contenait, selon ses dires, une bague qu'elle avait égarée chez Harrods. Le vendredi 10, elle est partie à Leeds.

On pense que son identité a été découverte par la femme de chambre Rosie Asher, qui a prévenu deux musiciens de l'orchestre de l'hôtel que la cliente de la chambre 105 était la romancière disparue. Le mardi 14 décembre, Archie Christie s'est rendu à Harrogate et a retrouvé Agatha, qui l'a présenté à une cliente comme son frère.

Selon la déclaration officielle de la famille, Agatha avait souffert d'une grave crise d'amnésie. Par la suite, elle a rarement évoqué cet épisode et n'en fait absolument pas mention dans son autobiographie. Le carnet qu'elle a utilisé pour ses notes en préparation de son chef-d'œuvre, *Le Meurtre de Roger Ackroyd*, ne figure pas parmi ses archives. Le dimanche 23 juin 1927, elle a quitté Southampton à bord du SS *Gelria*, à destination de Las Palmas.

Agatha et Archie Christie ont divorcé en 1928, et il s'est marié avec Nancy Neele.

Agatha Christie est la romancière la plus vendue au monde.

Le dimanche 4 décembre, le *superintendent* William Kenward, de la police du Surrey, a immédiatement ouvert une enquête, cherchant sans relâche la femme disparue pendant les dix jours suivants. Son échec à résoudre cette affaire – il avait cru qu'Agatha était morte – lui a valu une humiliation publique. Il a pris sa retraite de la police du Surrey en 1931 et est décédé l'année d'après, à l'âge de cinquante-six ans.

Una Crowe, la fille âgée de vingt ans de sir Eyre Crowe, a été vue pour la dernière fois par sa famille le samedi 11 décembre 1926. Son corps a été découvert au pied des falaises près de Ballard Point, non loin de Swanage, dans le Dorset, le dimanche 19 décembre. Le coroner, après une enquête qui a révélé que ses chevilles avaient été attachées ensemble par du ruban adhésif, a rendu un verdict de « suicide dans un état d'altération des facultés mentales ».

Remerciements

Je me dois d'abord de remercier la « Reine du crime » elle-même, qui a été une source de divertissement, d'humour et de sagesse depuis que j'ai commencé à lire ses ouvrages, à l'âge de onze ans. En fait, elle m'a inspiré l'une de mes premières tentatives de création – un « roman » écrit quand j'avais douze ans, dans le cadre d'un exercice plus long que la normale, suggéré par mon professeur d'anglais. Cette histoire de 46 pages, intitulée *Le Mystère allemand*, s'était développée à partir de mon admiration pour deux chefs-d'œuvre de Christie : *Mort sur le Nil* et *Le Meurtre de Roger Ackroyd.* Je me rappelle encore le plaisir éprouvé à la lecture de ces deux romans, mon pouls s'accélérant, alors que je dévorais les dernières pages, bouche bée.

L'idée de ce livre m'est venue pour la première fois pendant un voyage en train. Rien d'aussi prestigieux que l'Orient-Express, j'en ai peur, mais une ligne qui traverse le cœur de l'univers de Christie : la Great Western Railway qui mène de Londres au Devon, le comté où était née Agatha en 1890.

J'ai déménagé dans le Devon en 2012, et l'une des premières choses que j'ai faites, c'est de visiter le Greenway Estate, résidence d'été de Christie. La maison contient un grand nombre d'objets lui ayant appartenu, parmi lesquels des tableaux, des meubles et des livres récupérés à Ashfield, la maison de ses parents à Torquay. J'aimerais remercier le National Trust et son équipe enthousiaste, employés et volontaires, pour avoir su préserver un lieu que Christie décrivait, et à juste titre, comme « le plus bel endroit au monde ».

Bien que cet ouvrage soit un roman, j'ai tenu à m'assurer que les faits servant de cadre à la disparition d'Agatha en 1926 soient aussi exacts que possible. Au cours de mes recherches, j'ai consulté les coupures de presse du *Times*, du *Daily Mail*, du *Daily Express* et du *Daily Mirror* ; j'ai également fait appel à deux excellentes biographies : *Agatha Christie: An English Mystery*, de Laura Thompson (Headline, 2007) et *Agatha Christie*, de Janet Morgan (Collins, 1984). Les événements de décembre 1926 brillent par leur absence dans l'autobiographie de Christie, publiée pour la première fois en 1977 par Collins, mais la lecture de sa propre histoire n'en est pas moins captivante et m'a fourni certains détails de la vie de Christie.

J'ai également consulté le fascinant *Agatha Christie and the Eleven Missing Days* de Jared Cade (Peter Owen, l'édition revue et augmentée publiée en 2011).

Pour ses informations et ses photos de William Kenward et de la police du Surrey, j'aimerais remercier Robert Bartlett. Pour notre agréable excursion à Newlands Corner, à l'étang de Silent Pool et d'autres sites en rapport avec la disparition d'Agatha, j'aimerais remercier mes complices, Cherry et Martin Hugues. Pour nos visites d'Harrogate et de sa région, je dois remercier mes parents, David et Margaret Wilson.

Je voudrais également remercier le docteur Jaie Berthal et Mia Dormer d'avoir organisé en 2015 et 2016 les colloques Agatha Christie à l'université d'Exeter. J'y ai rencontré des dizaines d'universitaires, d'écrivains et de fans, dont Mike Linane et Sophie Hannah qui m'ont offert leur amitié. Je me dois de citer en particulier le docteur John Curran, un expert mondial sur Christie et l'auteur de *Agatha Christie's Secret Notebooks*, un ouvrage érudit et minutieux. Il a eu l'amabilité de lire le manuscrit d'*Un talent pour le meurtre* et de me dresser une liste de suggestions et de corrections incroyablement utiles. La biographe de Christie, Laura Thompson, a elle aussi pris la peine de lire le livre à ce stade et je lui suis reconnaissant de ses commentaires.

Depuis le moment où j'ai eu l'idée de ce roman, j'ai bénéficié à toutes les étapes du soutien de mon agente, la merveilleuse Clare Alexander. Je ne la remercierai jamais assez de son enthousiasme, de sa passion et de son amitié jamais démentie. Toujours chez Aitken Alexander, je n'oublie pas le regretté Gillon Aitken, Sally Riley, Lisa Baker, Lesley Thorne, Leah Middleton, Nishta Hurry, Nicola Chang, et Ben Quarshie.

Chez Simon & Schuster, j'aimerais remercier mes fabuleux éditeurs, Suzanne Baboneau et Ian Chapman au Royaume-Uni et Peter Borland aux États-Unis – c'est un honneur de travailler avec vous tous –, ainsi que Carla Josephson, Jo Dickinson, Jessica Jackson, Justine Gold, Gill Richardson et le reste de la formidable équipe. Mary Tomlinson a fait du super boulot pour les corrections, et je voudrais aussi remercier Mark Smith pour son idée de couverture.

Enfin, j'aimerais remercier mes parents et mes amis pour leur amour et leur soutien. Et, comme toujours, Marcus Field, pour des raisons trop nombreuses à mentionner.

Achevé d'imprimer en janvier 2021
sur les presses de la Nouvelle Imprimerie Laballery
58500 Clamecy
Numéro d'impression : 101453

Imprimé en France

La Nouvelle Imprimerie Laballery est titulaire de la marque Imprim'Vert®